Nächstes Jahr schenken wir uns nichts

Ob Sie mal wieder Weihnachten wie früher feiern oder sich zum traditionellen Baumloben auf den Weg machen wollen, ob Sie etwas über die Weihnachtsfrau lesen wollen oder sich für Festtagsbräuche in Norwegen und Vietnam interessieren – unsere fröhlichen Geschichten garantieren allzeit gute Laune zum Fest.

Es erzählen festlich-froh gestimmt:
Ingvar Ambjørnsen, Ewald Arenz, Benjamin Cors, Maren Dammann, Horst Evers, Marlies Ferber, Tobias Haberl, Ulrike Herwig, Diana Hillebrand, Marc Hofmann, Bjørn Ingvaldsen, Frieda-Alice Kahro, Markus Orths, Max Osswald, Jutta Profijt, Manuela Schörghofer, Lars Simon, Kim Småge, Felicity Whitmore, Malou Wilke und Edgar Wilkening.

Die Herausgeberin:
Karoline Adler ist Verlagslektorin in München und Herausgeberin vieler literarischer Anthologien. Weil sie am 24.12. auch noch Geburtstag hat, kommt sie an dem Tag aus dem Feiern gar nicht mehr raus.

Nächstes Jahr schenken wir uns nichts

Weihnachtsgeschichten

Zusammengestellt
von Karoline Adler

dtv

Originalausgabe 2023

(siehe Quellenhinweise S. 249 ff.)
Umschlaggestaltung: dtv unter Verwendung eines Bildes von Gerhard Glück
Vignette im Innenteil: Monika Köhler
Satz: C.H.Beck.Media.Solutions, Nördlingen
Gesetzt aus der Aldus 10/14˙
Druck und Bindung: Druckerei C.H.Beck, Nördlingen
Printed in Germany · ISBN 978-3-423-21889-4

INHALT

ULRIKE HERWIG

Weihnachten wie früher

An der Straßenbahnhaltestelle herrschte ein Gedränge wie an der japanischen Börse. Zwei Bahnen waren bereits ausgefallen, und ein immer aggressiver werdender Pulk aus Leuten schob sich im eiskalten Schneeregen zentimeterweise vorwärts, als in der Ferne endlich die Nummer 13 um die Ecke bog. Vom Weihnachtsmarkt her dröhnte der Sound verpoppter Weihnachtslieder herüber, und eine Frau mit Nörgelstimme zählte in Hennings unmittelbarer Nähe laut auf, was sie alles vor dem Fest noch zu erledigen hatte. Er presste den kleinen Tannenbaum wie einen Rettungsanker an sich. Wenigstens würde der ihm in der Bahn zu einem gewissen Abstand verhelfen, würde fremde Fettfinger abwehren und Glühweinatem mit seinem Tannenduft überlagern. Trotzdem ärgerte Henning sich jetzt maßlos, dass er nicht das Auto genommen hatte. Ja, Olivia und er hatten vor einer Weile beschlossen, das Auto ausschließlich für größere Touren zu nutzen und sich in der City nur noch bewusst, nachhaltig und gut mit dem Rad fortzubewegen, aber bei so einem Scheißwetter verging einem wirklich jede Lust darauf.

Die Straßenbahn stoppte an der Haltestelle, und Henning stöhnte auf, als er sah, wie proppenvoll der Waggon bereits war. Für den Bruchteil einer Sekunde musterten die Fahrgäste im Inneren mit kalter Neugier die Wartenden draußen. Die Türen öffneten sich, und niemand stieg aus. Stattdessen kam Bewegung in den Mob an der Haltestelle. Keuchend, kraftvoll und stumm arbeiteten sich die Leute in die Bahn hinein. Nur nicht aufgeben, noch einen Zentimeter, dann waren auch sie drin im herrlich warmen Refugium. Henning versuchte, mitzuhalten beim Schieben und Pressen, aber der Tannenbaum behinderte ihn, und er wurde immer wieder abgedrängt. Es knackte. Jemand hatte die Spitze von der kleinen Bio-Tanne abgebrochen.

»Mensch, passen Sie doch auf!«, rief er verärgert ins Nichts. Da schlossen sich die Türen der Straßenbahn direkt vor seiner Nase, und schon fuhr die Bahn ab. *Es ist für uns eine Zeit angekommen, die bringt uns eine große Freud!*, jubelte es vom Weihnachtsmarkt herüber. Henning schimpfte halblaut vor sich hin und setzte sich dann in Bewegung. Eher ließ er sich morgen früh alle Nadeln des Tannenbaumes ins Müsli mischen, als dass er noch eine Sekunde länger hier wartete.

»Ich hab jetzt den Plan so weit fertig«, begrüßte ihn Olivia, ohne aufzublicken. Sie saß am Küchentisch, den Laptop vor sich aufgeklappt. »Am Dreiundzwanzigsten abends ist weihnachtlicher Umtrunk bei Kalli und Björn. Wir bringen Häppchen mit, ich dachte an Bruschetta und Shrimps?«

»Bruschetta?« Henning zog seine Schuhe aus. Für ihn war Bruschetta etwas, das man an der Amalfiküste bei dreißig Grad im Schatten verzehrte. Er legte die Post auf den Küchentisch, die er gerade aus dem Briefkasten gefischt hatte. Fast nur Werbung.

Olivia ging nicht auf seine Bemerkung ein. »Am Vierundzwanzigsten morgens zu deinen Eltern, kurz Geschenke vorbeibringen, dann zurück, ich bereite das Essen vor und alles, was wir zum Heiligabend zu deiner Schwester mitnehmen. Ich dachte an ... ach, Mensch ...« Sie schlug sich an die Stirn. »Die ist ja Vegetarierin geworden. Und für Lotta, das Au-pair-Mädchen, muss es glutenfrei sein. Pascal isst zwar Fleisch, eigentlich sogar nichts anderes als Fleisch, aber keine Kohlenhydrate. Und die Kinder sollen möglichst keinen Zucker bekommen.«

»Was? Wer?« Henning hatte bereits den Überblick verloren.

»Und dann nachmittags zu meiner Mutter, bis um siebzehn Uhr, vergiss deine Gitarre nicht. Sie liebt es, wenn du mit ihr singst, egal wie es klingt.«

»Was soll denn das jetzt heißen?«, muckte Henning auf.

»Und danach, wie gesagt, zu deiner Schwester«, fuhr Olivia unbeeindruckt fort. »Hast du an die Sachen für die Kinder gedacht?«

»Welche Sachen?« Henning schwirrte der Kopf.

»Diese Hörspielwürfel für die Zwillinge, die solltest du doch besorgen. Herrgott noch mal, Henning, das war das Einzige, worum du dich kümmern solltest.« Olivias Stimme rutschte eine Oktave höher, und an der Art, wie sie *das Einzige* betonte, konnte er ahnen, wie dieses Gespräch verlaufen würde. Doch anstatt weiter auf den Hörspielwürfeln herumzuhacken, stütze Olivia plötzlich ihr Gesicht in ihre Hände und gab ein klägliches Geräusch von sich.

»Was ist denn?« Mit zwei Schritten war er bei ihr.

»Es ist alles so stressig«, presste Olivia hervor. »Ich weiß gar nicht, was ich zuerst machen soll. Es soll einfach nur ein schönes Fest für alle werden, aber es ist so unglaublich schwierig, alle unter einen Hut zu bringen.« Sie sah auf, und er entdeckte mit Bestürzung, dass in ihren Augen Tränen schimmerten. »Alles, was ich will, ist ein Weihnachten wie früher«, schniefte sie. »Heimelig und gemütlich. Der Duft von Kerzen und Tannenzweigen im Zimmer, einfache, passende und wenige Geschenke, über die sich trotzdem alle wie verrückt freuen. Besinnlichkeit, Ruhe, ein bisschen Schnee. Ein leckeres Essen für alle, so dass ich nicht siebenunddreißig verschiedene Versionen desselben Gerichtes kochen muss. Dass wir nach der Bescherung miteinander reden oder singen und nicht jeder in sein Handy starrt oder wir hektisch nach Batterien suchen, weil die Hälfte der geschenkten Spielsachen ohne sie nicht funktioniert.« Olivias Schultern begannen zu zucken. Gleich würde sie anfangen zu weinen. »Ist denn das zu viel verlangt?«

»Natürlich nicht«, antwortete er mechanisch und streichelte ihren Rücken. »Mach dir nicht so viel Stress. Weihnachten ist doch kein Marathon. Erinnerst du dich noch an unser allererstes Weihnachten zusammen? Unseren krüppeligen, kleinen Baum? Und gegessen haben wir Brot und Käse und Rotkohl aus dem Glas.«

»Ja.« Ein Lächeln huschte über ihr Gesicht. »In deiner alten Studentenbude mit dem riesigen Kachelofen. Draußen hat es geschneit wie wild, aber drinnen war es wunderbar warm. Du hast mir was auf der Gitarre vorgespielt. Warte mal, war es *Jingle Bells*?«

»Ich glaube. Wir hatten ja nicht mal einen Fernseher«, erinnerte er sich. Plötzlich sah er alles wieder vor sich. Sie beide aneinander gekuschelt im Kerzenschein, die Flasche billiger Rotwein, die Lebkuchen aus dem Discounter. Das Strahlen in

Olivias Augen. An diesem Abend hatte er gespürt, dass er mit dieser Frau sein Leben verbringen wollte. Und jetzt, über dreißig Jahre später, kämpfte er sich mit einer Bio-Tanne im Schneeregen nach Hause, weil es mittlerweile zum guten Ton gehörte, für etwas, das im Normalzustand sowieso *bio* war, Unmassen von Geld hinzublättern, nur um dann Olivia kurz vor einem Nervenzusammenbruch vorzufinden, weil Weihnachten sich zu einer einzigen Orgie aus Stress, Zwängen und Terminen entwickelt hatte. Sein Blick fiel auf die Post auf dem Küchentisch. Ganz obenauf lag ein Werbeprospekt mit dem Foto einer einsamen Berghütte zur Weihnachtszeit. Still und romantisch stand sie in tief verschneiter Landschaft, nur der Mond schien auf den frischen grünen Kranz mit roten Schleifen an der Haustür. Und in diesem Moment sah Henning die Lösung so klar vor sich, als hätten seine Augen noch mal die Sehstärke des Jahres 1992.

»Weißt du was?«, sagte er mit fester Stimme. »Wir machen dieses Jahr was ganz Rebellisches. Wir klinken uns aus. Wir machen einfach nicht mehr mit. Wir lassen uns nicht hetzen, wir feiern so, wie wir es wollen, und zwar nur wir beide. Ein Weihnachtsfest so wie früher.«

Eine Woche später brachen sie zu einem idyllischen Ferienhaus hoch in den Bergen Österreichs auf. Laptop und Tablet hatten sie zu Hause gelassen, genau wie den durchgetakteten Weihnachtsplan und die eingeschnappten Verwandten. Im Gepäck befanden sich lediglich Lebensmittel, der kleine Weihnachtsbaum, ein paar Flaschen Wein, Hennings Gitarre, jede Menge Bücher, die sie lesen wollten, und echte Kerzen.

Mit jedem zurückgelegten Kilometer fiel die Anspannung von Olivia ab. Sie ließ ihren Blick über die verschneite Landschaft draußen schweifen. Nichts als Weiß und dunkelgrüne Nadelbäume, eine Wohltat. Kein Verkehrslärm, kein Geklingel und Gebimmel. Im Dorf angekommen, fuhr Henning rechts ran und versuchte, sich auf Google Maps zu orientieren.

»Ich glaube, da vorn geht's lang«, meinte er zögernd.

»Bist du sicher? Ich will nicht irgendwo landen, wo wir nicht mehr rauskommen. Das schneit sich ein.« Dicke schwere Flocken segelten vom Himmel, sanft und doch pausenlos.

Henning nahm seine Brille ab, polierte sie kurz und setzte sie wieder auf. »Der Weg da drüben? Oder ist das nur eine Einfahrt?«

»Schwer zu sagen.« Olivia öffnete das Fenster und ließ einen Schwall eisiger Luft herein. »Warte mal, da kommt jemand.« Im Dämmerlicht des Nachmittages stapfte ein Mann in dicker Winterjacke die Straße entlang.

»Entschuldigung«, rief Olivia. »Ist das da vorn die Straße zur Germer Hütte?«

Der Mann kam näher. »Ja. Aber wollen Sie da wirklich hin? Das schneit heute Nacht alles zu, unter Umständen kommen Sie dort in den nächsten Tagen nicht mehr weg. Und über Weihnachten gibt es keinen Winterdienst.«

»Das wollen wir auch gar nicht.« Olivia lächelte Henning voller Vorfreude an. »Wir sind die Ferienmieter der Germer Hütte über die Feiertage.«

»Ach so, na dann. Frohe Weihnachten schon mal.«

»Danke, Ihnen auch ein frohes Fest.«

Der Mann nickte ihnen zu. »Ich hole jetzt unsere Stollen vom Bäcker. Noch nach alter Tradition gebacken.«

»Wie schön, lassen Sie es sich schmecken.« Olivia sah dem Mann nach, wie er die Straße entlangstapfte. Was für eine Idylle hier. Schnee, kein Verkehr, keine Hauruckaktionen vor dem Fest – nur ein netter alter Bauersmann, der seinen Christstollen noch beim Bäcker backen ließ. Nach alten Traditionen! Nicht bei ALDI in den Wagen geklatscht, weil es zehn zum Preis von einem gab. Fast wären ihr vor Rührung die Tränen gekommen.

Dann atmete sie tief den herrlichen Geruch nach frischem Schnee und klarer Waldluft ein. Vor dem letzten Haus im Dorf stand ein großer Tannenbaum, an dem mit einem Mal die Lichter angingen. Weihnachtliche Vorfreude flatterte durch Olivia wie ein aufgeregter kleiner Vogel. Endlich. Endlich war es zwei Tage vor Weihnachten so, wie es sein sollte. Dämmerig, geheimnisvoll und gemütlich. Und als nach einer halben Stunde das entzückende kleine Ferienhaus auftauchte, in dessen Fenster ein Herrnhuter Stern einladend den Weg wies, sank Olivia mit einem erleichterten Seufzen in ihrem Sitz nach hinten.

Am nächsten Morgen wurde sie von einem Sonnenstrahl wach gekitzelt. Sie blinzelte und rappelte sich hoch. Vor dem Fenster breitete sich eine zauberhafte Schneelandschaft aus, und noch immer segelte Flöckchen um Flöckchen vom Himmel. Die Straße, die sie gestern Abend im Schneckentempo hinaufgekrochen waren, konnte man kaum noch erkennen. Der Winterdienst würde sicher einen Tag vor Weihnachten nicht mehr hier aufkreuzen, was bedeutete, dass absolut niemand sie hier stören würde.

»Gibt irgendwie nur kaltes Wasser zum Duschen.« Henning kam mit einer Tasse dampfenden Kaffees herein und reichte sie ihr. »Aber ich habe ein gemütliches Feuer im Kamin gemacht. Ich guck mir den Boiler nachher mal näher an. Ansonsten müssen wir heute Abend Wasser auf dem Herd heiß machen, um ein Bad zu nehmen. Weihnachten wie früher, hey?« Er grinste.

»Du kriegst das schon hin.« Olivia kuschelte sich in die herrlich weiche Decke und nahm einen Schluck. Es gab keine To-do-Liste, die sie abarbeiten, und keine Häppchen, die sie vorbereiten musste. Nichts stand auf dem Plan, außer im Schnee spazieren zu gehen, einen Schneemann zu bauen und etwas Gutes für sie beide zu kochen. Es gab keinen Handyempfang in der Berghütte, und eine Weile lang stolperten sie beide herum wie amputiert. Ständig fuhr Olivias Hand zu ihrer Hosentasche, um neue Nachrichten auf dem Handy zu checken, und jedes Mal fiel ihr dann wieder ein, dass es nichts zu checken gab.

»Ich fühle mich wie ein Junkie, der erst mal wieder runterkommen muss«, scherzte sie.

»Ich auch.« Henning nickte. »Entschleunigung heißt das Zauberwort. Das raten sie einem doch auch immer.« Er bereitete Rührei zu und kochte eine weitere Runde Kaffee. Später bauten sie unter Johlen und Lachen einen deformierten Schneemann und gingen ein wenig spazieren, allerdings lag der Schnee mittlerweile so hoch, dass sie nicht weit kamen und wieder umdrehten.

Olivia klopfte den Schnee von ihren Schuhen und ging ins Haus. Eine simple, aber köstliche Suppe zum Mittagessen, ein kleines Nickerchen, zwei Kapitel in einem Buch und ein bisschen Gitarrengeklimper von Hennig rundeten den Tag ab.

Am frühen Abend räkelte Olivia sich vor dem knisternden Feuer auf der Couch, während Henning an dem eiskalten Boiler herumschraubte.

»Ich bin so glücklich«, rief sie ihm zu. »Normalerweise wären wir jetzt bei Björn und Kalli und müssten uns irgendwelche Gespräche aus den Rippen leiern.«

»Oder Björns Monologen lauschen.« Hennigs Stimme klang etwas gepresst, er hielt einen Schraubenzieher zwischen den

Zähnen. »Wenn der trinkt, fängt er immer an zu labern. Und dann die ganzen chaotischen Kinder auf der Party und der ewig plärrende Weihnachts-Jazz. No thanks.«

»Da haben wir es doch hier tausendmal besser getroffen.« Olivia sah aus dem Fenster. Draußen war es bereits wieder dunkel, aber drinnen in ihrer Hütte war es gemütlich, warm und heimelig. Der winzige Tannenbaum in der Ecke war mit nichts weiter als Strohsternen und Bienenwachskerzen geschmückt. So musste das sein. Zurück zu den Ursprüngen. Sie stand auf, um eine Flasche Wein zu holen.

In diesem Moment ging das Licht aus.

»Henning? Was hast du gemacht?«, fragte sie laut.

»Das war ich nicht«, kam es aus der Dunkelheit von Henning zurück. »Irgendein Kurzschluss oder so. Warte.« Etwas klirrte, Henning fluchte leise.

Olivia stand auf, stieß sich die Kniescheibe am Couchtisch und setzte sich wieder hin. Meine Güte, war das zappenduster hier drin. Der Schnee vor der Hütte wirkte im Mondlicht gespenstisch hell.

»Die Sicherung ist es nicht«, erklang Hennings Stimme undeutlich und wie aus einer Höhle. Ein kreisrundes Licht flackerte auf. »Hab aber eine Taschenlampe gefunden.« Er kam ins Wohnzimmer und blendete sie wie beim Verhör.

»Was ist es dann? Stromausfall? Leuchte doch mal hier, da lagen vorhin die Streichhölzer.« Olivia fuhr mit den Händen über den Tisch. Da!

»Ich nehme es an. Wird schon gleich wiederkommen.«

Olivia zündete ein paar Kerzen an und dann, weil es irgendwie immer noch so dunkel war, auch alle Lichter am Weihnachtsbaum.

»Ach, ist das schön«, entfuhr es ihr. »Das sollten wir so lassen.« Der Anblick des leuchtenden Christbaumes vor dem Hintergrund der dunklen Fenster und der abendlichen verschneiten Landschaft draußen war wirklich so unbeschreiblich gemütlich und anheimelnd, dass ihnen beiden ganz warm ums Herz wurde. Allerdings nur ums Herz, denn mit dem Strom war auch die Heizung ausgefallen, wie sie nach einer knappen halben Stunde feststellten.

»Da will jemand, dass wir wirklich wie früher feiern, was?«, brummelte Henning, aber es klang gutmütig. Er stocherte im Kaminfeuer herum und legte noch ein paar Holzscheite nach, während Olivia aus dem mittlerweile eher unangenehm kalten Schlafzimmer zwei wärmende Decken holte. Sie kuschelten sich beide aneinander, tranken Rotwein und blickten eine Weile lang in das knisternde Feuer. Schließlich zog Olivia trotz besseren Wissens ihr Handy heraus und betrachtete das grelle Displaybild. Auf dem Foto war genau diese Hütte zu sehen, in der sie jetzt saßen, weil Olivia sich so auf diese Weihnachtstage hier gefreut hatte. Allerdings war die Hütte auf dem Bild beleuchtet. Wärmer. Ihr Handy zeigte noch zwanzig Prozent Batterie an.

Seufzend schaltete Olivia es aus. »Immer noch kein Empfang. Du?«

Henning hatte ebenfalls keinen Empfang, dafür aber noch achtzig Prozent, wie sie voller Neid feststellte. Aber musste er deswegen ständig auf das Gerät starren?

»Was guckst du dir da eigentlich dauernd an?«, rutschte es ihr heraus. »Du hast doch gar kein Internet?«

»Das ist *Caveman*, meine neue App für das Überleben in der Wildnis. Die geht auch offline, ist ja logisch, denn in der Wildnis hat man meist kein WLAN.«

»*Cave*... was?« Olivia glaubte nicht richtig zu hören. »Wozu brauchst du das? Hast du vor, beim *Dschungelcamp* mitzumachen?« Ein Kichern stieg in ihrer Kehle auf.

»Nein, Schatz, aber vielleicht rette ich uns ja damit mal das Leben. Wusstest du zum Beispiel, dass man bestimmte Baumrindensorten essen kann? Oder Termiten? Das steht alles hier drin. Am wichtigsten ist natürlich Wasser, aber das sollte in unserem Fall kein Problem sein, wir haben ja genug Schnee.«

»Termiten? Ernsthaft? Du glaubst, wir sitzen so lange hier fest, dass wir uns von Termiten in Schneesuppe ernähren müssen? Wir haben lediglich Stromausfall.« Olivia nahm ihm das Handy weg. »Und deswegen solltest du das lieber ausschalten, vielleicht brauchen wir es noch.«

»Hey«, stieß er verärgert aus, was die Kerze vor ihm auf dem Tisch erlöschen ließ. »Der Strom kommt schon gleich wieder. Es ist kurz vor Weihnachten, da lassen sie doch die Leute nicht im Dunkeln sitzen.«

»Woher wissen wir überhaupt, ob der Strom überall im Dorf weg ist, hm?« Olivia stand auf. »Wo ist die Taschenlampe? Ich steig jetzt auf den Hügel hinterm Haus, von dort sehen wir, ob im Dorf die Lichter an sind.«

»Das schaffst du doch im Dunkeln nicht. Der Schnee ist viel zu hoch.«

Etwas an der Art, wie er das sagte, beleidigte ihren Stolz. Immerhin war *sie* diejenige, die dreimal in der Woche bei Wind und Wetter joggte, nicht er. Hennings sportliche Aktivitäten beschränkten sich auf das Umklammern der Fernbedienung, wenn er Fußball guckte.

»Natürlich schaffe ich das.« Sie zog ihre Daunenjacke an, stülpte eine Mütze über, fuhr in die warmen Stiefel und stapfte mit erhobenem Kopf nach draußen. Sofort fuhr ihr die eisige Luft in alle Glieder. Herrgott, war das widerlich. Der Wind jaulte wie ein gereiztes Tier und peitschte um das Haus, kein Wunder, dass es irgendwo im Umland eine Stromleitung umgenietet hatte. Sie hielt ihr Handy hoch in die Luft, das machten sie schließlich in Filmen immer so, und stapfte in die generelle Richtung, in der sie den Hügel vermutete. Sämtliche von ihnen zuvor breitgetretene Pfade waren mittlerweile schon wieder zugeschneit. Der Schneemann war nicht mehr zu sehen und das Auto nur noch ein riesiger weißer Käfer.

»Nun warte doch.« Henning kam ihr schnaufend hinterher. »Du kannst hier nicht alleine in der Dunkelheit herumstolpern.«

Olivia schwieg trotzig. Sie stolperte ja gar nicht. Sie kam überhaupt nicht vorwärts, weil ihre Stiefel sich dauernd wie mit Saugnäpfen in dem frischen Schnee festschmatzten. Jeder Schritt wurde zu einem Gewaltakt, als ob sie durch Zement wateten. Ein dumpfes Geräusch erklang hinter ihr, dann ein Klatschen.

»Scheiße!«, schimpfte Henning.

Olivia fuhr herum. Er war hingefallen und kroch jetzt wie ein blindes Nachttier durch den hohen Schnee. »Meine Brille ist weg.«

»Hast du dein Handy noch?«, fragte sie scharf zurück. Das war schließlich viel wichtiger.

Wortlos hielt er es hoch. Sie nahm es an sich und sah nach. Nein, immer noch kein Empfang. Es hatte keinen Sinn, sie kamen hier nicht weiter.

Sie aßen bei Kerzenschein die restliche kalte Suppe, zwei Lebkuchen, ein Baguette und Salamischeiben.

»Ist doch romantisch«, rechtfertige Olivia sich vor einem unsichtbaren Publikum.

Henning brummte irgendwas und goss sich ein weiteres Glas

Wein ein. Damit hatten sie nun schon die zweite Flasche heute Abend geleert, aber was sollten sie auch sonst machen? Zum Lesen war es zu dunkel, Kartenspiele hatten sie zu Hause vergessen, der Fernseher ging nicht, und Hennings kostbare Handyprozente sollten nicht für sinnloses Zocken verplempert werden.

»Spiel doch noch mal was auf der Gitarre«, schlug sie vor. Henning murmelte etwas von *zu dunkel,* doch dann raffte er sich auf und schlug die ersten Akkorde von *Jingle Bells* an. Eine Oktave zu tief begann er zu singen. Olivia begleitete ihn tapfer, ihre beiden Stimmen segelten kraftlos durch den düsteren Raum, doch die Stimmung wollte nicht so richtig aufkommen.

»*Oh, what fun it is to ride in a one-horse open sleeee-heigh*!« Aus irgendeinem Grund veränderte Henning am Ende des Liedes die Melodie, so dass ihr ohnehin schon kläglicher Gesang komplett auseinanderdriftete. Zwei Wale im Eismeer der Berghütte, die in verschiedene Richtungen davonschwammen. Sie versuchten es noch mit ein paar anderen Liedern, aber eine Verbesserung trat nicht ein. Bei *Kling Glöckchen Klingelingeling* stieß Olivia aus Versehen ihr Weinglas um, und es zerbrach klirrend. Sie versuchte, im Dunkeln die Glassplitter zusammenzuklauben, zum Glück glitzerten sie im Schein des Feuers.

»Ich bin irgendwie heiser«, behauptete Henning und legte die Gitarre weg. Er tappte davon, um eine dritte Flasche zu holen.

»Nee, wir klingen einfach bescheuert.« Trotz allem musste Olivia jetzt lachen, wahrscheinlich war es der Wein. »Wir sollten im Wohnzimmer schlafen«, meinte sie. »Das Schlafzimmer ist saukalt.«

»Früher waren die Schlafzimmer alle saukalt.« Henning kam zurück. »Bei meiner Oma waren im Winter immer Eisblumen am Fenster. Die sieht man heute nirgendwo mehr. Vielleicht wir morgen früh, wenn wir Glück haben.«

»Also, wirklich scharf bin ich darauf nicht. Ich hätte dann doch lieber Strom.« Olivia wickelte die Decke fester um sich.

»Hey, ist doch kuschelig.« Henning zwinkerte ihr weinselig zu. »Wir können uns auch anders warm halten.«

Was? Dann dämmerte es ihr. »Henning, ich …« Sein Gesicht schwebte im Dunkeln auf sie zu wie ein freundlicher Mond, er schwankte leicht, dann stolperte er plötzlich und fiel mit seinem ganzen Gewicht auf Olivia. Zusätzlich stach etwas sie von unten mörderisch in den Arm.

»Aua! Mensch, Henning pass doch auf, die Glasscherben!«

Henning wurde am nächsten Morgen brutal von einem Schmerz geweckt. Im Bruchteil einer Sekunde wurde er vom trägen, warmen Sog des Schlafes in das eiskalte Jetzt der Berghütte katapultiert, wo er, verdreht wie eine Brezel, auf der viel zu kleinen und viel zu harten Couch lag. Der Schmerz kam vom unteren Rücken und klopfte an wie ein alter Bekannter. Sein Ischias. Henning rappelte sich hoch und stieß ein gequältes Keuchen aus. Verdammt, tat das weh. Sein Atem dampfte im Raum, das Feuer im Kamin war längst ausgegangen. Olivia lag in einem Nest aus Decken auf dem Fußboden und schlief mit offenem Mund. Der Stromausfall! Mit einem Ruck kam die Erinnerung zurück. Henning zog sich an der plüschigen Armlehne der Couch nach oben, gab ein kurzes Wimmern von sich, dann stand er. Im Stehen ging der Schmerz im Rücken langsam weg. Es gab immer noch keinen Strom, der beste Beweis war ja die Kälte im Raum und das schwarze Auge des Fernsehers. Dennoch knipste Henning systematisch alle Lichtschalter an und aus. Nichts. Wenigstens war es wieder hell draußen. Die

Sonne strahlte verführerisch und offenbar auch wärmend, geschmolzener Schnee tropfte die Fensterscheiben hinunter. So viel zu den Eisblumen.

»Frohe Weihnachten, Schatz.« Olivia hatte sich hingesetzt.

»Frohe Weihnachten.« Natürlich, heute war ja Heiligabend, und sie lagerten hier in der Einöde auf dem Boden wie Napoleons Truppen, und es gab nicht mal Kaffee! Henning musste einen Kaffee trinken, sonst war der Tag gelaufen. Missmutig schlurfte er in die Küche, nahm sich einen Topf und drehte den Wasserhahn auf. Nichts geschah. Ach verdammt, jetzt war wohl auch noch das Wasser eingefroren! Er schlurfte ins Bad, aber da kam auch nichts aus dem Hahn. Er drückte auf den Spülknopf der Toilette. Nichts.

»Die kannst du nicht benutzen«, erklärte er Olivia, die sich wie ein Unfallopfer in dicke Decken gehüllt an ihm vorbei zum Klo schieben wollte.

»Was?« Sie blinzelte ihn schlaftrunken an.

»Die Spülung geht nicht. Du musst in den Wald gehen.«

»Machst du Witze?«

»Sehe ich so aus?« Er öffnete den Spülkasten der Toilette und inspizierte den Inhalt darin. Dann versuchte er, mit dem kleinen Topf etwas Wasser herauszuschöpfen.

»Und was machst du da? Willst du das etwa trinken?«

»Natürlich. In Form von Kaffee. Ich werde in diesem Topf hier Wasser für einen türkischen Kaffee über dem Kaminfeuer heiß machen.«

»Igitt.« Oliva verzog das Gesicht. »Mit Klowasser.«

»Das ist doch völlig sauber.«

»Ich trinke das nicht. Warum holst du nicht lieber frischen Schnee?«

Schweigend begaben sie sich nach draußen, dann wandte Henning sich nach rechts, um sauberen Schnee zu suchen, und Olivia nach links, um ungestört irgendwo zu pinkeln. Sie hockte sich unter eine Tanne. Schnee, nichts als Schnee. Verdammt noch mal, war das kalt. *It's beginning to look a lot like Christmas,* quäkte es plötzlich aus ihrem Handy, das sie immer noch aus Gewohnheit bei sich trug. Empfang! Das war ihr Klingelton, sie hatte Empfang! Hastig fuhr ihre Hand in die Tasche, um das Handy herauszufummeln, noch in der Hocke ging sie ran. Die Nummer gehörte zu ihrer Mutter. »Ja? Mama?«

»… geht's euch … haha … mit den Nachbarn … und dem … Baum geschmückt …«

»Hallo?«, brüllte Olivia aufgeregt, während sie sich aufrappelte und mit nur einer Hand ihre Hose hochwurstete. »Ich verstehe dich ganz schlecht, die Verbindung ist total mies, und wir haben Stromausfall. Hallo?«

Ein Knarzen und Knacken, dann war die Leitung tot.

»Mann, ey!« Verärgert schlug Olivia gegen den Baum, unter dem sie stand. Mit einem geradezu pompösen Stäuben wallte eine riesige Ladung Schnee auf sie herunter.

Henning hockte wie ein mürrischer Neandertaler vor dem Kamin und hielt mit einer Zange den Wassertopf über die eher mickrigen Flammen. »Das dauert ewig«, begrüßte er sie.

Olivia schmiss ihre klitschnasse Jacke in die Ecke und schüttelte ihre Haare, in denen Schneeflocken festhingen wie überdimensionale Läuse. »Meine Mutter hat eben angerufen.«

»Was? Wie denn?« Henning drehte sich so überrascht um, dass er aus Versehen die Zange zu sehr schwenkte und der Inhalt des kleinen Topfes sich zischend ins Kaminfeuer ergoss. Die Flammen verloschen. Fassungslos betrachtete er sein Werk.

»Scheiße.« Er ließ den Topf einfach fallen. »Und? Was hat sie gesagt?«

»Keine Ahnung. Es war eine ganz schlechte Verbindung, und dann war plötzlich Schluss.«

»Und wegen dieser belanglosen Nachricht habe ich gerade unser kostbares Frühstück versemmelt?«

»Frühstück? Welches Frühstück denn? Lauwarmes Schneewasser und gefrorene Brötchen? Eiskalte Marmelade? Rohe Eier?«

Einen Augenblick lang fixierten sie sich wie zwei aggressive Boxer im Ring. Dann knickte Henning ein. »Sorry. Ich bin nur genervt«

»Ich auch. Ich bin auch total genervt. Es ist alles …«, Olivia räusperte sich, »… ein wenig anders, als ich es erhofft hatte.« Sie schämte sich ja selbst, dass sie so ein Weichei war, so eine Stromhure, aber dieses rustikale Leben mochte in Filmen romantisch daherkommen, im wahren Leben war es einfach nur ätzend.

»Vielleicht haben die im Dorf ja Strom.« Ein Gedanke kam Henning. Sie sollten nachsehen, ob irgendwo in der Hütte Schneeschuhe herumlagen. Damit schafften sie es unter Umständen bis ins Dorf runter, auch wenn der Gedanke an diese stundenlange körperliche Herausforderung ihn schon im Vorfeld lähmte. Aber wenn es da unten wirklich Licht und Wärme gab, dann würde er sogar auf allen vieren ins Tal kriechen. Ein zivilisiertes Frühstück irgendwo einnehmen. Welch göttliche Vorstellung – duftender heißer Kaffee, knusprige Brötchen, hausgemachte Marmelade, ein warmer Kachelofen in der Gaststube, leise Weihnachtsmusik aus dem Radio, Tannengrün auf den Tischen, verträumte weihnachtliche Gemütlichkeit. Sein Magen knurrte.

Es gab natürlich keine Schneeschuhe, auch wenn sie die ganze Hütte durchkämmten wie eine militärische Spezialoperation. Sie fanden zwei Mäusefallen (leer), einzelne Handschuhe, einen Federballschläger sowie ein hornaltes Kurbelradio. Letzteres ließ darauf schließen, dass Stromausfall in der Hütte schon seit Menschengedenken ein fester Faktor war, und diese niederschmetternde Tatsache hatte der ohnehin schon gereizten Stimmung noch den Todesstoß versetzt. Mit verbissenem Gesichtsausdruck kurbelte Henning eine Minute lang an dem Radio herum, was ihnen ungefähr fünfzehn Minuten lang knatternde Weihnachtsmusik eines unbekannten UKW-Senders bescherte. Dann kurbelte er erneut, während Olivia ins Feuer starrte, damit sie ihm dabei nicht zusehen musste.

Um siebzehn Uhr war der Strom plötzlich wieder da. Sie hatten gerade eine halbe kalte Flasche Glühwein geleert, eine Dose Thunfisch geöffnet und sich in alle verfügbaren Decken gehüllt.

»Gott sei Dank«, stieß Olivia aus. In Windeseile drehte sie die Heizung hoch und stellte den Herd an. »Der Braten kann rein. Und wir können den Glühwein heiß machen! Welch ein Luxus!«

»Der Warmwasserboiler ist auch eben angesprungen. So was.« Henning kratzte sich am Kopf. »Ich verstehe das Ding nicht.«

»Heißes Wasser? Wir können also duschen?« Olivia fiel ihrem Mann um den Hals. »Das ist das schönste Geschenk dieses Jahr.«

Wenig später strahlte das kleine Tannenbäumchen in seinem Kerzenglanz, im Kamin flackerte das Feuer. Satt und träge und frisch geduscht lagen sie beide auf der Couch und sahen sich einen kitschigen Weihnachtsfilm im Fernsehen an.

»Ist das schön.« Henning küsste seine Frau auf die Stirn.

Olivia kuschelte sich an ihn und wollte ihm gerade zustimmen, da erklang ein Geräusch aus Hennings Handy, das auf dem Couchtisch lag und auflud. Erstaunt sah sie nach. »Du hast Empfang! Videocall von deiner Schwester.«

Wie ferngesteuert ging Henning ran.

»Hey, ihr zwei! Fröhliche Weihnachten«, schrie seine Schwester gegen Kindergekreisch und Getöse im Hintergrund an. Sie lachte angetrunken.

»Danke für die Hörspielwürfel, Onkel Henning«, plärrte ein Kind von hinten.

»Gern geschehen.« Henning lächelte milde, obwohl er keine Ahnung hatte, wovon die Rede war. Offensichtlich hatte seine Schwester die Dinger noch besorgt.

»Und wie ist es so in eurer Almhütte?«, wollte seine Schwester wissen. Sie biss in einen Lebkuchen.

»Du, ganz super.« Henning hielt den Daumen hoch. »So was von idyllisch.«

»Echt? Kein bisschen einsam?«

»Gar nicht. Können wir euch nur empfehlen.« Henning quetschte Olivias Hand unter dem Tisch. »So eine Auszeit von allem. Ganz ohne Konsum und Stress.«

»Ganz wunderbar«, bestätigte Olivia und quetschte seine Hand zurück. »Ein schlichtes und romantisches Weihnachtsfest. So richtig wie früher.«

Und sie lächelten beide in die Kamera.

BENJAMIN CORS

Tradition verpflichtet

Es ist der Tag vor Heiligabend. Schneeflocken fallen sanft hinab in die Gärten, auf die Hecken, die Bäume und auf die Quitte, die mit ihrer Lichterkette an eine Ballerina im Dunkeln erinnert. Es ist still zu Beginn dieses Abends. Der Schnee, der sich ansonsten nicht mal die Zeit nimmt, leise »Adieu« zu flüstern, bevor er schmilzt, bleibt diesmal liegen. Als wüsste er, dass es sich lohnen könnte, doch noch länger zu verweilen. Und so setzt er weiße Hauben auf die Wollmützen der Menschen, die auf der Straße stehen, mit dampfendem Atem und den Blick voller Vorfreude – aber auch voller Angst.

Ja, einer geradezu splitterfasernackten Angst.

Und die ist völlig berechtigt, denn sie wissen, es wird Verluste geben an diesem Abend, nicht alle von ihnen werden gut durch diese Geschichte kommen. Und am Ende wird der Schnee nicht mehr weiß sein, sondern braun, Haselnussschnaps-Braun. Und es wird am nächsten Tag ein Weihnachtsfest geben, an denen das Singen von Liedern verboten sein wird.

Aber so ist das mit den Traditionen, gerade an Weihnachten, sie locken mit der Vorfreude und halten dabei hinter dem Rücken den Dolch, an dem noch die Reste von Marzipan kleben. Traditionen fordern Opfer, und diese Gruppe Nachbarn, die sich bereit macht, den Abend gemeinsam zu begehen, ist sich dessen durchaus bewusst.

Es ist kurz nach halb acht am Abend des 23. Dezembers, als die Klingel am ersten Haus ertönt. Es ist das erste von sieben Häusern, der erste Akt eines Schauspiels, das bereits vor Wochen minutiös durchgeplant wurde. Wie jedes Jahr wurde in einem basisdemokratisch ausgeführten Wahlprozedere die Reihenfolge der Häuser ausgelost. Wobei keinem der nun in das erste Haus eintretenden Nachbarn und Nachbarinnen die schicksalhafte Bedeutung der Losreihenfolge wirklich bewusst ist. Sie alle sind an diesem Abend die Gastgeber, nacheinander begrüßt jede Familie die anderen, serviert Essen und vor allem Getränke, dann wird weitergezogen, von Haus zu Haus, lachend, singend, es gibt Hirschgulasch bei den einen und Parmesansterne bei den anderen, wobei niemand vorher gewusst hatte, dass es so etwas wie Parmesansterne überhaupt gibt. Die Sache mit der Reihenfolge regelt elementare Dinge wie »Vorspeise, Hauptgang, Nachtisch« – und sie regelt vor allem das Überleben innerhalb der Gruppe.

Aber dazu später mehr, denn nun sagt der Familienvater, der später besagte Parmesansterne anbieten wird, einen ebenso schicksalhaften wie sinnfreien Satz: »Ich lasse es dieses Jahr mal langsam angehen.«

Sie werden sich später an diesen Satz erinnern, auch wenn es das Einzige ist, an das sie sich noch erinnern, wenn alles verschwommen ist und das marzipanbesetzte Messer tief in ihrer Brust sitzt.

Aber nun hinein in die gute Stube vom Haus mit der ersten Losnummer, Umarmungen, Weihnachtswünsche, Jacken und Schals in die Ecke gelegt, und aus dem Wohnzimmer strömt Hitze in den Flur, weil der Kamin bollert, seit Tagen schon, als sollte dem Weihnachtsmann jeder Zutritt mit Feuer und Flammen verwehrt werden. Schnell fühlt sich jeder wie in einer finnischen Blockhaus-Sauna, Schweiß perlt auf der Stirn, Prosecco perlt im Glas, sorgfältig geschminkte Augen funkeln mit den Lichtern am Weihnachtsbaum um die Wette. Und für einen viel zu kurzen Augenblick ist die Gefahr aus ihren Köpfen verbannt und die dunkle Seite dieser Weihnachtszeit verdrängt.

Aber Traditionen sind unbarmherzig und gnadenlos.

Letztlich ist es die Nachbarin aus Haus Nummer 4 – sie hat das vorletzte Los gezogen –, die das Unheil hereinbrechen lässt, mit einer ebenso unbedachten wie schicksalhaften Bemerkung: »Ihr habt aber wirklich einen schönen Baum!«

Stille setzt ein.

Sekundenlange, unheilvolle Stille.

Es ist, als hätte sie einen kleinen, unschuldigen Schneeball an einem schneebedeckten Berghang ins Rollen gebracht, ohne sich etwas dabei zu denken. Und in wenigen Augenblicken wird daraus eine Lawine erwachsen, die alles mit sich reißt, Häuser, Menschen und auch Parmesansterne.

Jemand holt tief Luft.

Ein anderer betet leise.

Und Herzen klopfen, im gleichen panischen Takt.

Und dann ein Lächeln, wie eine weiße Flagge. Gehisst im Angesicht der offensichtlichen Niederlage. Denn genau das ist sie, die eigentliche Tradition, die sich hier in diesen sieben Häusern hinter den Lichtern versteckt, hinter dem Tannennadelduft und den grünen Weihnachtspullovern mit der blinkenden Rentiernase.

Die Tradition des Baumlobens.

Mitgebracht aus dem Schwäbischen, eingeführt von der Familie in Haus Nummer 7 – Losnummer 4 –, die nicht ahnte, dass man eine solche Tradition nicht einfach woanders einpflanzen kann, ohne gleichzeitig eine dunkle Brut des Verderbens mit großzuziehen.

»Ein schöner Baum!«

»Auf den schönen Baum!«

»Auf den ersten schönen Baum des Abends!«

Und während der Gastgeber – der sich seiner besonderen Verantwortung dank des gezogenen Startloses bewusst ist – rasch selbst gebrannte Trockenobstbrände aus dem Schrank holt sowie frisch geputzte Schnapsgläser, während also die Lawine bereits ins Tal hinunterdonnert, ist noch kurz Zeit, die Spielregeln dieser Tradition des Baumlobens zu erklären.

Sieben Häuser. Sieben Familien. Sieben Bäume. Die es zu loben gilt, gerne mehrfach. Mit warmen, salbungsvollen Worten, vor allem aber mit allem, was das Schnapsregal hergibt.

»Auf den Baum!«

»Ein schöner Baum!«

»Marille. Selbst gebrannt!«

Klebrige Flüssigkeit, ockerfarben und glitzernd vor Boshaftigkeit, sie wärmt den Rachen, sie löst die Kälte aus den Knochen und lässt die Temperaturen in diesem ersten Haus in Magma nahe Bereiche aufsteigen.

»Guck mal, der Baum spiegelt sich in der Fensterscheibe«, ruft eine von ihnen. »Als würde da noch ein schöner Baum stehen!«

Am liebsten hätte der Nachbar aus dem Haus mit der Nummer 1 – Losnummer 3 – seiner Frau den Mund zugehalten, aber er hat bereits aufgegeben und hält einfach sein Schnapsglas in die Höhe. Keine Diskussionen, keine Gegenwehr.

»Ein wirklich schöner Baum!«

Bereits jetzt greifen sie im Sekundentakt nach den bereitgestellten Häppchen, die aber als Grundlage ebenso wenig dienen wie Marillenschnaps zum Nüchternwerden. Im Hintergrund leuchtet heimtückisch der Weihnachtsbaum, als ein erster Blick zur Uhr an der Wand geht.

»Wer ist als Nächstes dran? Und gibt's bei euch womöglich Schweinshaxe? Oder Käsespätzle? Das würde helfen!«

»Bei uns gibt's Hirschgulasch«, kommt der Ruf eines Nachbarn, der zur allgemeinen Enttäuschung aber in der Verlosung einen der mittleren Plätze eingenommen hat.

Der vermeintliche Rettungsring ist noch drei Häuser entfernt.

Als sie das erste Haus verlassen und weiterziehen, fallen noch immer Schneeflocken auf die Straße, seltsamerweise jetzt leicht diagonal, was aber auch an der Perspektive liegen kann, die man als Gruppenmitglied nach dreifachem Baumloben innerhalb weniger Minuten einnimmt, vorsichtshalber an die Straßenlaterne gelehnt.

Und so schreitet der Abend voran, in viel zu schnellen Schritten und Schlucken, immer wieder stößt die Tradition zu, setzt das Messer tief ins Fleisch dieser Gruppe Menschen, dreht es um, zieht es heraus.

Und lässt die ersten Opfer wehrlos zurück.

In Haus Nummer 3 – Losnummer 2 – gibt es Käse-Schinken-Wraps sowie eine Plätzchendose von der Größe einer Regentonne. Und einen Baum, einen sehr schönen Baum, bereits jetzt wird nicht mehr lange um den heißen Glühwein herumgeredet, bereits beim Schuheausziehen ruft jemand den Schlachtruf der Verzweifelten.

»Das ist aber auch ein schöner Baum bei euch!«

Anisschnaps, Quittenlikör und etwas, das milchig ist und aus dem hohen Norden kommt. Und während sie erneut zur Lobpreisung ansetzen, werden die Plätzchen inhaliert, die Wraps aufgesogen, weil nur Essen sie retten kann, viel Essen. Schwierig wird es jetzt, weil durch das Fenster von Haus Nummer 3 hindurch der beleuchtete Weihnachtsbaum im nächsten Haus zu sehen ist.

»Da steht aber auch noch ein schöner Baum!«

Zwetschgenwasser und Himbeergeist, sie lachen, hopsen jetzt auf der Lawine hinunter ins Tal, drücken Rentiernasen auf Pullovern, und irgendjemand ruft den sinnlosesten aller Sätze: »Dieses Jahr lasse ich es mal ruhig angehen!«

Was niemand von ihnen bemerkt: Sie sind nicht mehr vollzählig. Jedes Haus, jeder Baum, jedes Loben fordert sein Opfer, der erste Familienvater hat sich unauffällig zurückgezogen, er wird sich in der Abstellkammer seines Hauses einschließen, wissend, dass nachher alle noch bei ihm zu Gast sein werden.

Wieder geht es hinaus in den Schnee, Veitstänze und Freudensprünge werden ausgeführt, *Last Christmas* gesungen zur Melodie von *Stille Nacht, Heilige Nacht*. Das dritte Haus, ganz vorne in der Straße, es gibt Pizza, immerhin, es gibt aber auch einen wirklich sehr schönen Baum. Und deshalb gibt es auch Brandy und Single Malt. Die Wintersonne steht hoch über den gut gefüllten Gläsern.

»Schade, dass die Meiers nicht da sind«, sagt jemand. Eigentlich wären es nämlich acht Häuser, aber die Meiers sind fort, im Weihnachtsurlaub.

»Haben die eigentlich auch einen Baum, die Meiers?«

»Ja, sie haben einen im Wohnzimmer stehen. Aber sie sind ja nicht da.«

»Aber wir haben den Schlüssel.«

Sieben Familien dringen in das Meier'sche Haus ein, machen die Lichterkette an und rufen laut:

»Ein schöner Baum!«

Grappa und Portwein werden gesucht. Und gefunden.

Fotos werden gemacht und den Meiers geschickt, die gute Laune machen zum bitterbösen Spiel, vom Feriendomizil aus.

Als sie alle ins Haus Nummer 7 – Losnummer 4 – mit seinem Hirschgulasch kommen, sind sie bereits deutlich ausgedünnt, es ist nun ein Kampf Mann gegen Baum. Schwer schnaufend stehen einige Tapfere vor dem nächsten Endgegner, er strahlt im warmen Licht, es gibt einen Holzstern an der Spitze und weiße Porzellanengel, die sanft im Nadelwerk baumeln. Die Männer stieren ihn an, den Baum, sie legen den Kopf leicht zur Seite.

»Es sieht aus, als würde der uns angrinsen«, flüstert einer von ihnen, sein Blick flackert, er hält sich an der Wand fest.

»Mir doch egal, wir ziehen das jetzt durch: Das ist ein sehr schöner Baum!«

Rum und Wacholdergeist.

»Ein Lob auf das Lobbaumen! Ich meine … ein Baum auf das … nee, ach egal, ein schöner Baum!«

»Ein sehr schöner Baum!«

Längst sind die Kinder weggesperrt, sie sollen nicht Zeugnis ablegen in den Kindergärten und Schulen von dieser Tradition, die hier nicht gefeiert, sondern niedergerungen wird. Das Hirschgulasch ist zarter als jede Schneeflocke dort draußen, es wärmt die Bäuche, gibt Kraftreserven und neuen Mut.

Dennoch: Drei Häuser sind noch zu gehen.

Als es wieder hinausgeht in die Kälte des Abends, da geht der Hirschgulasch-Gastgeber etwas langsamer, er will die Tür abschließen, er kommt sofort, da sei noch etwas auf dem Herd, er wolle nur schnell …

Es ist Fahnenflucht. Angst vor dem Feind. Und es ist das Einzige, was ihm bleibt. Leise schleicht er sich nach oben, ins Schlafzimmer, wo er niedersinkt und weint, weil das Baumloben ihn besiegt hat, ausgerechnet ihn.

Dann also die Parmesansterne. Und ein wirklich schöner Baum in Haus Nummer 2 mit der Losnummer 5. Hier wird es Haselnussschnaps sein, warum auch immer, er schmeckt künstlich und wird draußen ausgespuckt, der Schnee färbt sich, der Abend kippt und der nächste Nachbar auch. Lokale Heldenlieder werden angestimmt, schwere Köpfe sinken auf Sofalehnen, und heimlich werden volle Schnapsgläser versteckt, in den Ecken des Raumes, auf dass es keiner sehe.

Endspurt. Nachtisch im Haus nebenan, der Baum ist klein und groß gleichzeitig, er wird gestreichelt und verflucht, wieder sind sie einer weniger, auf der Ziellinie dieses Abends wird die Luft dünner. Draußen hat es aufgehört zu schneien, es ist jetzt nach Mitternacht, es ist der 24. Dezember. Die Straßenlaternen leuchten grell in ihre rot umränderten Augen.

»Wir sind nur noch eine Handvoll«, flüstert einer von ihnen. »Handvoll randvoll.«

»Bei uns gibt es Tiramisu«, sagt die Nachbarin, die aufrecht geht und tapfer dreinblickt. »Mein Mann hat sich in der Abstellkammer eingeschlossen.«

»Seit halb elf«, kommt eine Antwort. »Ich habe alle Fahnenflüchtigen aufgeschrieben.« Ein Zettel wird geschwenkt, er dient als schriftliches Protokoll des Abends. Und dann steigen sie die letzten Stufen hoch, sehen einen letzten Baum im Wohnzimmer – und schweigen. Aus Angst. Und aus Verzweiflung. Vielleicht könnte man ja hier eine Ausnahme machen, eine klitzekleine …

»Das ist aber ein schöner Baum«, ruft eines der Kinder. Und der Vater an seiner Hand fängt leise an zu wimmern.

Und dann, als alles vorbei ist und jeder Baum gelobt, da ist Heiligabend, der Weihnachtstag. Der Schnee liegt noch immer in den Gärten und auf den Hecken. In der Quitte hat sich die Lichterkette aus den Ästen gelöst, der Baum sieht aus wie ein sterbender Schwan in der Dunkelheit. Hinter den Fenstern leuchten die Weihnachtsbäume, mit Christbaumkugeln geschmückt und mit Holzsternen an der Spitze, befreit von jener Heimtücke, die sie am Vorabend noch auszeichnete.

Es ist still. Die Familien sind für sich.

Geschenke werden ausgepackt, ganz langsam. Kinder werden ermahnt, ihre Freude über die Ritterburg nicht allzu laut ins Wohnzimmer zu schreien. Das Singen von Weihnachtsliedern ist in sämtlichen Häusern bei Strafe untersagt worden. Die wochenlang einstudierten Blockflöten-Einlagen sind abgesagt.

Zu laut. Und dazu gibt es Wasser. Stilles, klares Wasser.

Und ein Versprechen, vielleicht sogar ein Eid, geschworen im nur langsam abziehenden Pulverdampf des gestrigen Abends. Der erste Vorsatz, lange vor Silvester.

»Nächstes Jahr lasse ich es langsam angehen.«

HORST EVERS

Ich bremse auch mit Tieren

Als wir letztes Jahr zu Weihnachten bei den Eltern der Freundin zu Besuch waren und am späten Nachmittag des Heiligen Abends im Taxi vom Weihnachtskonzert gemeinsam zurück zur elterlichen Wohnung fuhren, sprach die Mutter plötzlich zum Taxifahrer mit betroffener, fast tränenerstickter Stimme, er habe wohl leider keine Familie, sei vermutlich ganz alleine, wenn er am Heiligen Abend Taxi fahre. Der Fahrer jedoch antwortete: »Ach nee, bei mir ist das andersrum. Eben weil ich sehr viel Familie habe, fahre ich Weihnachten lieber Taxi.«

Ich verstand ihn.

Zumal dieser Beruf gerade an den Festtagen einen besonderen Reiz hat. Als ich während meiner Studienzeit selbst als Taxifahrer gearbeitet habe, gehörten die Weihnachtsschichten zu meinen liebsten, weil erlebnisreichsten.

Unvergessen für mich ist beispielsweise das angestrengte Gespräch einer dreiköpfigen Familie, die ich am Morgen des ersten Feiertages zum Bahnhof brachte. Der Mann setzt sich, nachdem das viele Gepäck verstaut ist, auf den Beifahrersitz nach vorne. Die Mutter und die circa achtjährige Tochter warten auf der Rückbank auf die Abfahrt.

Mann: »Zum Bahnhof Zoo.«

Frau: »Ich kann nicht glauben, dass du die Pralinen für Tante Swantje nicht wiedergefunden hast.«

Mann: »Die kriegen wir vielleicht auch noch mal in Köln am Bahnhof.«

Frau: »Aber nicht mit dem Preisschild. Ich hab mir doch von Ingrid im Reichelt extra ein anderes Preisschild draufmachen lassen, damit Tante Swantje denkt, die wären dreimal so teuer gewesen.«

Mann: »Wenn wir die am Bahnhof noch einmal kaufen, sind die ja auch ungefähr dreimal so teuer.«

Frau: »Darum geht's doch gar nicht, du Blödmann. Tante Swantje soll nur denken, die wären dreimal so teuer gewesen. Wenn wir tatsächlich das Dreifache bezahlen, könnten wir ja gleich Pralinen kaufen, die auch dreimal so teuer sind.«

Mann: »Wir können ja im Bahnhof fragen, ob die uns nicht auch ein anderes Preisschild da draufkleben. Machen die vielleicht, wenn wir denen dafür was extra geben.«

Frau: »Ja. Am besten genau das, was dann auf dem Preisschild draufsteht, du Hornochse.«

Das Kind schreit.

Mutter: »Was ist denn jetzt schon wieder?«

Kind: »Nichts.«

Mutter: »Ich merk doch, dass da was ist.«

Kind: »Nein, is nichts.«

Mutter: »Was hast du denn da?«

Kind: »Nichts.«

Vater: »Julchen, sag jetzt deiner Mutter, was du da hast.«

Kind: »Ich hab nichts.«

Vater: »Julchen, lüg nicht!«

Kind: »Doch!«

Die Mutter schreit.

Vater: »Was ist da denn jetzt?«

Mutter: »Nichts.«

Vater: »Ihr sagt jetzt sofort, was da ist.«

Mutter: »Schon gut, da ist nichts.«

Es fiept. Mutter und Kind schreien. Der Vater atmet sehr tief und laut hörbar ein. Wohl um sich zu beruhigen.

Vater: »Sagt jetzt bitte nicht, dass Julchen ihre Ratte mitgenommen hat.«

Schweigen.

Vater: »Hallo, ich höre nichts.«

Kind: »Du hast doch gesagt, wir sollen bitte nicht sagen, dass ich Justus mitgenommen habe.«

Vater: »Also, ich glaub's ja nicht, ihr … Ouh.«

Der Vater verstummt. Alle sind plötzlich ganz still. Stattdessen höre ich sie nur noch hektisch, bemüht leise rascheln und zischen. Mir kommt ein unerfreulicher Verdacht. Obwohl ich mich vor der Antwort fürchte, frage ich:

»Sagen Sie mir bitte nicht, dass Ihnen die Ratte ausgebüxt ist und jetzt hier frei durchs Taxi flitzt.«

Die ganze Familie schweigt. Als was für eine Antwort soll man das werten?

Vater: »Die tut eigentlich nichts. Der Justus ist meistens eine ganz liebe Ratte.«

Spüre in meinem Fußraum etwas huschen. Trete sofort heftig auf die Bremse. Die Bremse quietscht. Laut, aber der Wagen wird nicht langsamer. Bin überrascht. Na ja, das Quietschen klang auch seltsam, und die Bremse war ungewöhnlich weich.

Das Kind brüllt. »Der Mann hat Justus totgebremst!«

Denke, da bekommt der Satz »Ich bremse auch für Tiere« noch mal eine ganz andere Bedeutung. Wobei, genau genommen müsste es ja hier wohl heißen: »Ich bremse auch mit Tieren.«

Vater: »Keine Angst. Dem Justus geht's gut. Der hat sich nur erschrocken. Sitzt jetzt bei mir.«

Das Handy der Mutter klingelt. Als sie rangeht, hört man aus dem Hörer das Geschrei einer Frau.

Mutter: »Das ist Silvia.«

Der Vater erklärt mir: »Unsere Nachbarin. Die hat sich trotz ihrer panischen Angst vor Ratten netterweise bereit erklärt, auf Justus aufzupassen. Wir haben vorhin noch den Käfig zu ihr rübergetragen.«

Mutter: »Jetzt hat sie wohl gerade gesehen, dass der Käfig leer ist. Weshalb sie nun denkt, die Ratte würde frei in der Wohnung rumlaufen. Daher sitzt sie jetzt mit scharfen Messern auf dem Küchentisch und schreit.«

Vater: »Sag ihr, dass Justus bei uns ist.«

Mutter brüllt in den Hörer: »Silvia! Silvia! Justus ist bei … Silvia, hör doch zu! Silvia!«

Sie wendet sich wieder zum Vater: »Die hört nichts, die ist nur am Schreien.«

Vater: »Na, dann kann man nichts machen.«

Mutter: »Nee, wohl nicht.«

Sie legt auf.

Ich sage: »Das mit der Ratte eben war ganz schön knapp. Ich hätte fast einen Unfall gebaut.«

Der Vater schaut betroffen: »Schade.«

»Was?«

»Na, ich will es mal so sagen. Wenn Sie jetzt einen Unfall bauen und wir deshalb unseren Zug verpassen und nicht zu der buckligen Verwandtschaft meiner Frau können, kriegen Sie von mir hundert Mark.«

»Echt?«

Die Frau ruft von hinten: »Und die Pralinen noch dazu, wenn Sie uns wieder nach Hause gefahren haben.«

Überlege laut: »Na ja, ein wirklicher Unfall wäre blöd, aber wir könnten natürlich so tun, als ob. Ich habe einen Kollegen, der hatte vor ein paar Monaten tatsächlich einen Blechschaden. Der würde uns bestimmt die Unfallfotos leihen. Die könnte man dann Ihrer Verwandtschaft schicken. Quasi als Beweis ...«

Am Ende hatten alle schöne Weihnachten. Die Familie blieb in Berlin. Justus kam zurück in den Käfig. Die Nachbarin konnte vom Tisch runter, und ich hatte hundert Mark und Pralinen.

Das nächste Weihnachten rief mich der Vater wieder an. Ob er sich die Unfallfotos noch einmal leihen dürfe. Bei ihnen selbst würde es natürlich auffallen. Aber gute Freunde, denen sie im Vertrauen davon erzählt haben, hätten großes Interesse. Im Laufe der Jahre haben diese Fotos mir und dem Kollegen ein hübsches kleines zusätzliches Weihnachtsgeld gesichert.

Als wir in der Wohnung der Eltern der Freundin ankommen, blinkt schon der Anrufbeantworter. Der Münsteraner Teil der Familie hat leider den Zug verpasst. Das Taxi hatte auf dem Weg zum Bahnhof einen Unfall. Sie haben uns auch schon Fotos vom Unfalltaxi per Mail geschickt. Als ich die Bilder sehe, denke ich: Ach guck, der Kollege ist wohl nach wie vor im Blechschadenfoto-Verleih-Geschäft. Hat sogar eine Möglichkeit gefunden, das Berliner Nummernschild mit Photoshop zu bearbeiten, sprich durch ein Münsteraner Kennzeichen zu ersetzen. Er arbeitet jetzt also überregional. Nicht schlecht. Man staunt doch immer wieder, wie viele ganz unterschiedliche Arbeitsplätze hierzulande mehr oder weniger am Automobil hängen.

MARKUS ORTHS

Ein nackter Mann steht vor der Tür

Wenn sechzig Geburtstagskerzen in einem Geburtstagskuchen stecken, und das gleich doppelt, also eigentlich hundertzwanzig Geburtstagskerzen in einem Geburtstagskuchen, und wenn man vor lauter Kerzen den Kuchen darunter gar nicht mehr erkennen kann und drei Anläufe braucht, um die Kerzen auszupusten, sowie fünf Minuten, sie aus dem Kuchen zu pflücken und abzuschlecken, dann kommt man irgendwie ins Grübeln, über sich, über die Zeit, über das Leben und so weiter. Und dabei war der Kuchen gar kein Kuchen, sondern ein Weihnachtsstollen, wie jedes Jahr, denn Herbert und ich haben beide am selben Tag das Licht der Welt erblickt: am 25. Dezember. Während wir die Kerzen auspusteten, hielten wir uns fest an den Händen, mein Mann und ich, so, wie wir uns fünfunddreißig Jahre lang immer fest an den Händen gehalten hatten. Gerade jetzt, dachte ich, ist es wichtig, sich fest an den Händen zu halten, mit sechzig, wo die Zukunft schon wie ein Trichter auf uns zu schwebt, denn Herberts Mutter war als letzte unserer Eltern erst vor Kurzem gestorben, und ich weiß noch, wie mein Mann mir am Grab leise zugeraunt hatte: »Jetzt sitzen *wir* in der ersten Reihe.«

Nachdem wir den Stollen vertilgt hatten, führte Herbert mich in die Mitte des Wohnzimmers zwischen die gegenüberliegenden Türen und fragte mich, welche der Türen für mich die Tür zur Zukunft sei.

Ich sagte: »Natürlich die da, direkt vor mir.«

Herbert legte mir die Hände an die Schultern, sagte: »Wir schauen ab jetzt nicht mehr dahin«, und drehte mich langsam um, »sondern auf das, was hinter uns liegt.«

Ich verstand genau, was er meinte. »Wie Kühe«, sagte ich. »Wir liegen einfach da und käuen wieder, was wir gefressen haben.«

Wir setzten uns und Herbert zeigte mir sein *Verrücktes Rezept Nummer neunhundertneunundneunzig*. Längst habe ich mir abgewöhnt, ihn zu fragen, wann er *endlich* sein erstes Kochbuch veröffentlichen wird. Anfangs hat er gesagt, er wolle aus hundert Rezepten ein Kochbuch machen, doch als er hundert Rezepte beisammenhatte, sagte er, er wolle warten, bis er zweihundert habe, um aus den zweihundert die besten hundert auszuwählen, und als er die zweihundert fertig hatte, brauchte er fünfhundert, und mittlerweile sagt er seit Jahren, unter tausend fange er gar nicht erst mit der Auswahl an. Wie ein Künstler scheint er mir, der sich nicht von seinen Bildern trennen kann.

»Und?«, fragte Herbert.

Ich wollte gerade etwas entgegnen, als es klingelte. Wir sahen uns erstaunt an. Wer wollte uns um diese Zeit besuchen? Wir erwarteten niemanden. Wir überlegten kurz, ob wir uns überhaupt aus unserer bequemen Couchstellung hochhieven sollten, dann aber klingelte es noch mal, meine Neugier siegte, ich stand auf, schnaufte kurz, ging durch den Flur und öffnete die Tür. Draußen stand ein nackter Mann.

❄

Herbert und ich lernten uns im Alter von fünfundzwanzig Jahren kennen. Wir waren beide allein in Urlaub geflogen, und zwar nach Gran Canaria, um dem Weihnachtstrubel zu entkommen. Wir waren zufällig im selben Hotel untergebracht, und tatsächlich sprach Herbert mich an, am Weihnachtsabend, als ich allein an der Bar saß, ich weiß noch, wie ich dachte, endlich spricht er mich an, ich war damals ja nur auf die Insel geflogen, weil ich hoffte, jemand würde mich ansprechen, er, wie er mir später sagte, war seinerseits nur auf die Insel geflogen, weil er hoffte, jemanden ansprechen zu können. Damals waren wir beide noch, wie man sagt, rank und schlank, ich wog exakte dreiundsechzig Kilo, was man mir aber, weil ich hoch aufgeschossen bin, nicht anmerkte, er exakte fünfundneunzig. Dort, in der Bar sitzend, waren wir ein wenig gehemmt zu Beginn unseres Gesprächs, ich fand das einerseits süß irgendwie, sein Zögern, seine Behutsamkeit, auf der anderen Seite nervte mich meine eigene Schüchternheit, Mensch, dachte ich, sag ihm doch einfach, was du willst. Aber ich traute mich nicht. Und obwohl wir beide den ersten Schritt der Begegnung irgendwie meisterten, dieses Austauschen der Äußerlichkeiten, den matten Fragenkatalog des Üblichen, die profane Was-machst-du- und Wo-kommst-du-her-Orgie, in der Hoffnung, rasch zum Eigentlichen vorzudringen, gab es einen Augenblick, an dem alles hätte scheitern können: Das kurze Surren einer Stille, die ich nicht auszuhalten in der Lage war. Wenn ich jetzt schweige, dachte ich, wird er aufstehen, das Schweigen brechen wie einen Stab, sich für die Störung entschuldigen und mich allein an der Bar zurücklassen. Ich legte meine Hand auf den Bauch und sagte das Erstbeste, was mir einfiel: »Die Weihnachtsgans liegt schwer im Magen.«

Herbert sah mich begeistert an. »Sie hat dir nicht geschmeckt?«, fragte er.

»Nein«, sagte ich, »überhaupt nicht. Viel zu fett!«

»Meine Rede!«, rief er und rutschte ein Stückchen näher. »Und diese Banausen«, er wies mit einer unbestimmten Bewegung auf die anderen Hotelgäste, »die haben keine Ahnung! 'Wahnsinn, diese Gans, sagen die, dabei war sie wirklich viel zu fett, und erst die Füllung, ohne Majoran und Kerbel, viel zu viel Senf, Senf, stell dir das vor!, und den Rotwein nicht von der Kruste aufsaugen lassen, wenn der Koch denn überhaupt Wert legt auf Krusten!«

»Ich dachte, du bist Ingenieur!«, sagte ich.

Er sah mich einen Augenblick an, und dann brach es förmlich aus ihm heraus, er rief aufgeregt, ja, das sei wahr, Ingenieur, ja, das sei er, ja, das sei sein Beruf, ja, damit verdiene er sein Geld, aber eigentlich und viel lieber wäre er, und niemand wisse das bislang: Koch. Dieses letzte Wort war ein Vulkanausbruch, ein einziger Knall, ich rückte nun meinerseits ein Stückchen näher, hörte nicht auf, ihn anzuschauen, während er weiterredete, eruptiv, immer schon habe er gekocht, nie habe er einem Menschen davon erzählt, und dann betete er mir einige Rezepte vor, während wir leidenschaftlich Weihnachts-Cocktails tranken, statt pappigem deutschen Glühwein, und immer ausgelassener wurden, ich hatte noch nie jemanden in dieser Weise übers Kochen sprechen hören, alles, was Herbert jahrelang, für sich, in seinem Kopf, an seinem Herd, heimlich, in aller Stille, ausprobiert, aufgeschrieben, erdichtet, erfunden hatte, all das war an diesem Abend nicht mehr zurückzuhalten, all das hervorgerufen durch ein einziges Wort: Weihnachtsgans. Es war unerhört, wie er jetzt die Zutaten auf vollkommen überraschende Weise mengte, wie er sie knetete, wie sie sich berührten, wie er in abenteuerlichen Verbindungen die verschiedensten Dinge zueinander brachte, die kein Mensch je zueinander gebracht hätte, wie er zum Beispiel Muscheln mit Honig kombinierte, wie er die Weichheit des gepulten Muschelfleisches mit der süßen Trägheit des Honigs bestrich, ein leises Flüstern nur, sagte er, ein weicher, goldener Film, wie der Blick eines Einhorns, man darf ihn kaum sehen, den Honig, aber er muss dennoch in die Nase steigen, wenn man den Teller vorgesetzt bekommt, die Wärme, in die man den Honig gebracht hat, ein leichtes, ganz langsam sich steigerndes Erhitzen, das muss Stunden dauern, sagte er, je länger, umso besser, und dann, endlich, der Augenblick, in dem das herausgelöste Muschelinnere samt Honig auf die Zunge, auf den Gaumen trifft: eine Geschmacksexplosion.

Ich forderte immer mehr von Herbert, forderte immer neue Rezepte, und wenn er eine Pause machen wollte, wischte ich aufgeregt mit der Hand durch die Luft und sagte, mehr, mehr, mehr, ich feuerte ihn regelrecht an, noch eins, sagte ich, noch eins, noch eins, immer atemloser hing ich an seinen Lippen, hatte keine Ahnung, was sich da eigentlich abspielte zwischen uns, aber ich wusste, dass etwas Besonderes geschah, in dieser Bar auf Gran Canaria, und ich wollte alles dafür tun, den Augenblick so lange wie möglich auszukosten. Als er nicht mehr konnte, zog er den Strohhalm aus dem Cocktailglas und trank es in einem Zug aus, wie Wasser.

»Willst du mal was für mich kochen?«, fragte ich.

»Klar!«, sagte er, außer Atem. »Wann?«

»An meinem Geburtstag«, sagte ich, »morgen.«

Er sah mich erstaunt an. »Wie, morgen?«, fragte er.

»Ja, morgen.«

»Am ersten Weihnachtstag?«

Als ich nickte, zückte er seinen Ausweis. Zum ersten Mal sah ich unser identisches Geburtsdatum: der 25. Dezember.

Aber wir lachten nicht, er nahm meine Hände in seine, wir verbrachten die Nacht gemeinsam im Hotelbett, und als ein müder, aber heller Morgen durchs Fenster kletterte, sagte Herbert, mit einem Röcheln unter mir, er werde seinen Job kündigen, er werde aufhören, er wisse jetzt ganz genau, was er wolle, in jeder Hinsicht. Ein neues Jahr! Ein neues Leben!

An diesem Tag kochte Herbert zum ersten Mal in seinem Leben für mich. Er mietete ein Appartement mit Küche in der Nähe und legte los. Es waren seine legendären Honigmuscheln, das erste seiner vielen verrückten Rezepte. Doch während ich das Muschelfleisch lutschte und schon das tun wollte, was ich mir vorgenommen hatte, nämlich seine Kochkunst zu rühmen, fragte mich Herbert plötzlich: »Du runzelst die Stirn?«

Ich nahm noch eine Weihnachts-Honigmuschel, kaute, schluckte, ließ den Nachgeschmack durch den Gaumen wehen, trank einen Schluck Wasser, und ich weiß nicht, woher dieses eine Wort kam, das ich nun sagte, denn ich hatte eigentlich überhaupt keine Ahnung vom Kochen, jedenfalls rutschte mir dieses kleine Wort aus dem Mund, das fortan unsere Beziehung wie ein Ja-Wort untermauern sollte: »Amaretto!«

Herbert schwieg. Er nahm die Honigmuscheln, ging in die Küche, ich folgte ihm, er legte das Muschelfleisch zurück in die Pfanne und bespritzte es, kaum sichtbar, den Daumen auf der Flasche, mit einem Schuss Amaretto. Dann ließ er den Alkohol verdunsten, nahm die Muschel und legte sie sich in den Mund.

Als er sich mir zuwandte, sagte er immer noch nichts. Er nahm mich nur fest in den Arm, bis ich die Zeit vergaß.

Wir heirateten relativ zügig, versprachen uns nicht nur, das Leben miteinander zu verbringen, sondern auch Folgendes: Wir dürfen unter keinen Umständen zulassen, mehr als ein Kilo pro Jahr zuzunehmen. Und wir haben uns daran gehalten: Mein Mann wog damals fünfundneunzig, jetzt wiegt er hundertdreißig, ich wog damals dreiundsechzig, jetzt wiege ich achtundneunzig, und diese Kilos sind uns lieb und teuer geworden mit der Zeit, wir tragen sie mit breiter Brust, fast wie Jahresringe.

❄

Ich betrachtete den Mann vor unserer Tür. Seine bodenlose, unverschämte Nacktheit beeindruckte mich, sein verschrumpeltes Geschlecht, die Hoden, von denen mein Blick gleich hochfuhr, sein Gesicht, bartlos, glatt, vornehm fast, ohne Anzeichen einer Verwahrlosung oder auch nur der geringsten Vernachlässigung, selbst die Haare waren alles andere als wirr und ungekämmt, Brust, Beine und Arme seltsam unbehaart, ich schätzte ihn auf Ende dreißig, seine Lippen blau vor Kälte. Er räusperte sich, nahm innerlich Anlauf, breitete die Arme aus und sagte diesen einen Satz: »Ich habe alles zurückgelassen.«

Ich schwieg.

Der nackte Mann fügte hinzu: »Mein Auto, meine Wohnung, mein Leben, meine Kleider!«

Ich schwieg immer noch.

»Alles!«, sagte er.

Ich rief: »Das seh ich!!«

»Frohe Weihnachten!«, sagte er.

»Schöne Bescherung«, sagte ich.

Er hustete, wurde plötzlich verlegen, sah sich kurz um, als ein Auto vorbeifuhr und ihn im Lichtkegel fing, seine Augen glänzten in scheuer Hilflosigkeit, und ich sagte: »Jetzt kommen Sie erst mal rein!«

Der nackte Mann blickte mich erstaunt an, trat dann zögerlich ins Haus. Ich schloss die Tür, führte ihn ins Gästebad und sagte, er solle eine heiße Dusche nehmen. Ich legte ihm Handtücher hin, er bestieg die Wanne, die Füße nass und schmutzig vom Schneematsch. Dann ging ich zurück zu Herbert.

»Was war los?«, fragte er.

»Ein nackter Mann stand vor der Tür«, sagte ich.

Herbert sah mich an. »Was sagst du?«, fragte er.

»Ich sagte: Ein nackter Mann stand vor der Tür.«

Herbert schwieg eine Weile.

»Und?«, fragte er.

»Was, und?«

»Hast du ihn weggeschickt?«

»Ins Badezimmer.«

»In unser Badezimmer?«

»Er wär sonst erfroren.«

Herbert lauschte, ohne sich von der Couch zu heben. »Ist ja 'n Ding«, sagte er, als er die Dusche hörte. »Was hat er gesagt?«

»Noch nichts«, sagte ich.

»Hast du ihm Handtücher hingelegt?«

»Jede Menge!«

Ich ging in die Küche, setzte Teewasser auf und stand wartend neben dem Herd. Als ich mit der Teekanne zurück durch den Flur ging, hörte ich immer noch die Dusche aus dem Gästebad. Ich stellte Tassen bereit. Herbert holte eine Flasche Rum. Wir setzten uns wieder auf die Couch und warteten. Nach einer Weile wurde das Wasser im Bad abgedreht, wir hörten, wie der nackte Mann die Badezimmertür öffnete und barfuß übers Parkett patschte. Mit nassen Haaren erschien er im Wohnzimmer, nickte, sagte aber kein Wort. In ein Handtuch gehüllt setzte er sich zu uns, nun wesentlich lebendiger, ohne blaue Lippen, er sah aus wie ein ganz sympathischer Kerl.

»Das ist Tee mit Rum!«, sagte ich.

Der nackte Mann nickte, beugte sich vor, griff dann, noch etwas zittrig, zur Tasse. Es dauerte, bis das Eis gebrochen war. Er wiederholte den Satz von vorhin: »Ich habe alles zurückgelassen.«

Herbert fragte: »Was ist passiert?«

»Ich habe nichts mehr!« Der nackte Mann sprach deutlich, wie jemand, der zu sprechen gewohnt ist. »Nur noch mich selbst«, sagte er. »Ich brauche Kleider, Schuhe, einen Mantel. Sonst werde ich erfrieren, da draußen.«

Das leuchtete ein.

»Helfen Sie mir?«, fragte er.

»Wie viel wiegen Sie?«, fragte ich.

»Achtzig Kilo!«, sagte er.

»Herbert wiegt hundertdreißig!«, sagte ich. »Das wird nicht einfach, was Passendes zu finden.«

Wir schwiegen.

»Schon lange unterwegs?«, fragte ich.

»Halbe Stunde.«

»An wie vielen Türen haben Sie geläutet?«

»Vielleicht könnte man es mit einem Gürtel versuchen«, sagte der Mann.

»Was?«

»Die Hose! Mit einem Gürtel festschnallen. Bei Pullover und Mantel ist's nicht so schlimm, wenn sie zu groß sind.«

Ich stand auf und ließ Herbert mit dem nackten Mann

zurück, holte Klamotten aus dem Schlafzimmer und ein Paar Schuhe aus dem Schuhschrank. Der nackte Mann schlüpfte in die Kleider, Hemd und Pullover warfen Falten, wurden in die Hose geknautscht und mit einem Gürtel zusammengeschnürt, dann zog er sich Socken und Schuhe an, legte sich einen schweren, alten Mantel um und zog meine lila Mütze auf. Zuletzt ließ er sich wieder im Sessel nieder, bedankte sich und fragte, ob er sich noch ein wenig aufwärmen dürfe. Wir nickten.

»Erstaunlich!«, sagte er.

»Was?«, fragte Herbert.

»Dass es noch Menschen gibt, die einfach so einem nackten Mann helfen.«

Wir schwiegen wieder und schlürften Tee mit Rum.

»Mein Fahrrad ist gestohlen worden.« Der nackte Mann sagte das ganz plötzlich, irgendwie ruckartig.

»Wie bitte?«, fragte ich.

»Mein Fahrrad ist gestohlen worden. Vor vier Wochen.«

»Ja, und?«

»Drei Tage später«, sagte er, »stand es wieder vor der Tür. Auf dem Gepäckständer klemmte ein Brief. Den hatten die Eltern geschrieben.«

»Welche Eltern?«

»Die Eltern des Fahrraddiebes.« Er machte eine Pause. »Sie haben sich entschuldigt. Unser Sohn, hieß es in dem Brief, hat Mist gebaut, er hat Ihr Fahrrad geklaut.« Der Mann schwieg wieder. »Die Eltern wollten natürlich anonym bleiben. Um dem Sohn eine Anzeige zu ersparen. Aber sie stellten mir mein Fahrrad zurück, frisch geputzt, voll aufgepumpt. Und als eine kleine Geste der Entschuldigung hatten sie dem Brief eine … eine Karte beigelegt.« Er räusperte sich und schlürfte einen Schluck.

»Was für eine Karte?«

»Für das Weihnachtskonzert. Gestern Abend! Mit dem Wiener Philharmonischen Orchester. Die sind eigens angereist.«

»Das ist aber nett!«, sagte ich.

»Wie war denn das Konzert?«, fragte Herbert.

»Sehr lang«, sagte der Mann.

»Aha.«

»Dreieinhalb Stunden.«

»Da braucht man Sitzfleisch.«

»Als ich nach Hause kam«, sagte der Mann, »so gegen elf, da war meine Wohnung leer.«

»Wie, leer?«

»Leer. Ausgeräumt. Ausgeraubt. Nichts mehr da.«

Herbert sah mich an.

»Anlage, Computer, Möbel, Gardinen, Bücher, Kisten, Fotos, meine ganzen Sachen, einfach alles.«

»Aber …«

»Ich hatte nichts mehr. Gar nichts! Die müssen mit einem Möbeltransporter gekommen sein.«

Der nackte Mann schwieg wieder.

»Die Konzertkarte«, flüsterte Herbert.

Ich schluckte, als ich den perfiden Plan durchschaute. »Die wussten, dass Sie nicht zu Hause waren.«

»Alles weg!«, sagte der Mann. In seinem Blick lag etwas Wirres. Plötzlich erhellte sich seine Miene. »Der ganze Mist!«, rief er, froh, seltsam erleichtert. »Alles weg! Der ganze Ballast! Auf einen Schlag! Ich hab nur noch das besessen, was ich am Leib trug. Aber. Wissen Sie. Ich bin ein extremer Mensch. Schon immer gewesen. Und ich hab mir gedacht: Wenn schon, denn schon! Wenn man mir alles nimmt, dann auch wirklich alles! Ich hab die Klamotten einfach ausgezogen, weggeworfen. Können Sie das verstehen? Weg mit allem Alten!« Er sah an sich herab. »Und dann bin ich los!«, sagte er. »Ohne alles.«

Wir schwiegen.

»Und jetzt?«, fragte ich.

»Was?«

»Gehen Sie wieder nach Hause?«

»Nach Hause?«, fragte er.

»Ja, nach Hause!«, sagte ich.

»Nach Hause.« Er dachte lange nach. »Nein«, sagte er und kippte den letzten Schluck Tee. »Nein. Ich will ganz von vorn anfangen!«

Wir schwiegen.

Dann stand er auf, und erst jetzt sah ich, dass seine Hände immer noch zitterten.

»Und Sie sind sicher, dass Sie …«

»Ja.«

»Und Sie wollen nicht, dass wir …«

»Ich denke, ich finde allein hinaus.«

Er hob die Hand, lächelte uns zu, ging durch die Wohnung und ließ uns zurück. Wir hörten, wie die Haustür sich schloss. Stumm saßen wir auf der Couch.

Weil wir nicht wussten, was wir sagen sollten, griff Herbert noch einmal zu seinem *Verrückten Rezept Nummer neunhundertneunundneunzig* und reichte es mir.

»Was hältst du davon?«, fragte er.

Ich sah es mir an. »Kängurukeule im Eischneemantel?«

»Mhm.«

Ich sagte das, was ich immer sage: »Ich muss es erst essen.«

Herbert schwieg.

»Da war ja nichts dran!«, sagte ich.

»Wo?«

»An dem nackten Mann. Ein Hemdchen. Kein Speck auf den Rippen! Aber trotzdem. So ein nackter Mann. Inspirierend. Wie sieht's aus?«, fragte ich und streifte langsam meine Bluse ab.

Herbert nickte und knöpfte sein Hemd auf.

»Morgen schreib ich das letzte«, sagte er.

»Wie, das letzte?«

»Meiner Rezepte.«

»Nummer tausend?«

»Nummer tausend!«

»Und dann?«

»Schick ich sie weg. Alle tausend.«

»Ehrlich?«

»Ehrlich!«, sagte er. »Weg damit! Sollen die im Verlag doch die besten hundert raussuchen!«

»Und dann?«

»Fahren wir in Urlaub!«

»Nach Gran Canaria?«

»Wohin sonst?«

Ich sah ihn lange an.

Dann nahmen wir uns in den Arm.

MANUELA SCHÖRGHOFER

Der erste Christbaum

Dezember 1232

Dichte Flocken rieselten aus dem bleigrauen Himmel auf den Rittersitz nieder. In ihrem Untergewand aus Leinen stand Franka vom Röllberg vor der Fensteröffnung. Sie hielt die mit Öl getränkte Tierhaut beiseite und blickte hinunter in den Garten, der aussah, als würde er unter einer weißen Decke schlummern.

Sie atmete tief durch und genoss die klare Winterluft. In ihrer Kemenate war es ein wenig stickig. Das Feuer im Kamin war heruntergebrannt, und die verkohlten Überreste des Holzes verströmten einen brandigen Geruch.

Seit einem halben Jahr lebte sie nun schon hier an Wulfs Seite und hatte ihre Entscheidung für ihn nicht einen einzigen Augenblick bereut. Nur manchmal vermisste sie ihre Arbeit im Skriptorium des Klosters. Dann sehnte sie sich danach, wieder einen Pinsel aus Marderhaar in der Hand zu halten und zu beobachten, wie unter ihren Händen ein neues Bild entstand.

Franka unterdrückte ein Seufzen und dachte an Wulf. Noch nie in ihrem Leben war sie so geliebt worden. Was war dagegen schon die Sehnsucht, wieder zu illuminieren?

Ein Poltern vom Gang her, begleitet von einem unterdrückten Fluch, ließ sie herumfahren. Hektisch stürzte Franka auf die Bettstatt zu, gerade als die Tür geöffnet wurde.

Wulf trat ein und hielt einen Becher mit dampfendem Inhalt in der Hand. Er zog missmutig die Brauen zusammen, und von seinen Fingern tropfte etwas Tee.

»Oh, hast du dich verbrannt?«, fragte Franka besorgt und ließ die Decke, die sie sich bis ans Kinn gezogen hatte, ein wenig sinken.

»Nicht so schlimm«, wehrte er brummig ab. »Aber du bist aufgestanden, wo du doch liegen bleiben sollst.« Zur Bekräftigung deutete er mit der freien Hand zunächst auf das Bettende, wo Frankas nackte Füße unter der Decke hervorlugten, und dann auf die Tierhaut, die an einer Kante eines hervorstehenden Mauersteins hängen geblieben war.

»Mir geht es doch schon viel besser«, widersprach Franka. »Die Gliederschmerzen haben nachgelassen, und mein Hals tut auch nicht mehr weh. Nur die Nase läuft noch ein bisschen.« Wie zur Bekräftigung musste sie niesen.

»Das freut mich, aber du wirst dich gedulden müssen, bis du wieder ganz genesen bist.« Er drückte ihr den Tonbecher in die Hand. »Salbei, Thymian und ein bisschen Honig«, zählte er auf.

Gehorsam nippte Franka an dem heißen Tee und beobachtete, wie Wulf zur Fensteröffnung ging und die Tierhaut wieder sorgfältig davor drapierte. Dann zog er sich einen Stuhl heran, setzte sich und streckte seine langen Beine aus. Mit verschränkten Armen beobachtete er sie. Offenbar wollte er sichergehen, dass Franka den Tee trank und nicht aus der Fensteröffnung kippte.

»Morgen bin ich bestimmt wieder völlig gesund und kann mit dir nach Lomere zur Messe reiten«, sagte sie zuversichtlich.

Wulf schüttelte vehement den Kopf, sodass seine schulterlangen braunen Locken heftig wippten. »Das kommt gar nicht infrage. Du bleibst schön hier und erholst dich. Ich will nicht sehen, wie dein Husten blutig wird.«

»Der ist doch schon fast weg.«

»Ich habe Nein gesagt«, wiederholte er streng.

Franka seufzte enttäuscht. Mittlerweile wusste sie, wann Widerrede zwecklos war. Meistens gelang es ihr, ihn von ihrer Meinung zu überzeugen, nicht jedoch, wenn es um ihr Wohl ging. Da war er unerbittlich.

»Glucke«, murmelte sie, doch er hatte es gehört.

»Franka«, begann er in dem Tonfall, den er auch immer anschlug, um sein Streitross zu beruhigen. »Ich meine es doch nur gut. Ich will einfach nicht, dass dir etwas zustößt.«

»Das weiß ich doch«, gab sie ein wenig besänftigt zu.

In Wulfs graue Augen trat ein Funkeln, wie immer, wenn er einen Einfall hatte. »Wenn es dir so wichtig ist, dann feiern wir die Messe halt hier auf dem Röllberg. Gegen eine saftige Spende wird sich der Pfarrer wohl hier heraufbemühen.«

»Es geht mir weniger um den Gottesdienst«, gab Franka kleinlaut zu. »Ich liebe es, an deiner Seite durch den Schnee zu reiten, den Duft der Tannen zu riechen und das Glitzern der Eiszapfen auf den Zweigen zu bewundern.«

»Ach«, sagte Wulf bloß und wirkte plötzlich niedergeschlagen.

»Versteh mich bitte«, antwortete Franka sanft. »Natürlich ist eine Messe zum Christfest etwas Besonderes, aber der Weg dorthin, zumal es geschneit hat, gehört für mich ebenso dazu. Es ist immerhin das erste Mal, dass ich das Christfest mit dir gemeinsam feiern kann.«

»Aber im Kloster bist du doch auch nicht vor der Messe durch den Wald geritten«, wandte Wulf ein.

»Dafür haben wir die Kirche mit einigen Tannenzweigen geschmückt. Ich gebe zu, das war ein magerer Ersatz, aber besser als nichts.«

Wulf runzelte die Stirn und sah sie traurig an. »Du vermisst das Kloster sehr, nicht wahr?«

»Nein, so ist das nicht«, widersprach Franka schnell. »Du weißt doch genau, dass ich die ganze Zeit über nur an dich gedacht habe. Vor lauter Sehnsucht habe ich sogar dem Heiligen Georg, dem Drachentöter, dein Gesicht gegeben.«

Jetzt stahl sich ein Lächeln auf Wulfs Züge, und das Grübchen auf seiner linken Wange erschien, das sie so liebte. »Immerhin bin ich im Leben auch schon vielen Ungeheuern begegnet.«

Franka stutzte. »Redest du von meiner Mutter?«

Das Lächeln wurde eine Spur breiter. Wulf antwortete nicht, aber das war auch nicht nötig.

Er erhob sich und sah Franka streng an. »Ich muss mich noch um eine Angelegenheit kümmern, die keinen Aufschub duldet. Versprich mir bitte, in deiner Kammer zu bleiben und dich zu schonen. Ich sehe später wieder nach dir.«

Franka nickte. Kammer hatte er gesagt – nicht Bett. Sie wusste, dass Wulf solche Spitzfindigkeiten fremd waren. Aber sollte sie beim Aufstehen erwischt werden, würde sie ihm genau die Ausrede unter die Nase reiben, auch wenn sie damit seinen Ärger schürte. Doch vorerst wollte sie sich an seine Weisung halten.

Der gute Vorsatz hielt jedoch nicht lange an. Schon kurz

darauf vernahm Franka von draußen Wulfs Stimme. Offenbar stand er unten im Vorhof und brüllte nach Hagen, dem Stallmeister auf dem Röllberg.

Hagen war ein breitschultriger Mann mit schwarzem Haar und dichtem Vollbart. Pferde waren seine große Leidenschaft. Er wusste alles über sie und konnte hervorragend mit ihnen umgehen. Selbst Tempête, Wulfs Streitross, war bei ihm brav wie ein Lämmchen. Der Stallmeister hatte Wulf die Liebe zu Pferden und das Verständnis von klein auf beigebracht. Und Wulf hatte sich in der Hinsicht als sehr gelehriger Schüler erwiesen. Hagens zweite Leidenschaft hingegen – der Wein – bereitete Wulf oft Kopfzerbrechen. Zwar ritt der Stallmeister angetrunken immer noch besser als die meisten Männer nüchtern, dennoch hatte dessen Vorliebe für den gegorenen Traubensaft Wulf schon manches Mal an den Rand der Verzweiflung getrieben.

»Hagen, wo steckst du schon wieder?«, rief Wulf in diesem Augenblick.

Franka schlug die Decke zurück und schlich erneut zur Fensteröffnung. Sie wagte es lediglich, die Tierhaut ein winziges Stück zu bewegen, sodass sie mit einem Auge so eben durch den entstandenen Spalt sehen konnte.

Wulf stand mitten im Hof, hatte die Arme verschränkt und blickte sich um. Franka bemerkte die Axt, die an seinem Gürtel hing.

»Hier, Herr«, erscholl eine sehr dunkle Stimme. Franka konnte den Eingang des Stalls nicht sehen, glaubte aber, dass Hagen von dort aus geantwortet hatte. Ihr Verdacht bestätigte sich, als Wulf sich in diese Richtung drehte und mit raumgreifenden Schritten den Hof überquerte.

»Sattel die Pferde«, rief Wulf ihm zu.

»Die Pferde?«, erklang es fragend zurück.

Obwohl sie es von ihrer Kemenate aus nicht sehen konnte, wusste Franka, dass ihr Gemahl die Augen verdrehte.

»Was denn sonst?«, blaffte er in diesem Augenblick den Stallmeister an. »Die Ochsen vielleicht?«

Franka hielt sich die Hand vor den Mund und hoffte, dass Wulf ihr plötzliches Kichern nicht gehört hatte. Doch der schien gerade zornig zu werden.

»Hast du schon wieder getrunken, Hagen?«

»Ich, Herr?«

»Nein, der Ochse!«

»Aber Herr, ich tränke doch nur die Pferde. Für die Rindviecher ist Clemens verantwortlich.«

Wulf entrüstetes Schnauben ging in Frankas Gelächter unter, das in einem Hustenanfall endete. Sie rang nach Luft und wagte einen erneuten Blick auf den Hof. Wulf war stehen geblieben und sah nach oben. Ob er etwas gehört hatte?

Franka ging schnell zurück zu ihrer Bettstatt und legte sich wieder hin. Sie musste unbedingt versuchen, noch etwas zu schlafen, auch wenn die Neugier sie wachhielt.

❄

Wulf starrte zu Frankas Kemenate hinauf. Hatte sich die Tierhaut eben bewegt, oder hatte er sich das nur eingebildet? Kurz hatte er sogar geglaubt, ihr leises Lachen zu hören. Er schüttelte über sich selbst den Kopf und folgte Hagen in den Stall.

Obwohl Tempête für Wulfs Vorhaben denkbar ungeeignet war, sattelte er das Streitross. Der Hengst brauchte dringend etwas Bewegung.

Hagen benötigte erheblich länger, um den schweren Wallach

aufzuzäumen, den er üblicherweise ritt. Das ließ Wulf vermuten, dass der Stallmeister doch schon den einen oder anderen Becher geleert hatte.

Wulf tippte ungeduldig mit der Spitze seines Lederstiefels auf den Boden der Stallgasse, der aus festgestampftem Lehm bestand. »Packe noch ein paar Stricke und Seile in die Satteltaschen«, befahl er. »Und nimm eine Axt mit.«

Hagen hob fragend die Augenbrauen, doch kein Wort kam über seine Lippen.

»Es soll eine Überraschung für Franka werden«, ließ Wulf sich zu einer Erklärung herab.

»Verratet Ihr mir, was Ihr Euch für sie ausgedacht habt?«, fragte Hagen, der seine Neugier nicht länger bezähmen konnte.

»Später«, wiegelte Wulf ab. »Jetzt müssen wir erst einmal in den Wald.«

Als sie alles gepackt hatten und die Pferde über den Hof führten, blickte Wulf noch einmal zu Frankas Kemenate hinauf, konnte jedoch nichts Verdächtiges feststellen.

Dann hatten sie das äußere Tor erreicht, das ein Knecht dienstbeflissen öffnete. Tempête begann zu tänzeln. Wulf strich ihm sacht über den Hals. Er schwang sich auf seinen Rücken und wartete, bis Hagen ebenfalls in den Sattel gestiegen war. Er lenkte den braunen Hengst zunächst auf einen Feldweg, der in östliche Richtung führte, ehe er nach Süden schwenkte und durch das kleine Dorf ritt, in dem die Bauern und Hörigen lebten.

Der Himmel hatte aufgeklart, und die Sonne lugte gelegentlich zwischen den vorbeiziehenden Wolken hindurch. Die Strahlen verwandelten den Schnee auf den Feldern in ein glitzerndes weißes Meer. Wulf trieb Tempête an. Der Hengst reagierte sofort und fiel in einen raumgreifenden Galopp. Sie sausten über die Felder, wirbelten Schneebrocken auf, die zu Pulver zerfielen, sobald sie die Erde berührten.

Wulf erreichte den Wald als Erster und parierte das mächtige Streitross. Der Pfad, der in den Wald hineinführte, war so schmal, dass die beiden Männer nur hintereinander reiten konnten. Die verdorrt wirkenden Zweige der Brombeerbüsche, die beidseitig des Laubwaldes den Weg säumten, waren größtenteils unter einer weißen Haube versteckt. Von den Ästen der Buchen und Eichen fiel ab und an ein wenig Schnee herab, der mit einem dumpfen Plopp auf dem Boden landete.

Das Schnauben der Pferde und das Klirren des Zaumzeugs wirkten in der Stille um ein Vielfaches lauter.

Wulf zuckte kurz zusammen, als Hagen plötzlich die Stimme erhob: »Rechts von uns liegen ein paar geeignete Äste, Herr.«

Wulf verhielt seinen Hengst, drehte sich im Sattel und sah seinen Stallmeister fragend an.

»Worauf willst du hinaus?«

»Wir wollten doch Brennholz schlagen, oder?«, erwiderte Hagen.

Wulf lachte kurz auf und schüttelte den Kopf. »Sehe ich so aus, als würde ich die Arbeit meiner Knechte erledigen wollen? Und was für eine Überraschung aus Brennholz soll das für Franka werden? Ein Feuer?«

Verwirrt sah Hagen ihn an. »Nicht? Aber wozu dann die Äxte?«

»Das wirst du schon sehen«, feixte Wulf und drehte sich wieder nach vorne. Hagen murmelte etwas Unverständliches in seinen Bart und schwieg.

Bald darauf lenkte Wulf Tempête auf eine kleine Lichtung und stieg ab. Tief sog er den Duft der Tannen ein und freute sich über den Schnee, der auf den Zweigen in der Sonne glitzerte.

Das war es, was für Franka untrennbar zum Christfest gehörte, und genau das sollte sie bekommen. Wulf entschloss sich, Hagen zumindest zum Teil in seinen Plan einzuweihen.

Der staunte nicht schlecht und strich sich nachdenklich über den Bart. »Davon habe ich ja noch nie gehört. Einfälle habt Ihr, Herr!«

»Du kümmerst dich um die Zweige, und ich erledige den Rest«, wies Wulf ihn an.

»Und was geschieht, wenn wir damit in den Hof reiten? Wenn die Herrin es nicht selbst sieht, wird es ihr bestimmt jemand erzählen.«

»Wir nehmen nur die Zweige mit in den Hof. Sie wird sich was dazu denken und nicht merken, dass die eigentliche Überraschung außerhalb der Mauern liegt. Die holen wir erst mitten in der Nacht herein.«

»Der Schnee darauf wird aber schmelzen«, gab Hagen zu bedenken.

Wulf nickte betrübt. »Da werde ich mir etwas anderes einfallen lassen müssen. Bestimmt findet meine Mutter eine Lösung.«

Alvara vom Röllberg griff mit ihrer unaufdringlichen Art oft lenkend in die Geschicke der Familie ein. Es gelang ihr meistens, Wulfs schnell aufbrausenden Vater zu beruhigen, wenn der mal wieder mit seinem Sohn aneinandergeriet.

Wulf konnte sich lebhaft vorstellen, wie sein Vater über seinen neuesten Einfall den Kopf schütteln würde. Er würde ihm einen Vortrag halten, dass er sich für seine Gemahlin zum Narren machte und sie ihm deshalb niemals so fügsam folgen würde, wie es sich geziemte.

Dass das Wulf von Herzen gleichgültig war, verschwieg er lieber. Wenn Frankas grüne Augen vor Glück erstrahlten und sie ihn selig anlächelte, dann war sein Leben in diesem Augenblick vollkommen.

Er ließ seinen Blick über mehrere Tannen gleiten, die ein paar Fuß höher waren als er selbst. Vergnügt griff er nach der Axt und machte sich ans Werk.

❄

Franka wusste nicht, was sie geweckt hatte. Sie reckte und streckte sich genüsslich. Die Gliederschmerzen waren verschwunden, und sie fühlte sich viel erholter als vorhin. Ob Wulf von seinem Ausritt mit Hagen schon zurückgekehrt war?

In ihrer Kemenate herrschte mittlerweile ein diffuses Licht. Der Nachmittag musste demnach schon weit vorangeschritten sein. Franka schwang beide Beine aus dem Bett und stand langsam auf. Auf bloßen Füßen tappte sie zu der Fensteröffnung und zog die Tierhaut ein Stück zur Seite.

Wulf und Hagen standen unten im Hof und hielten ihre Pferde am Zaum. Hinter den Sätteln waren einige Tannenzweige befestigt. Herbeieilende Knechte übernahmen die Tiere, während Wulf und Hagen die Zweige losbanden und auf den Palas zuschritten.

Franka trat lächelnd vom Fenster zurück. Hatte sie es doch geahnt: Wulf wollte die kleine Kapelle auf dem Rittersitz für sie schmücken. Ihr Herz schlug vor Freude schneller. Gleichzeitig ärgerte sie sich ein wenig, weil ihre Neugier sie dazu getrieben hatte, nachzusehen. Sie durfte sich morgen keinesfalls anmerken lassen, dass sie Wulfs Plan schon kannte. Ihm die Überraschung zu verderben war wirklich das Letzte, was sie wollte.

So bemühte sie sich darum, eine möglichst unbekümmerte

Miene aufzusetzen, als Wulf sie zum Abend hin erneut aufsuchte und ihr Tee, etwas Brot und kaltes Fleisch mitbrachte.

Franka verspürte tatsächlich Appetit und begann zu essen. Wulf beobachtete sie zufrieden.

»Morgen darfst du aufstehen«, sagte er gönnerhaft. »Wir feiern das Christfest alle zusammen in der Kapelle. Ich wette, es wird dir gefallen.«

»Meinst du die Predigt?«, fragte sie und verbiss sich das Schmunzeln. Im Gegensatz zu Franka war Wulf des Lateinischen nicht mächtig und verstand im Gottesdienst ohnehin kaum ein Wort.

Wulf stutzte und drohte ihr grinsend mit dem Zeigefinger. »Dir geht es offenbar wieder besser. Du weißt doch ganz genau, dass ich der Predigt nicht folgen kann und außer ›Amen‹ und ›Pater noster‹ so gut wie nichts verstehe.«

Er strahlte sie an. »Ich habe eine Überraschung für dich vorbereitet, und du wirst nie erraten, um was es sich handelt.«

Frankas Nacken wurde heiß. Was sollte sie darauf antworten? »Oh, da bin ich aber gespannt«, sagte sie deshalb ein wenig lahm.

»Das solltest du auch«, erwiderte Wulf vergnügt. »Du wirst ganz große Augen machen. Und jetzt versuche zu schlafen, damit du morgen bei Kräften bist.«

Er drückte ihr zum Abschied einen Kuss auf die Stirn und ließ sie allein. Franka stöhnte auf. Wulf freute sich wie ein kleiner Junge, der zum ersten Mal einen Honigkuchen gekostet hatte. Sie sollte morgen unbedingt in Freudentränen ausbrechen, wenn sie die Kapelle betrat. Doch wie sollte sie es anstellen? Vorher heimlich in die Küche schleichen und eine Zwiebel stehlen?

❄

Wulf hatte die Knechte bereits angewiesen, die mitgebrachten Tannenzweige an den Wänden der Kapelle aufzuhängen. Sollte Franka ruhig glauben, dass das seine Überraschung war. Wie er sie einschätzte, hatte sie das längst mitbekommen und versuchte nun, genau das vor ihm zu verbergen.

Es war bereits nach Mitternacht, als er zu Hagens Kammer schlich und den Stallmeister weckte. Kurz darauf traten beide vor das Tor des Rittersitzes und schleppten gemeinsam die große Tanne, die Wulf dort liegen gelassen hatte, in den Palas. Sie stellten sie in einer Ecke auf und sicherten sie mit Stricken vor dem Umfallen. Um den Stamm herum drapierte Wulf einige Zweige.

»Zum Glück schneit es wieder«, brummte Hagen müde und schüttelte sich die Flocken aus dem Haar. »Sonst würde sich Eure Gemahlin morgen früh über die Schleifspur im Hof wundern.«

Wulf kommentierte das lediglich mit einem Achselzucken. Ihn drückte ein anderes Problem. Der Baum war zwar schön, aber weit davon entfernt, an einen schneebedeckten Wald zu erinnern.

»Danke, Hagen, ich brauche dich jetzt nicht mehr«, entließ er den Stallmeister, der sofort mit großen Schritten aus der Halle ging.

Um Frankas Genesung nicht zu stören, nächtigte Wulf derzeit in einem anderen Raum. Aber er war unruhig, und erst tief in der Nacht übermannte ihn der Schlaf, sodass er zu spät zum Frühmahl erschien. Die Gespräche der Bediensteten verstummten augenblicklich, als Wulf den Palas betrat. Alle blickten zu Johannes vom Röllberg, der am Kopfende der Tafel für die Familienmitglieder saß. Er starrte seinen Sohn mit zusammengezogenen Brauen an und legte den Löffel zurück in die Schüssel mit Getreidebrei, die vor ihm stand.

Mit dem Kinn deutete er abfällig auf die Tanne.

»Mein lieber Sohn, magst du uns erhellen, was diese Narretei zu bedeuten hat?«

Feingefühl war noch nie Johannes' Stärke gewesen. Im Gegensatz zu früher brauste Wulf jedoch nicht gleich auf, sondern ging schweigend auf die Tafel zu. Je näher er kam, umso stärker wurde der Duft nach Tannennadeln und frisch geschlagenem Holz. Er würde in Franka mit Sicherheit das Bild eines ganzen Waldes heraufbeschwören. Unwillkürlich musste Wulf lächeln.

»Was gibt es da zu grinsen? Hast du nicht mehr alle Sinne beisammen?«, fuhr sein Vater ihn an.

Wulf atmete tief durch und bemerkte, dass seine Mutter ihre Hand auf den Unterarm seines Vaters gelegt hatte. Das tat sie oft und übte damit eine beruhigende Wirkung auf den Hausherrn aus.

Wulf häufte sich ein wenig Getreidebrei in eine Schüssel und setzte sich seinem Vater gegenüber.

»Es soll eine Überraschung für Franka werden«, begann er und erklärte seinen Eltern, was er damit bezweckte. Nachdem er geendet hatte, lächelte seine Mutter verständnisvoll, während sein Vater den Kopf schüttelte. Aber immerhin sah er nicht mehr zornig aus.

»Einfälle hast du«, brummte er. »Meinetwegen darf der Baum stehen bleiben. Aber ich wünsche kein Gerede darüber. Nicht auszudenken, was die Leute über uns reden werden, weil mein Sohn einen Baum ins Haus schleppt.«

Wulf stieß erleichtert die Luft aus. Alvara vom Röllberg streichelte kurz über die Schulter ihres Gemahls, um ihre Zufriedenheit mit seinem Urteil auszudrücken, ehe sie sich an ihren Sohn wandte:

»Wie willst du den Schnee auf den Zweigen befestigen und zum Glitzern bringen?«

»Das weiß ich noch nicht«, gestand Wulf kleinlaut und blickte seine Mutter hoffnungsvoll an.

Alvara runzelte die Stirn und rieb sich mit dem Zeigefinger über die schmale Nase. »Der Schnee schmilzt, du brauchst etwas anderes als Ersatz.«

»Ich habe auf Eure Hilfe gehofft«, gab Wulf offen zu und erntete ein Schnauben seitens seines Vaters.

»Deine Mutter hat genug damit zu tun, dafür zu sorgen, dass alle heute bei dem Festmahl satt werden. Halte sie mit deinen Tollheiten nicht von ihren Aufgaben ab.«

»Die Mägde wissen alle, was sie zu tun haben, und in der Küche wird bereits seit gestern gebacken, geschmort und gebraten. Dabei fällt mir ein, dass ich die Pasteten noch nicht durchgezählt habe. Magst du das für mich übernehmen? Dann könnte ich mich um den Baum kümmern. Du weißt doch, wie sehr ich solche Herausforderungen liebe.«

Sie schenkte Johannes ein strahlendes Lächeln, das diesen sogleich nicken ließ. Wulf musste an sich halten, nicht lauthals loszulachen. Er war sich sicher, dass seine Mutter den Speiseplan vollständig im Kopf hatte. Und sein Vater wusste das auch. Dennoch ließ er sich darauf ein, war bereit, das Spiel mitzumachen, und verließ hocherhobenen Hauptes die Halle.

»Mir ist da etwas eingefallen«, wisperte Wulfs Mutter, kaum dass sich Johannes entfernt hatte. »Kerzen und Stroh!«

»Stroh?«, fragte Wulf verdattert.

Seine Mutter nickte. »Geh in den Stall und bring mir ein großes Bündel mit langen Halmen. Danach besorgst du mir eine Handvoll Kerzen.«

Auf Wulfs fragenden Blick hin erklärte sie, was sie damit

beabsichtigte. Wulf sprang auf, lief um die Tafel herum und umarmte seine Mutter. »Ihr seid die Beste«, freute er sich, nur um gleich darauf wieder ernst zu werden.

»Da wäre noch etwas, das mir auf dem Herzen liegt«, gestand er. »Franka ahnt, dass ich die Kapelle mit Tannenzweigen schmücken lasse, und glaubt, das sei meine Überraschung. Dabei diente das nur zur Ablenkung, damit sie nicht hinter das eigentliche Geheimnis kommt.«

»Bist du sicher, dass sie weder von dem Baum noch von deinem Geschenk weiß?«

Wulf zuckte mit den Achseln. »Ich glaube schon.«

Alvara schürzte die Lippen und überlegte. »Besorg du Stroh und Kerzen, ich kümmere mich derweil um Franka.«

Froh, endlich einer handfesten Aufgabe nachzukommen, machte sich Wulf auf den Weg, ohne seinen Getreidebrei auch nur angerührt zu haben.

❄

Franka erschrak, als die Tür geöffnet wurde und ihre Schwiegermutter eintrat. Sie hatte sich gerade eine braune, mehrfach geflickte Tunika übergezogen und war dabei, ihr dunkles Haar unter einem Kopftuch zu verbergen.

»Beabsichtigst du auszureißen?«, fragte Alvara erstaunt.

Mit zitternden Fingern ließ Franka das graue Leinentuch wieder sinken. »Ich wollte nur unerkannt in die Küche«, gestand sie leise.

»Da geht es gerade emsig zu, wie in einem Bienenkorb. Gibt es etwas, was ich dir bringen lassen kann?«

Franka presste die Lippen zusammen und schüttelte den Kopf.

Alvara setzte sich auf die Bettstatt und klopfte mit der flachen Hand neben sich. »Komm her, Kind. Ich sehe doch, dass dich etwas bedrückt.«

»Es geht um Wulfs Überraschung«, presste Franka unglücklich hervor und folgte der Aufforderung. »Ich habe herausgefunden, was er plant, und will ihm die Freude nicht verderben.« Stockend berichtete sie Alvara von ihrem Plan.

»Und da wolltest du in die Küche schleichen und eine Zwiebel holen?«

Verwirrt bemerkte Franka das kaum unterdrückte Schmunzeln der Herrin vom Röllberg.

»Ich kann mich doch so schlecht verstellen, und da dachte ich, Freudentränen würden Wulf sicherlich davon überzeugen, dass seine Überraschung gelungen ist.«

Jetzt konnte Alvara das Lachen nicht mehr zurückhalten. Sie rieb sich über die Augen und wischte die Tränen fort. »Also wirklich, Kinder«, japste sie, nachdem sie wieder zu Atem gekommen war. »Ihr beide schenkt euch wirklich nichts. Ich bin so froh, dass ihr euch gefunden habt.«

Franka hob fragend eine Augenbraue. »Ich fürchte, ich verstehe nicht, was Ihr damit sagen wollt.«

»Du kannst die Tunika wieder ausziehen. Ich werde dir eine Zwiebel aus der Küche bringen lassen. Aber das bleibt unser kleines Geheimnis. Wie ich sehe, hast du deinen Brei aufgegessen und bist wieder munter. Ruh dich noch aus! Bis zur Messe ist es noch Zeit, und danach speisen wir alle zusammen in der Halle.«

Franka nickte erstaunt. Das war leichter gewesen als gedacht – zu leicht. Aber ihr konnte es recht sein. Nachdem Alvara vom Röllberg immer noch schmunzelnd die Kemenate verlassen hatte, zog Franka die Tunika aus und versteckte sie wieder ganz unten in der Truhe.

Einige Zeit später trat eine Magd nach kurzem Klopfen ein und überreichte Franka ein Leinensäckchen, aus dem es nach Zwiebeln roch. Sie half ihr, eine grüne Tunika anzuziehen, die fast den Farbton ihrer Augen hatte. Der kostbar bestickte, mit Goldfäden durchwirkte Rand ihrer Cotte schaute oben hervor. Franka befestigte den kleinen Beutel an ihrem Gürtel und ließ sich das Gebände auf dem Kopf anlegen, das sie als verheiratete Frau auswies.

Ihr Herz pochte ein wenig schneller, als sie den Beutel öffnete und darin eine halb aufgeschnittene Zwiebel fand. Es war noch zu früh, sich damit die Tränen in die Augen zu treiben. Das würde selbst Wulf misstrauisch werden lassen. So schickte sie ein stummes Gebet an die Heilige Jungfrau und bat Maria darum, Wulf den Zwiebelgeruch nicht bemerken zu lassen.

Die Magd verließ die Kemenate, und zwei Wimpernschläge später stand Wulf, in eine rote Tunika gekleidet, im Rahmen und strahlte sie an.

Es war schon merkwürdig. Wenn er ein Schwert in der Hand hielt, schien ihn nichts aus der Ruhe zu bringen. Jetzt jedoch wirkten die Bewegungen seiner Hände fahrig, und Franka konnte ihm ansehen, wie aufgeregt er war.

Sie zwang sich zu einem aufmunternden Lächeln und schritt wenig später hinter ihm die Stufen hinab. Sie nutzte die Gelegenheit, weitete das Band des Beutels und rieb mit dem Zeigefinger kräftig über die Schnittfläche der Zwiebel.

Vor der geöffneten Pforte zur Kapelle hielt Wulf an, und sie trat neben ihn. Franka konnte den Duft der Tannenzweige riechen, die an den Wänden hingen, und fuhr sich rasch mit dem Finger über beide Augen.

Himmel, das war kein guter Einfall gewesen! Ihre Augen brannten wie Feuer. Tränen schossen hervor, und sie musste sie fest zukneifen. Nur verschwommen nahm sie Wulfs Gesicht wahr, der sich zu ihr hinunterbeugte.

»Was hast du? Du weinst ja.«

»Das sind Freudentränen. Ich freue mich so über die Tannenzweige«, presste sie mühsam hervor. »Du hast dir gemerkt, wie wichtig das für mich beim Christfest ist.«

Sie drückte sich an ihn, packte den Stoff seiner Tunika und wischte sich damit verstohlen über die Augen. Wie sollte sie bloß die Messe durchstehen?

Wulf stellte sich mit ihr in die erste Reihe, gleich neben seine Eltern. Johannes vom Röllberg sah sie mitleidig an. »Deine Augen sind ja ganz rot, Franka. Sicher, dass du wieder gesund bist?«

Sie brachte ein Nicken zustande und wünschte sich einen Bach herbei, um ihre Augen auswaschen zu können.

Alvara steckte ihr unauffällig ein kleines, angefeuchtetes Tuch zu. Franka seufzte dankbar und benutzte es. Sie begann klarer zu sehen und bemerkte das Zucken um Wulfs Mundwinkel und seine geweiteten Nasenflügel. Roch er den Zwiebelduft, oder ahnte er gar etwas?

Während der Priester damit begann, die Messe zu zelebrieren, nestelte Franka so lange an dem Band des Beutels, bis sie ihn vom Gürtel gelöst hatte. Sie ließ ihn fallen und trat ihn mit dem Fuß hinter sich, wo die Bediensteten und Dorfbewohner standen.

❄

Kaum etwas war Wulf schwerer gefallen, als während dieses Gottesdienstes ernst zu bleiben. Von seiner Mutter wusste er, dass Franka tatsächlich nichts von dem Baum ahnte. Dass

Franka mithilfe einer Zwiebel Freudentränen vortäuschen wollte, hatte sie ihm allerdings nicht verraten. Das war auch nicht nötig gewesen. Der Geruch war eindeutig. Es tat Wulf leid, dass Franka nun so still neben ihm litt und sich hin und wieder über die Augen wischte.

Doch je länger die Messe dauerte, desto klarer wurden Frankas Augen, und auch die Rötung verschwand. Wulf hingegen wurde es zunehmend heißer. Er hatte sich durchgesetzt und seinem Vater das Versprechen abgerungen, einige Augenblicke den Palas für sich und Franka allein zu haben, ehe das Gesinde und die Hörigen für das Festmahl eingelassen wurden. Wulf hegte den Verdacht, dass es seinem Vater ganz recht war, wenn niemand die Tollheit seines Sohnes in ihrem vollen Ausmaß mitbekam. Der geschmückte Baum war Anlass genug, sich darüber den Mund zu zerreißen.

Dabei sah die Tanne wirklich wunderschön aus. Auf die stärkeren Äste hatte Wulf Wachs getropft und damit die wenigen Kerzen befestigt. Aus dem Stroh hatten die Mägde unter Aufsicht seiner Mutter Sterne angefertigt und an die Zweige gehängt, ebenso Nüsse und getrocknete Apfelringe.

Endlich entließ der Priester sie nach einem letzten Vaterunser. Franka hakte sich bei Wulf unter, und sie verließen die Kapelle vor den anderen. Johannes vom Röllberg begann eine Ansprache und hielt so jeden davon ab, ihnen zu folgen.

Franka drehte sich verwirrt um, doch Wulf zog sie weiter bis zur geschlossenen Tür des Palas. Jetzt holte er unter seiner Tunika ein seidenes Tuch hervor.

»Ich habe noch eine Überraschung für dich, aber die sollst du erst sehen, wenn du davorstehst. Vertraust du mir?«

»Immer«, antwortete Franka, ohne zu zögern, und ließ sich die Augen verbinden. Wulf zog an dem eisernen Ring und öffnete den rechten Türflügel. Seine Hand fest umklammernd, folgte Franka ihm in die Halle.

Der größte Teil des Essens war bereits aufgetischt worden. Der Geruch nach Gebratenem und Gesottenem erfüllte den Raum, und Wulf befürchtete, dass er den Duft der Tanne überdecken könnte.

Er führte Franka an den Tafeln vorbei bis dicht vor den Baum. Seine Sorge war unbegründet gewesen. Es roch nach Wald, gemischt mit der Süße von Äpfeln. Die Flammen der Kerzen ließen die Strohsterne glitzern. Schwungvoll löste Wulf Frankas Augenbinde und hielt den Atem an.

Es dauerte einen Augenblick, bis sie erfasste, vor was sie stand. Dann jauchzte sie fröhlich auf und klatschte in die Hände.

»Oh, Wulf, der ist ja wunderschön.«

»Nur den Schnee darauf festzuhalten, ist mir nicht gelungen. Aber ich hoffe, er entschädigt dich dennoch für den verpassten Ritt durch den Winterwald.«

Franka wollte ihn umarmen, doch Wulf hielt sie zurück.

»Da wäre noch eine Kleinigkeit«, murmelte er und holte ein hölzernes Kästchen hervor, das er hinter dem Baum versteckt hatte. In dem Deckel aus Lindenholz war eine Gänsefeder hineingeschnitzt.

»Die drei Weisen aus dem Morgenland haben unserem Herrn an diesem Tag Geschenke gebracht. Daher dachte ich, ich könnte dir auch etwas geben.«

Franka lachte hell und glücklich auf. »Aber Wulf, was machst du denn für Sachen? Einen geschmückten Baum mit einem Geschenk darunter! Heute ist doch der Tag, an dem wir der Geburt unseres Herrn gedenken sollen.«

»Tun wir doch auch, aber ich denke halt auch an dich.«

Sie schenkte ihm dieses Lächeln, das er so liebte, und griff nach dem Kästchen. Wulfs Herz klopfte bis zum Zerspringen, als sie den Deckel öffnete. Darin lagen fein säuberlich aufgereiht drei Pinsel in unterschiedlicher Breite, ein Griffel und ein Radiermesser.

Franka starrte stumm auf den Inhalt. Wulfs Mund wurde trocken. Hatte er etwas falsch gemacht?

»Ich habe den Eindruck, dass du das Illuminieren vermisst. Deshalb wollte ich dir eine Freude machen und …«

Weiter kam er nicht. Franka fiel ihm um den Hals und küsste ihn stürmisch.

»Du bist der Beste aller Männer«, sagte sie feierlich, als sie von ihm abließ. »Ich habe meine Entscheidung für dich nicht einen Augenblick bereut. Auch wenn ich das Illuminieren geliebt habe, so würde ich nie wieder einen Pinsel anfassen, wenn du es nicht auch wolltest. Ich liebe dich von ganzem Herzen, und ich freue mich über dein Geschenk.«

In ihren grünen Augen stiegen erneut Tränen auf, doch dieses Mal wusste Wulf, dass sie echt waren.

Historische Hintergründe:

In Deutschland setzte sich der Brauch, das Fest der Geburt Jesu am 25. Dezember zu feiern, im 7./8. Jahrhundert durch. Bis Ende des 18. Jahrhunderts war Weihnachten in erster Linie ein Fest, das in den Kirchen und auf den Straßen stattfand (Umzüge, Märkte).

Der Begriff »wîhnahten oder winachten« ist bis ins 13. Jahrhundert auf den süddeutschen Raum beschränkt und setzte sich bis 1340 nur langsam auch im mitteldeutschen Raum durch.

Die erste (unbelegte) Erwähnung eines mit Äpfeln, Nüssen und Lebkuchen geschmückten Weihnachtsbaums erfolgte 1419 durch Bäckersknechte in Freiburg. Der gesicherte älteste Beleg stammt aus Bremen im Jahr 1597. Die Herzogin Dorothea Sibille von Brieg soll die Erste gewesen sein, die 1611 den Baum mit Kerzen verzieren ließ. Zu Beginn des 18. Jahrhunderts fand sich der geschmückte Baum erstmals in den Wohnstuben wohlhabender Familien. Im 19. Jahrhundert verbreitete sich der Brauch des Weihnachtsbaums von Deutschland aus weltweit.

Um 1450 war bereits die Tradition des Beschenkens bekannt. Allerdings erfolgte sie am 6. Dezember, dem Nikolaustag, an Kinder. Die Verlagerung des Schenkens auf Weihnachten geht vor allem auf Martin Luther zurück, der die Aufmerksamkeit auf das göttliche Geschenk der Geburt Jesu lenken wollte.

DIANA HILLEBRAND

Cleos Knie

Das Erste, was mir auffiel, waren ihre Knie. Die muss doch frieren, und dass es schon mehr als nur ein bisschen verrückt war, bei dieser Affenkälte kniefrei herumzulaufen. Der Wetterbericht sprach seit Tagen von ungewöhnlich arktischen Temperaturen, und jeder, der das Haus verlassen musste, spürte am eigenen Leib, dass die Vorhersagen stimmten. Ich konnte mich nicht daran erinnern, wann es vor Weihnachten das letzte Mal so eiskalt gewesen war. Dazu blies ein unangenehmer Wind. Wenn man also rausmusste, dann nur eingepackt in mehrere Lagen Kleidung und in der Hoffnung, dass der Wind nicht doch eine Lücke und damit einen Weg unter die wärmende Schicht fand. Schal, Mütze und Handschuhe waren ebenfalls unverzichtbar. Aber sie stand da, als wäre das alles nichts. Auch wenn ich mir einbildete, dass ihre Knie bläulich schimmerten. Da halfen der lange Pullover und Strickstulpen nur wenig, denn beides endete jeweils vor den vermeintlich schockgefrosteten Knien. Ich konnte nicht anders, ich musste die ganze Zeit hinsehen.

Irgendwann fing sie meinen Blick auf und lächelte.

»Gibt's was?«, fragte sie.

»Vielleicht eine heiße Schokolade?«, fragte ich, noch bevor ich überlegen konnte, und bis heute wundert mich meine plötzliche Schlagfertigkeit, die eigentlich gar nicht zu mir passte. Aber sie ließ sich darauf ein. Vermutlich war ihr einfach kalt.

Wenig später saßen wir in einem Café direkt bei der Heizung, und ich konnte sehen, wie sich ihre Knie von Minus- auf Normaltemperatur erwärmten.

»Sag mal, frierst du nicht?«

»Was meinst du?«, fragte sie ehrlich überrascht.

»Na, das.« Ich zeigte auf ihre Knie, die inzwischen fleckig pastellrot waren. Sie faszinierten mich von Minute zu Minute mehr.

Sie lachte laut auf. »Ich weiß eben genau, was ich *nicht* will.«

»Ach so«, sagte ich, weil mir nichts Besseres einfiel.

Sie lehnte sich zurück, trank einen Schluck ihrer heißen Schokolade und blinzelte mich über den Rand ihrer Tasse an. »Ich laufe immer so rum.«

Und dann erzählte sie mir, dass ihre Knie wirklich niemals bedeckt waren.

»Nicht mal mit einer Strumpfhose?«, wagte ich zu fragen.

»Nicht mal mit einer Strumpfhose«, antwortete sie und grinste.

Erst erfuhr ich, dass sie Cleo hieß, und dann merkte ich, dass ich mich schlagartig in sie verliebt hatte. Waren ihre Knie daran schuld oder einfach nur die Tatsache, dass Cleo eben niemals komplett angezogen war? Ihre nackten Knie machten mich irgendwie wahnsinnig. Heißkalt liebten wir uns durch den Dezember. Während draußen die Schneeflocken zu Boden schwebten, schmolzen wir zusammen. Am zweiten Advent zog sie bei mir ein, bastelte Strohsterne und Salzgebäck, und ein heimeliges Gefühl erfüllte mich.

Drei Tage vor Weihnachten stand Cleo dann vor mir mit tannengrünen dicken Wollstulpen, die genau unterhalb ihrer Knie endeten. Bevor ich sie kannte, wusste ich gar nicht, dass es so etwas gab. Dazu trug sie einen passenden gestrickten Pullover mit weißen Sternen und eine kurze Wollhose. Längst hatte ich mich an ihren besonderen Look gewöhnt. Ihre Knie lächelten mich geradezu an. Sie waren auf erstaunliche Weise zu einer Art Stimmungsbarometer geworden.

»Uns fehlt nur noch ein großer Weihnachtsbaum«, erklärte Cleo, und ihre Knie zuckten.

»Ich hatte eigentlich noch nie einen eigenen Baum.«

»Was?«, fragte sie ungläubig. »Aber Weihnachten ohne Baum, das ist wie …«

»Knie ohne i«, platzte ich heraus.

»Nein, Weihnachten ohne Baum ist, als würde jemand in meinem Herzen das Licht ausschalten.«

Ich starrte sie an, und wie immer, wenn sie so etwas sagte, hatte ich das Gefühl, als habe man mir alle Worte gestohlen. »Das wollen wir natürlich nicht«, presste ich heiser hervor und vermied den Blick auf ihre Knie.

Also machten wir uns auf den Weg zu einer Weihnachtsbaumplantage. Wir wollten unseren Baum selbst fällen. Mir waren die äußerlichen Aspekte wichtig, gerader Wuchs, starke Äste, ein ausgewogenes Verhältnis der Zweige, doch Cleo hatte ganz andere Maßstäbe. Während wir also stundenlang mit durchnässten Schuhen im Baumbestand hin und her stapften, versuchte sie, mich zu überzeugen.

»Denk daran, Tom, was perfekt scheint, muss nicht perfekt sein. Das Äußere kann täuschen.«

Ich nickte und dachte daran, wie ich Cleo das erste Mal gesehen hatte. Sie war nicht perfekt, sie war eine Laune der Evolution, und sie hatte Knie mit Kommunikationstalent. Sie war genau das Gegenteil von perfekt, aber gerade dadurch hatte mein Leben einen völlig neuen Schwung bekommen, und ich war dankbar dafür.

Wir standen wieder vor einem Baum.

»Der sieht doch gut aus, Cleo. Was meinst du?«

Ich musste ihr nicht ins Gesicht sehen, die Knie sagten alles. Sie war entsetzt.

»Den können wir nicht nehmen. Du würdest ihn viel zu früh von seiner Verwurzelung lösen. Lass uns weitersuchen.«

Ich hatte wirklich keine Ahnung, was Cleo sah. Für mich sahen die irgendwie alle gleich aus. Und der Satz »Man sieht den Wald vor lauter Bäumen nicht« bekam für mich eine neue Bedeutung. Mehr und mehr hatte ich das Gefühl, dass alle Bäume zu einem Baum verschwammen. Ich war unfähig, sie voneinander zu unterscheiden. Wir suchten, bis die Dämmerung einsetzte. Die Nadelbäume verwandelten sich in Scherenschnitte, die sich scharf vom Himmel absetzten. Die Nässe hatte inzwischen meine Socken durchweicht, die Haut meiner Zehen schrumpelte, und die Kapillarwirkung meiner Hosenbeine bescherte mir nasse Knie. Cleos Knie sahen frisch und lustig aus. Sie lachten. Ich schaute weg. Ein bisschen wehmütig dachte ich an die Zeit vor Cleo, als Knie einfach nur Knie waren. Ich ließ sie vorausgehen, bis die Dunkelheit sie einsaugte und ich das Gefühl hatte, ganz allein auf dieser Plantage zwischen all den beschneiten Bäumen zu sein. Frischer Tannenduft erfüllte die

Luft, und der Schnee glitzerte im Schein der elektrischen Laternen, die der Plantagenbesitzer eingeschaltet hatte, damit seine Christbäume erstrahlten. Hier und da hörte ich begeisterte Ausrufe aus der Dunkelheit: »Das ist er!«, oder »Oh, der ist ja perfekt!« Andere waren ganz offensichtlich schon weiter als wir. Wir suchten noch immer, allerdings war Cleo irgendwo im schimmernden, tiefen Grün verschwunden.

Plötzlich hörte ich ihren Schrei. Mein Herz setzte einen Schlag aus. Mit langen Schritten durchpflügte ich den Schnee, was meiner Hose den Rest gab.

Cleo stand mit ausgebreiteten Armen vor einer lichten Fichte in einem wenig beleuchteten Teil der Plantage. Hier im dunkelsten Eck war sie endlich fündig geworden.

»Das ist er, Tom, das ist unser Weihnachtsbaum!«

Sie strahlte, der Wald erhellte sich, und ihre Kniescheiben hüpften.

»Meinst du? Es ist dunkel, ich kann ihn eigentlich gar nicht richtig erkennen.«

»Ja, das ist er. Ich bin mir absolut sicher.«

Also ging ich in die Hocke, nahm die Handsäge und sägte das erste Mal in meinem Leben einen Weihnachtsbaum ab. Cleos leuchtende Augen waren Grund genug. Ihre blau angelaufenen Knie, mit denen sie neben mir im Schnee steckte, um unsere Fichte zu halten, feierten ein frostiges Fest. Schon allein ihnen zuliebe befand ich, dass die Suche ein Ende haben musste. Ein Baum ist ein Baum. Was konnte da schon falsch sein?

Wir schoben unsere Fichte durch ein Netz, brachten sie nach Hause und stellten sie auf den Balkon. Traditionell wollten wir sie erst am Tag vor Weihnachten aufstellen und mit Cleos zahlreichen Strohsternen schmücken.

Als ich den Baum am Abend des Dreiundzwanzigsten aus seiner Verschnürung befreite, traf mich der Schlag: »Oh, nein!«

»Was stimmt denn nicht?« Cleo kam aus der Küche, sah sich den Baum an.

»Schau doch mal, der ist ja total schief! Der Stamm ist so krumm, dass ich ihn schräg halten muss, damit er geradesteht.«

»Meinst du?«

Ich vermied es, ihre Knie anzusehen.

»Ja, er ist schief.«

Ich schnaubte, und zum Beweis steckte ich ihn in den Christbaumständer. Jetzt wirkte die Fichte, als wolle sie sich um jeden Preis aus dem Ständer herauswinden. Und wenn ich losließ, kippte sie. Hier stimmte gar nichts.

»Das sieht nicht so gut aus«, bemerkte Cleo.

»Ach.«

»Hm, was machen wir denn jetzt? Meinst du, wir könnten ihn irgendwie fixieren, damit er …?«

»Das funktioniert doch nicht.«

»Warum hast du dann nicht gesagt, dass er schief ist? Wir hätten auch einen anderen nehmen können.«

Ich war fassungslos und erinnerte sie daran, dass sie mich eine gefühlte Ewigkeit durch die verdammte Weihnachtsbaumplantage gejagt hatte auf der Suche nach dem perfekten Baum. Selbstverständlich war ich davon ausgegangen, dass er gerade gewachsen war. Cleo sah mich erschrocken an, ihre Knie zeigten nervöse Flecken.

»Und jetzt?«, fragte sie kleinlaut.

Ich zuckte mit den Schultern. »Es hilft nichts. Ich muss morgen noch mal los! Mit diesem Baum werde ich den Heiligen Abend nicht feiern.«

»An Weihnachten?«, fragte Cleo, und ich nickte.

Cleo schlief noch fest, als ich mich am Weihnachtsmorgen aus dem warmen Bett quälte. Meine Mission war klar: Bis spätestens Mittag wollte ich den perfekten Christbaum finden.

Als Erstes versuchte ich es beim Weihnachtsbaumstand gleich um die Ecke. Hatte ich nicht letzte Woche noch einige schöne Exemplare gesehen? Immerhin brannte Licht, als ich in der Morgendämmerung dort aufkreuzte.

»Ich brauche dringend noch einen Weihnachtsbaum«, wandte ich mich an den Verkäufer.

»Hm.«

Weihnachtsbaumverkäufer sind am Weihnachtstagmorgen nicht sehr redselig. Vielleicht, weil die übrig gebliebenen Bäume auch nicht der Rede wert waren. Denn mit denen, die da traurig am Zaun lehnten, konnte ich auf keinen Fall nach Hause kommen. Also ging ich ein paar Straßen weiter auf einen Platz, auf dem sich normalerweise gleich drei Weihnachtsbaumstände versammelten. Doch die hatten ihr Geschäft für dieses Jahr schon gemacht, alles war verschlossen, und Bäume standen auch keine mehr da. An zwei weiteren Stellen erging es mir ebenso, und an einem anderen Stand, den ich noch entdeckte, waren die Bäume so klein, dass mich Cleo ausgelacht hätte. Langsam gingen mir die Ideen aus, wo ich so einen vermaledeiten Baum herbekommen könnte. Da fiel mir der Baumarkt ein.

Verheißungsvoll zeigte sich der Baumarkt in der Ferne, und die Hoffnung in mir keimte auf, wie ein wärmendes Feuer. Wenn ich hier keinen Baum finden würde, dann nirgendwo, dachte ich und vermied es, die Endgültigkeit dieser Überlegung zu akzeptieren. Mit festen Schritten durchquerte ich das große Ladengeschäft, um in den Außenbereich zu den Weihnachtsbäumen zu gelangen.

»Wir haben dieses Jahr nur Bäume im Topf«, gab mir der Mitarbeiter zu verstehen, den ich angesprochen hatte.

»Wie, im Topf?«, hakte ich nach. Ich stand irgendwie auf der Leitung, denn vor meinem inneren Auge sah ich eine Art Weihnachtsbaum im Kochtopf.

»Aus ökologischen Gründen. Sie können ihn nach Weihnachten dann einfach wieder einpflanzen.«

»Auf dem Balkon?« Ich war wirklich durcheinander, vermutlich, weil ich das Frühstück ausgelassen hatte.

»Nein, natürlich nicht, aber im Garten.«

»Wir haben keinen Garten.«

»Dann wird es schwierig«, gab der Fachmann zu bedenken.

Trotzdem wollte ich den Weihnachtsbäumen im Topf eine Chance geben und ließ mir den Weg zeigen. Vielleicht konnte man sie ja auch einfach absägen. Musste ja keiner wissen. Doch als ich schließlich zwischen all den Töpfen und Tannen stand, musste ich fast hysterisch lachen. Es waren viele, sogar sehr viele. Sehr viele Nadelbäumchen in Töpfen. Cleos Blick tauchte in meinen Gedanken auf, zusammen mit ihren verachtungsvoll dreinblickenden Knien.

Ich hätte es mir denken können. Wie sollte man auch einen gestandenen Weihnachtsbaum in einen Topf bekommen? Selbst die größeren Exemplare würden unter Cleos Menge an Strohsternen verschwinden. Ich sah auf die Uhr und dachte: Das war's. Ich hatte versagt. Schon auf der Plantage hätte ich besser aufpassen sollen. Ich hätte erkennen müssen, den ausgesuchten Baum würden wir niemals aufstellen können. Ich seufzte. Unser erstes Weihnachten stand bevor, und es würde ein Weihnachten ohne Weihnachtsbaum sein. Cleos einziger Wunsch sollte unerfüllt bleiben.

Mit dem Gefühl, gerade eine eiskalte Niederlage erlitten zu

haben, fuhr ich zurück. Auf dem Weg nach Hause kam ich wieder bei dem Christbaumverkäufer von heute Morgen vorbei. Der war mittlerweile auch nach Hause gegangen, hatte aber das Gitter seines Standes offen gelassen. Hier gab es nichts mehr zu holen. Wie ein Schatten meiner selbst glitt ich daran entlang und blieb plötzlich stehen.

Ein letzter Baum fristete dort sein einsames Dasein und lehnte von innen an dem hohen Metallzaun. Der sah doch eigentlich gar nicht so schlecht aus! Ich ging hinein und inspizierte das Objekt meiner Begierde. Verflixt! Der Baum war nur von einer Seite schön. Die andere Seite war fast kahl. Da kam mir eine Idee.

Schnell klaubte ich einige der herumliegenden Äste zusammen, schnappte mir den allerletzten Baum und eilte nach Hause, direkt in unseren Keller. Dort, unbeobachtet von Cleo und außer Reichweite ihrer Knie, bohrte ich in die kahle Seite des Baumstammes ein paar Löcher, in die ich die aufgesammelten Zweige steckte.

So nahm ein ganz besonderer und einzigartiger Baum allmählich Gestalt an. Was machte es schon, dass es sich bei den Ästen um Blautanne, Fichte, Nordmanntanne und Rotfichte handelte? Der Baum war gerade gewachsen, alles andere war künstlerische Freiheit.

Schließlich wuchtete ich das schwere Nadelkonstrukt die Treppen hinauf bis in den dritten Stock und lehnte es neben die Wohnungstür. Mit einem herrlich leichten Herzen schloss ich die Tür auf und wurde von Cleo sogleich stürmisch empfangen. Ohne zu fragen, zog sie mich in die Wohnung und schlug die Tür zu. Der Baum der Bäume blieb unbesehen draußen.

»Komm, ich muss dir was zeigen.«

Wie immer war sie mir ein paar Worte voraus und führte

mich ins Wohnzimmer, damit ich endlich sehen konnte, was sie so begeisterte.

Der Baum schwebte. Cleo hatte das schiefe Ding geschickt mit Haken an die Decke gehängt und üppig mit Strohsternen und kleinen roten Äpfeln behängt. Es war wirklich der schönste, kunstvollste und außergewöhnlichste Baum, den ich je gesehen hatte. Wenn man vielleicht von dem absah, der draußen im dunklen Hausflur wartete …

»Und?«, fragte sie mich. »Findest du ihn jetzt immer noch so schlimm?«

»Nein, gar nicht«, gab ich zu. »Er ist sogar sehr schön, aber jetzt haben wir ein Problem.«

»Ein Problem?« Cleos Knie wackelten verständnislos.

Ohne viel zu sagen, ging ich wieder vor die Tür und schleppte ächzend meinen Baum ins Wohnzimmer. Ich war gespannt auf ihre Reaktion.

Cleo lachte laut auf und klatschte augenblicklich in die Hände. »Der ist ja toll«, rief sie. »Komm, wir stellen ihn einfach dazu.« Und ihre Knie leuchteten vor Aufregung backsteinrot.

Es wurde ein bisschen eng im Wohnzimmer, aber die beiden Bäume ergänzten sich auf wunderbare Weise. So wie wir, Cleo und ich.

So kam es, dass wir unser erstes Weihnachtsfest inmitten eines einzigartigen Weihnachtsbaum-Ensembles feierten. Unsere Freunde hielten uns für verrückt. Aber was machte das schon? Alles, was zählte, waren die Liebe und natürlich Cleos himmlische Knie.

Fröhliche Weihnachten.

MAX OSSWALD

Familientreffen der Feiertage

Alle sind sie da: Gesetzliche, Nichtgesetzliche, Ehemalige und Aktuelle. Ostersonntag deckt den Tisch, Silvester mixt hochmotiviert Cocktails, während Neujahr verkatert danebensitzt und den Heiligen Drei Königen auf die Ärmel sabbert. Hinten fummeln Fasching und der Christopher Street Day, während Jom Kippur alle umarmt und der Weltkindertag unter dem Tisch Kleidung näht.

Auf der Eckbank weint der Tag der Umwelt. Jedes Jahr ein bisschen mehr. Der Deckel des danebenliegenden Sarges knarzt – und heraus kriecht der mumifizierte Autofreie Sonntag. Mit krächzender Stimme fragt er: »Und … haben sie schon freiwillig aufgehört?« Der Tag der Umwelt antwortet nicht, er schleppt sich tränenüberströmt und schluchzend in ein anderes Eck des Raumes und weint lauthals weiter.

Wie jedes Jahr kratzt auch die schwäbische Kehrwoche wieder an der Tür und bettelt: »Ha, Leit, kommet scho, jetzt lasset mi halt nei!« Doch niemand möchte, denn alle haben Angst, dass sie dann die Wohnung kauft und die Miete erhöht. Auch mit den Maultaschen, die sie vorsichtig durch den Türspalt quetscht, lässt sich niemand bestechen.

»Schleich di, du oide Freibierlätschn!«, brüllt Mariä Himmelfahrt sie an.

»Aber des isch sogar bio!«, versucht sie es noch ein letztes Mal, bis sie resigniert in den Vorwerk-Laden zurückkehrt, aus dem sie gekommen ist.

Erntedank legt vegane Spareribs aufs Buffet, Ramadan klebt an der Fensterscheibe und murmelt: »Komm schon, geh unter, bitte, bitte!«, als Karfreitag die Stimme erhebt: »Schön, dass ihr alle da seid, willkommen zur Familienfeier! Doch wie ihr wisst, ist das hier nicht nur eine Familienfeier, sondern auch eine Intervention.«

Leises Getuschel entsteht.

»Heiligabend, wir müssen reden. Dass die Menschen dich lieben, ist dir zu Kopf gestiegen. Ich meine, du hast vier *weitere* Feiertage, allein, um dich anzukündigen, Leute zünden Kerzen an und schenken sich vierundzwanzig Tage lang Industriemüll, bis du *endlich* da bist, und dann gibt's dir zu Ehren noch mal zwei zusätzliche Feiertage *direkt nach dir.* Geht's noch? Dabei stressen und streiten sich bei dir alle nur – so lange, bis irgendjemand rummoralisiert: Es geht doch ums Zusammensein, habt euch lieb, es ist Weihnachten, blablabla. Aber das ist ja Quatsch! Du bist verkommen zu einem Konsumfest, du hast dich verkauft!«

»Ja, find ich auch!«, sagt der Valentinstag.

»Schnauze!«, antworten alle.

Heiligabend legt die Zigarre beiseite, lehnt sich auf dem Ledersessel nach vorne, während die beiden Weihnachtsfeiertage sich hinter ihm aufbauen wie Bodyguards, und haucht mit kratziger, tiefer Stimme: »Ihr habt also 'n Problem mit mir? Soll ich euch mal um die Ohren hauen, was mit euch nicht stimmt?«

»Dazu fehlen dir die Eier!«, sagt Karfreitag.

»Na, dann: *Ostern* – Jesus stirbt, also versteckt ein kleptomanischer Hase Hühnereier. Aha. Das ist ja sogar biologisch inkonsequent. Oder der 9. November: Mauerfall, aber halt auch Reichspogromnacht – schwierig! Ja, 3. Oktober, du bist nur zweite Wahl, merk dir das. Sankt Martin: ein halber Mantel, wirklich? Ha. Vermutlich laufen Kinder einfach nur deshalb mit Laternen durch die Gegend, weil *du* nicht die hellste Leuchte bist. Pfingsten – ach, für dich interessiert sich eh keine Sau, und wofür stehst du eigentlich, außer dafür, dass die Menschen ein paar Tage frei haben? ›Ausgießung des Heiligen Geistes‹, was zum Geier soll das denn bitte sein? Tag der Arbeit, soll ich mal publik machen, dass du dank Hitler gesetzlich bist?«

»Nein, nein, nein!«, antwortet der Tag der Arbeit.

»Das wäre nur fair!«, schluchzt der Buß- und Bettag, »du hast 'ne Nazi-Vergangenheit und 'nen unlogischen Namen, ich meine: Niemand arbeitet am Tag der Arbeit! Aber ich musste einfach so weg! Und wieso? Damit mehr gearbeitet werden kann! Das ist doch Verarsche!«

»Hihihi!«, kichert die Walpurgisnacht auf einmal unheilvoll, freut sich über den Unfrieden, entflammt das Kaminfeuer und fängt an, davor zu tanzen. Silvester und der CSD tanzen mit, während der Totensonntag und Karfreitag neidisch dabei zuschauen, wütend werden und mit Gurken und Baguettes bewaffnet auf sie losgehen.

Ramadan macht sich panisch eine Tupperdose für später voll.

Der Reformationstag verhaut Halloween mit einem Kürbis, der Weltfrauentag und Muttertag verprügeln den Vatertag mit benutzten Schwangerschaftstests und brüllen: »WARUM SIND WIR NICHT GESETZLICH?!«

Erntedank will intervenieren: »Leuteee, bitte stoooopp, ich spür hier grad 'ne Menge negative Vibes … können wir bitte alle ein bisschen runterkommen und uns einfach mal freuen, wie gut es uns geht?! Denkt dran, gewaltfreie Kommunikation: Beobachtung, Gefühl, Bedürfnis, Bitte!«

»Der Hippie hat recht!«, sagt der Tag der Arbeit.

»Ich bin kein Hippie, ich bin einfach dankbar.«

»Du bist ein Hippie, steh dazu.«

»Ich bin voll kein Hippie, ey!«

»Doch!«

»Voll nich!«

»Doch!«

»VOLL NICH!«

Die beiden gehen aufeinander los.

Mitten im Tumult geht die Tür auf und Jesus steht im Raum. Plot-Twist! Seine Frisur, sein Mascara und seine Fingernägel sehen *fabulous* aus. Er geht zum CSD und gibt ihm einen Kuss. »Jesus, bist du schwul?«

»Schätzchen, ich war jahrelang mit zwölf Kerlen unterwegs und hab 'ne Sexarbeiterin dafür bezahlt, um so zu tun, als wäre sie mit mir zusammen, weil die ganzen konservativen religiösen Spinner mich sonst nicht akzeptiert hätten.«

Er streichelt die Löcher in seinen Händen und sagt: »Aber, hey, gern geschehen«, und wirft allen eine Luftkuss zu. »Außerdem liebe ich alle. Und ihr seid Tage, ihr habt gar kein Geschlecht. Ich habe außerdem oben nachgefragt, dieser Streit ist auch nicht im Sinne aller Heiligen.«

»Ja, stimmt schon …«, antwortet Allerheiligen mehrstimmig und kleinlaut.

Jesus küsst Ramadan und steckt ihm ein Stück Fladenbrot in den Mund: »Genieß meinen Leib, Spatzl.« Er gibt dem Welt-Aids-Tag einen Kuss und sagt: »Weg mit den Vorurteilen, ihr Schlingel! Wahrlich, ich sage euch …«

»Ach, halt die Schnauze, Jesus! Ständig stehst du im Mittelpunkt, Weihnachten, Ostern, Pfingsten und so weiter, immer nur Jesus, Jesus, Jesus! Wie kann es eigentlich sein, dass *ein* Anfang-30-Jähriger unseren gesamten Kalender dominiert?«, pöbelt der Herbstanfang.

»Also, ich find Jesus super«, sagt Fronleichnam, »auch rein körperlich.«

Jesus schaut kurz verwirrt.

»Aber was zum Geier machst du überhaupt hier? Herbstanfang – du bist doch gar kein Feiertag!«

»Hallöööchen!«, sagt der Beginn der Sommerzeit, während er zur Tür hineinstürzt. »Sorryyyy, bin zu spät, haha, verschlafen – tut mir leid, hab ich was verpasst?«

»Immer dat Gleische«, murmelt Rosenmontag genervt.

»Wenn ich nicht bleiben darf, muss der Beginn der Sommerzeit aber auch gehen!«, jammert der Herbstanfang.

Alle schauen sich feindselig an, doch kurz bevor es erneut eskaliert, schlurft der Welt-Jogginghosen-Tag von der Couch in die Mitte des Raumes und sagt: »Leute, chillt! Hört auf, euch zu prügeln, Jesus, hör auf, hier alle ungefragt zu küssen, auch als Sohn Gottes sind das sexuelle Übergriffe – das ist nicht unbedingt die Art, wie heutzutage Liebe verbreitet werden sollte, da hat sich bisschen was getan, seit du das letzte Mal da warst. Beruhigt euch. Wir sind alle unnötig und erfunden, alle nicht wirklich echt und irgendwie doch, also entspannt euch. Niemand braucht uns, wir sind alle nur irgendwelche Erinnerungen daran, dass die Menschen nicht so oft Arschlöcher sein sollen, also hört auf, selbst welche zu sein. Lasst uns lieber wieder Freude verbreiten. Hier, ich hab euch was mitgebracht.«

So ziehen sich alle eine Jogginghose an, knuddeln sich, schauen friedlich *Die Eiskönigin* und singen gemeinsam: »*Let it go, let it gooo!*«

In diesem Sinne: Ho, ho, ho!

MALOU WILKE

Santa kommt nicht nach Savannah

In der Dunkelheit des Zimmers hörte sie Ezras Atem, ein leises Schnarchen, das ihr zuvor nicht aufgefallen war. Aber sie war auch noch nicht oft neben ihm aufgewacht. Sie wohnten schließlich nicht zusammen. Sie richtete sich auf, griff fröstelnd nach ihrem Morgenrock und warf einen Blick auf die Wanduhr. Mitternacht vorbei. Der Tag vor Weihnachten, eigentlich ihre liebste Zeit. Früher jedenfalls. Die dünne Bettdecke raschelte kaum hörbar, als Olivia aufstand.

Auf nackten Füßen ging sie in ihre Küche, füllte ein Glas mit Leitungswasser und trank es langsam aus. Spätestens heute Nachmittag müsste sie sich auf den Weg machen, damit sie Emma noch vor dem Schlafengehen überraschen konnte. Sie hatte nichts versprochen, sich nicht festgelegt. Sie war einfach nicht sicher, ob sie sich die Heimkehr dieses Jahr antun wollte.

Im Nebenzimmer murmelte Ezra im Schlaf vor sich hin, und Olivia wandte den Kopf, lauschte. Die Worte waren undeutlich, verschluckt vom Traumland. Sie trat ans Fenster.

Vor ihr lagen die flackernden Lichter der nächtlichen Großstadt, die niemals schlief. Ihr kleines Apartment im neunten Stockwerk einer Wohnanlage hatte jenen hinreißenden Blick auf die Wolkenkratzer von Downtown Atlanta, den jeder wollte, der hierherkam. Eine Freundin, die zurückgekehrt war nach Nashville, hatte die Wohnung vor einem Jahr an sie untervermietet. Inzwischen hatte Olivia zweimal den Job gewechselt, und das hübsche Studio fühlte sich nicht mehr an wie ein Sechser im Lotto. Aus der Ferne kam das Jaulen von Polizeisirenen, vertrauter Bestandteil des Lebens in der City. Es schwoll an, näherte sich mit gleichmäßiger Eile über den Highway und nahm schließlich ab, verschwand wieder. Wo die Nacht am dunkelsten schien, lag einer der vielen Parks der Stadt. Doch selbst dort waren keine Sterne am Himmel zu erkennen; zu dominant war das elektrische Licht so vieler Menschen und ihrer Bedürfnisse. Jemand hupte langanhaltend. Ein Krankenwagen raste über die Hauptstraße, stoppte offenbar an einer Kreuzung, bog ab, verstummte. Da hatte jemand alles andere als frohe Weihnachten, dachte Olivia.

Ihr Blick fiel auf den schemenhaften kleinen Stapel in buntes Papier eingepackter Geschenke auf dem ausklappbaren Esstisch und die Sporttasche auf dem Stuhl daneben, in der sie nur noch verstaut werden mussten für die Heimfahrt. Sie strich mit den Fingerspitzen über die roten Schleifen, die Sternchen und zugeschneiten Tannenbäume. Es war ewig her, dass sie Schnee gesehen hatte! Irgendwann in ihrer Kindheit waren einen ganzen Abend lang die weichen, weißen Flocken von einem grauen Himmel gefallen. Alle Nachbarn waren hinausgelaufen, hatten einander lachend die geröteten Gesichter zugewandt. Es war so kalt gewesen, dass ihre Mutter ihr mit einem Pullover in den Händen hinterhergelaufen war. Emma war damals noch gar nicht auf der Welt gewesen. Der Schnee war nicht liegen geblieben.

Olivias Kehle war wie zugeschnürt. Ezras ungleichmäßiges Schnarchen flatterte durch die kleine Wohnung wie eine Mahnung, dass sie sich gerade um den Rest ihres Nachtschlafes brachte.

Sie setzte sich an das Tischchen, angelte mit den Fingern nach einem Teelicht und einem Feuerzeug von der Anrichte und zündete die schlichte Kerze an.

»Frohe Weihnachten, Mama«, flüsterte sie.

Nie wusste man, wenn man etwas zum letzten Mal sagte.

❄

Mit leisem Ächzen schwang die Schaukel hin und her, immer wieder, angestupst von einem nackten Fuß auf dem trockenen Boden. Der Rhythmus war unermüdlich derselbe, der langsame Flug, die kurze Panik, das Schwingen zurück. Für einen Moment hatte man das Gefühl zu fallen. Aber da man wusste, dass es nicht passieren würde, war es ein angenehmer Schrecken und kein schlimmer. Nicht so wie im richtigen Leben, wenn Dinge tatsächlich passierten, kurz nachdem man begriffen hatte, dass sie passieren *konnten*. Emma liebte ihre Schaukel, liebte die flüchtige Gewissheit, dass Angst unbegründet war. Nicht so wie im echten Leben.

Als sie aus dem Augenwinkel sah, dass sich die Fliegentür am Haus öffnete, drehte sie den Kopf. Ihr Vater trat hinaus auf die Veranda, beladen mit etwas, das nach Kabelsalat aussah. Hinter ihren langen Haaren, die ihr ins Gesicht fielen, beobachtete Emma ihn, wie er die Treppe hinunterkam. Er durchquerte den halben Garten bis zu der Magnolie, deren Blüten im Frühling so intensiv nach Glück dufteten. Jetzt, am Tag vor Weihnachten, waren ihre festen Blätter von tiefem, glänzendem Grün. Während sie immer wieder hochschwang, sah Emma zu, wie ihr Vater das Wirrwarr zu einem Netz entspann, es hochwarf und mit geübtem Schwung über den Baum gleiten ließ, wie ein Cowboy sein Lasso über einen störrischen Bullen. Er umrundete die Magnolie und zog den Lichterschmuck über die üppigen Äste herab, bis alles richtig hing. Dann verband er den Stecker des festlichen Netzes mit der Verlängerungsschnur, die er über der Schulter mit hinausgetragen hatte. Im nächsten Moment erstrahlte die winterlich unscheinbare Magnolie im hellen Kleid eines Christbaumes. Ein stolzes Lächeln huschte über Alexander Boones hageres Gesicht.

Emma ließ die Schaukel ausschwingen. Ihr Vater kam jetzt langsam auf sie zu, die Hände in den Taschen seiner Jeans. Düster starrte Emma auf den Baum. Von ihr aus konnte Weihnachten ausfallen, und das würde sie ihm auch sagen. Egal, wie viel Mühe er sich gab. Es war Verrat.

Er deutete mit einer Kopfbewegung auf den umhüllten Baum.

»Und, was sagst du, Kleines? Schön?«

Emma zuckte die Achseln. Er konnte gerne so tun, als sei nichts geschehen. Die Erwachsenen mochten schnell weitermachen und bloß nicht darüber sprechen. Sie, Emma, würde da nicht mitmachen.

»Hilfst du mir, noch den Schneemann aufzupumpen?«

Emma sah flüchtig zum Haus. Ihr Vater hatte ihn ja schon mit hinausgebracht: eine weiße, inzwischen fast gelbliche, aufblasbare Gestalt mit schwarzen Knöpfen vorne, einem Zylinder auf dem Kopf, einem lachenden Gesicht mit orangener Karottennase und, aus welchem Grund auch immer, einem Ast in der unförmigen Hand. Umweht vom warmen Wind, bewegten sich seine Arme, und der ganze Kerl schwankte dann fröhlich nach allen Seiten. Rudi hatten Olivia und sie ihn vor Urzeiten getauft. Emma runzelte die Stirn, warf ihrem Vater einen Blick zu und schüttelte kurz den Kopf.

»Du hast den Schneemann doch immer gemocht?«

»Jetzt nicht mehr.«

»Warum nicht?«

Emma kniff die Lippen zusammen. Wenn er nicht wusste, was jetzt anders war, dann würde sie es ihm nicht erklären!

Alexander Boone nahm die Hände aus den Hosentaschen und ging langsam hinüber zu der zweiten Schaukel neben der, auf der Emma saß. Er ließ sich ungeübt auf dem Sitzbrett nieder und hielt sich an beiden Ketten fest, gab sich ein wenig Schwung und begann, langsam zu schaukeln. Beide starrten auf die Landstraße, die sich am Ende ihres Grundstücks durch die wenig besiedelte Gegend schlängelte. Als Emma klein gewesen war, hatten sie noch mitten im Ort gewohnt. Dann waren sie hier herausgezogen, als ihre Mutter nicht mehr arbeiten konnte und ein einzelnes Gehalt nicht reichte. Hier draußen waren die Nächte sternenklar und die Stille nur ab und zu vom Schrei einer Eule durchzogen. Emma hatte das Haus vom ersten Moment an geliebt, seine knarzenden Holzdielen, die zugigen Fenster, das gelegentliche Rascheln vom Dachboden. Ihr Vater hatte begonnen, alte Autos aufzukaufen und mit den Ersatzteilen zu handeln. Die verbeulten Wracks stapelten sich auf dem weitläufigen Grundstück wie ungehörte Zeugen der wildesten Erlebnisse. Jetzt hatte sich das natürlich auch geändert. Zwar standen die Fahrzeuge immer noch da, in ihrer rostigen Schönheit, aber ihre Geschichten waren in den Hintergrund getreten, bedeutungslos geworden vor der wahren Geschichte, die wirklich passiert war. Auf die, dachte Emma, hätte sie gerne verzichtet.

»Hör zu«, sagte ihr Vater. Er biss sich auf die Lippe, den Blick seiner geröteten Augen in die Ferne gerichtet, und hielt inne auf seiner Schaukel. »Ich weiß, wie schwer das alles für dich ist.«

Emma drehte den Kopf. »Ach, weißt du das?«, fauchte sie.

Er schloss für einen Moment die Augen. Emma überlegte, aufzustehen und ins Haus zu laufen. Aber sie war schließlich kein kleines Mädchen mehr, das weglief, wenn die Dinge schwer wurden. Sie war zwölf! Außerdem war sie zuerst hier gewesen, und sie wollte noch bleiben, auf ihrer Schaukel, in ihrem Garten, in ihrer Welt.

Ihr Vater öffnete die Augen, legte die Arme um die Ketten der Schaukel und verschränkte die Hände vor der Brust. Sein Blick ruhte auf Emma.

»Ich weiß es«, sagte er sanft. »Ich habe sie auch liebgehabt.«

»Warum willst du dann Weihnachten feiern, als ob sie noch da wäre?«, schrie Emma.

Sie sprang von ihrer Schaukel, rannte über den Rasen, die Stufen zur Veranda hinauf und ins Haus, die schmale Treppe hoch und in ihr Zimmer, warf sich auf ihr Bett und knallte sich ihr Kissen über den Kopf. Schluchzen schüttelte sie wie ein Erdbeben.

❄

»Ich dachte, wir verbringen Weihnachten zusammen?«

Ezra schlug mit der flachen Hand gegen den Getränkeautomaten, und prompt begann die Maschine zu röcheln. Ein dunkelbrauner Kaffeestrahl ergoss sich in den Pappbecher darunter.

Er hob den Blick und sah Olivia an. »Hast du nicht gesagt, du fährst dies Jahr nicht nach Savannah?«

»Ich überlege, habe ich gesagt. Nicht, dass ich schon fertig überlegt hätte. Entschieden habe ich noch nichts.«

Sie lehnte sich mit der Schulter gegen den Automaten und sah den Gang entlang. Durch die geöffneten Bürotüren kamen Gesprächsfetzen und Lachen, Monologe von jemandem, der telefonierte, das Rattern eines Druckers.

»Für mich klang es aber, als hättest du dich schon entschieden.« Er zog die Brauen zusammen. »Warte mal, hast du nicht gesagt, wir wollen mehr Zeit miteinander verbringen? Nebeneinander aufwachen? Ausprobieren, wie das funktioniert mit uns beiden abseits der Arbeit? Was ist daraus geworden?«

Er sprach leise. Keiner der Kollegen wusste von ihrer Beziehung, und so sollte es auch bleiben, jedenfalls, bis Olivia sich sicherer war. Ezra reichte ihr den vollen Kaffeebecher. Dann zog er einen neuen für sich selbst aus dem Stapel und stellte ihn in den Automaten. Das Gerät gab das Getränk frei.

»Ezra, meine Familie braucht mich! Es ist das erste Weihnachten ohne meine Mutter. Meine Schwester ist zwölf.«

»Ich weiß«, sagte er, aber die Falte zwischen seinen Brauen verschwand nicht. Sein glatt rasiertes Gesicht mit dem markanten Kinn wandte sich ihr wieder zu. »Olivia, du brauchst zu lange, um dich zu entscheiden, was du willst.«

Sie warf erneut einen Blick den Gang entlang und dämpfte ihre Stimme. »Verdammt, Ezra, für mich ist das auch nicht einfach! All diese Trauer, die Tränen, die Erinnerungen … Mein Vater leidet wie ein Hund. Er will, dass meine Schwester ein normales Weihnachtsfest hat, und ich sollte ihm dabei helfen. So ist das nun mal, wenn man Familie hat: Man hat eine Verantwortung.«

»Und was ist mit mir?«

Er beugte sich kaum merklich vor, und für einen Moment waren ihr seine Lippen und seine grünen Augen sehr nah. Sie nahm sein Rasierwasser wahr und dachte, dass sie ihm ein neues gekauft hatte, eines, das besser zu ihm passte. Es lag hübsch verpackt in ihrem Schrank zu Hause und wartete auf morgen.

»Was ist mit mir?«, wiederholte er. »Unser erstes gemeinsames Weihnachten, Olivia?«

Sie umfasste den Pappbecher fester mit beiden Händen und trank einen Schluck. Es schmeckte wie zu heißes Wasser mit zu wenig Aroma.

»Leute, Ende der Pause! Können wir weitermachen?«, hörte man eine Stimme den Gang herunterrufen. Sie mussten wieder zurück an den Konferenztisch.

»Entscheide dich bitte bald«, raunte Ezra in ihr Ohr und marschierte Richtung Besprechungszimmer.

»Endspurt!«, rief eine junge Kollegin. »Auf jeden von uns wartet schließlich Santa, nicht wahr!«

Der Weihnachtsmann, dachte Olivia, konnte dieses Jahr von ihr aus eine Schlittenpanne haben; es käme ihr gerade recht.

❄

Im Hintergrund dudelte das Radio, und Emma hätte es gerne aus dem Fenster geworfen. Zum vierten Mal schon lief an diesem Tag *Last Christmas I Gave You My Heart*. Vor ihr auf dem Teller lag eine kaum angerührte Portion Nudeln mit Käsesauce.

»Ich weiß, es ist nicht, wie Mama sie gemacht hat«, sagte ihr Vater gerade. »Aber könntest du nicht doch etwas mehr davon essen?«

Emma schob den Teller von sich. »Ich hab keinen Hunger. Ich geh raus.«

Sie war schon fast an der Tür, als seine Stimme ihr folgte: »Alleine schaff ich es nicht, Emma. Es sind nur noch wir zwei da, du und ich. Wir müssen uns beide Mühe geben, verstehst du?«

Für einen Moment blieb sie stehen. Sie hatte einen Kloß im Hals und brachte kein Wort heraus. Schnell drehte sie den Türknauf und lief nach draußen.

Die Sonne schien von einem strahlend blauen Himmel mit nur vereinzelten aufgetürmten Wolken. Die Luft war warm und roch nach Erde. Emma sprintete zu ihrer Schaukel, und Sekunden später hatte sie das Gefühl, fortfliegen zu können.

Nur noch wir zwei … klang die Stimme ihres Vaters in ihren Ohren nach. Wie hatte nur aus *Wir drei schaffen das schon* plötzlich jenes zutiefst traurige *Nur noch wir zwei* werden können? Olivia war schon seit Emmas erstem Schuljahr ausgezogen. Ihr Altersunterschied war so groß, dass die Ältere zum Studium auszog, als die Nachzüglerin eingeschult wurde. Aber im Sommer und an Weihnachten war sie immer zurückgekommen, manchmal auch zu Emmas Geburtstag im Spätherbst. Es hatte keinen schöneren Moment gegeben als den, wenn der alte Jeep ihrer Schwester mit seinem unverkennbaren sonoren Tuckern über den staubigen Zufahrtsweg auf das Haus zukam, besonders dann, wenn Emma nicht mehr damit gerechnet hatte.

Was sollte das für ein verdammtes Weihnachten werden ohne ihre Mutter und ohne Olivia? Sie stieß einen zornigen Schrei aus, der sich im Wind, der aufgekommen war, auflöste. Drei Jahre lang hatte ihre Mutter gegen die Krankheit gekämpft. Im November, einen Tag nach Emmas Geburtstag, war die Mutter gestorben – als sollte ihr Todestag nun auch noch auf ewig mit Emmas besonderem Tag verbunden sein!

»Warum?«, schrie Emma, während der Garten vor ihren Augen verschwamm. Das kam vom Wind; es war stürmisch geworden.

Immer spielte einem das Wetter hier Streiche. Nicht etwa, dass mal Schnee fallen würde wie auf der Postkarte, die ihre Tante aus Chicago geschickt hatte! Meterhoch lag auf dem Bild die weiße Pracht, und die Menschen mussten sich schon morgens den Weg zu ihren Autos freischaufeln, stand hinten drauf. Das, hatte Emma damals gedacht, wollte sie eines Tages zu gerne auch mal sehen. Die Schönheit einer lauten, quirligen Großstadt unter dem weichen, alles dämpfenden Mantel von Schnee, wie wunderbar musste das sein! Vielleicht konnte sie zur Tante ziehen? Emma wischte sich mit einer Hand über die Augen. Nur weg von hier, wo alles voller Erinnerungen war. Und wo nur noch sie beide übrig waren.

Die Fliegentür klapperte, und Emma sah ihren Vater auf die Veranda treten. Er warf einen Blick auf den alten Schaukelstuhl mit dem verblassten Kissen, auf dem ihre Mutter nachmittags so gerne gesessen hatte. Dann schien er sich einen Ruck zu geben und kam die Treppe herunter.

Emma schaukelte heftiger. Diesmal setzte ihr Vater sich nicht auf die andere Schaukel, sondern blieb einfach stehen. Wenn Emma ganz nach oben schwang und auf ihre Welt herabschaute, konnte sie mit einem mulmigen Gefühl erkennen, dass seine Haare grau wurden. Sie war froh, dass im Zurückfliegen der Wind ihre eigenen Locken über ihr Gesicht wehte. Sie hatte keine Hand frei, sich schon wieder über die Augen zu wischen. Emma holte keinen Schwung mehr, und die Schaukel wurde langsamer.

»Ich weiß, du bist enttäuscht, weil Olivia nicht kommt«, sagte ihr Vater. »Sie wollte es dir selbst erklären, aber du wolltest ja nicht mit ihr sprechen. Also erschieß nicht den Boten der schlechten Nachricht. Mich«, fügte er hinzu, als müsse er das sicherheitshalber noch ausführen.

Als Emma nicht antwortete, fuhr er fort. »Sie kommt nach Weihnachten. Das ist auch in Ordnung.«

»Sie hat einen Freund!«, stieß Emma zornig aus.

»Das weiß ich nicht. Aber selbst, wenn es so wäre: Jede von euch beiden hat das Recht auf ein eigenes Leben, wenn die Zeit gekommen ist. Ich werde immer respektieren, wie du leben möchtest, und ich respektiere, wie Olivia leben möchte.«

»Fein! Ich möchte bei Tante Ruth in Chicago leben!«

Er zuckte kurz zusammen, ließ sich aber nichts anmerken und sah nur zu, wie sie wieder anfing zu schaukeln.

»Du bist wütend«, sagte er nach einer Weile.

»Ja, das bin ich! Das wird das beschissenste Weihnachten meines Lebens!«

Sie würde nicht schon wieder ins Haus laufen, beschloss Emma. Sollte ihr Vater doch zurück ins Haus gehen und sie hier alleine lassen!

Da stand er plötzlich mit zwei Sätzen vor ihrer Schaukel und packte Emmas Sitz mit beiden Händen. Wie eine Schockwelle ging der abrupte Halt durch ihren Körper. Für einen Augenblick hielt er sie so, eine halbe Armeslänge von sich entfernt. Dann ließ er die Schaukel sanft zurückgleiten und hockte sich vor sie auf den Boden, die Hände noch immer an ihrem Sitz.

»Das wird es nicht, Kleines«, sagte er. »Es wird nicht das beschissenste Weihnachten deines Lebens. Es wird anders, daran kann ich nichts ändern. Aber es wird nicht beschissen. Du wirst aufwachen und Geschenke unter dem Tannenbaum finden. Wir werden in die Kirche gehen, singen und unsere Freunde sehen. Wir werden heimkommen und uns ein gutes Essen kochen. Wir werden das schaffen. Mama würde wollen, dass wir das schaffen, du und ich.«

Er stand auf, nahm ihren Kopf sanft in seine Hände und küsste sie auf die Stirn.

»Bleib nicht zu lange hier draußen«, fügte er hinzu, als er zurück zum Haus ging. »Sie haben angekündigt, dass die Temperaturen fallen und ein Sturm kommt. Ausgerechnet an Weihnachten, kannst du dir das vorstellen? Wie soll denn Santa bei Sturm nach Savannah kommen?«

Emma saß auf ihrer Schaukel und starrte ihrem Vater hinterher.

»Der braucht sowieso nicht nach Savannah kommen!«, schrie sie.

Ihr Vater verschwand im Haus, ohne sich noch einmal umzudrehen.

❄

Olivia floh vor dem kalten Wind, der in Böen durch die Straßenschluchten fegte, in eine Gasse und betrat den Laden durch einen erleuchteten Seiteneingang. Sofort war sie umgeben von der unverwechselbaren Melancholie von George Michaels Stimme. Sie hätte den Text laut mitsingen können: *Last Christmas I Gave You My Heart* … Ohne auf die künstlichen, blinkenden Weihnachtsbäume zu achten, steuerte sie auf die Kasse zu. Ein paar Kunden standen an, aber sie hatte Glück, es war nicht viel los.

»Entschuldigen Sie, bitte? Nur eine Rückgabe?«

Der junge Mann an der Kasse winkte seiner Kollegin und

deutete auf Olivia. »Zwei Minuten, Ma'am«, warf er ihr zu.

Während sie wartete, betrachtete sie die Auslagen auf dem Tresen vor sich. Neben Socken in Festtagsfarben und goldenen Freiheitsstatuen hatte man eine Reihe faustgroßer Schneekugeln aufgestellt, in denen inmitten einer Winterkulisse aus verschneiten Tannenbäumen zwei Bären auf den Hinterpfoten um ein Feuer tanzten. Olivia hob eine Kugel hoch und kippte sie leicht. Die Flocken wirbelten durcheinander, und Olivia musste lächeln. Das würde Emma gefallen, dachte sie.

»Kann ich Ihnen helfen, Ma'am?«, fragte eine höfliche Stimme.

Olivia stellte die Schneekugel zurück und zog ein Päckchen aus ihrem Rucksack. »Ja, ich möchte das hier zurückgeben.«

Sie reichte der Frau den Herrenduft, von dem sie gedacht hatte, dass sie ihn gerne an Ezra riechen würde.

»Sicher. Zurückgeben oder umtauschen gegen etwas anderes?«

Olivia zögerte kurz. Dann deutete sie auf die Kugeln mit den tanzenden Bären. »Umtauschen, bitte. Ich nehme stattdessen eine von denen. Können Sie sie bitte auch schon einpacken?«

Während die Schneekugel in einer Pappschachtel verschwand, warf Olivia einen Blick auf ihre Armbanduhr.

❄

»Emma, Kleines, wach auf!«

Emma schlug die Augen auf und sah im Halbdunkel das über sie gebeugte Gesicht ihres Vaters. Er trug seinen albernen Pyjama mit Weihnachtsmotiven, der zu dem ihrer Mutter gepasst hatte.

»Schau aus dem Fenster!«

Emma kletterte schweigend aus ihrem Bett. Der Fußboden war ungewöhnlich kalt. Der Lichtkegel der Taschenlampe in der Hand ihres Vaters beleuchtete seine Füße in Socken. Sie runzelte die Stirn.

»Wieso ist es so kalt? Ist die Heizung nicht angesprungen?«

»Wir haben Stromausfall. Der Sturm hat schon vor einer Stunde alles lahmgelegt. Aber schau mal aus dem Fenster!«

Emma tapste hinüber und sah nach draußen.

Vor den Scheiben wirbelten kleine Flockentornados umher. Man konnte nicht sehr weit sehen. Die Beleuchtung der Magnolie war aus. Dann begriff Emma, dass es draußen viel heller als sonst war. Sie riss die Augen auf und war wach. Der Garten schien wie überzuckert und erstrahlte in jenem ungewöhnlichen Weiß, das man in Savannah zuletzt vor vielen Jahren gesehen hatte.

»Es schneit?!«

Lächelnd nickte ihr Vater. »Ich wollte nicht, dass du das verpasst.«

Sie lief an ihm vorbei aus dem Zimmer, die Treppe hinunter und zur Verandatür.

»Schuhe anziehen, Emma!«

Sie schlüpfte in ihre Clogs und schlidderte über die Terrasse, die Treppe hinunter und hinein in den Wintersturm. Als sie das Gesicht hob, schmolzen die dicken, nassen Flocken sofort auf ihrer Haut. Sie konnte nicht genug von dem Gefühl bekommen, so selten und ungewohnt war es. Ihr Vater streifte ihr einen Pullover über den Kopf, und sie streckte ihre Arme hindurch. Rudi, der Schneemann, vollführte einen wilden Tanz mit dem Wind, aber die Heringe, mit denen er im Boden befestigt war, hielten. So standen sie stumm in der unwirklich schimmernden Winternacht. Ein kalter Wind zauste an Emmas Haaren. Ihr Vater legte den Arm um sie und drückte sie sanft an sich. Emma lehnte den Kopf an seine Schulter. Für einen Moment schien ihr, als könne sie vielleicht doch all den Dingen standhalten, die einfach so passierten, die das Leben so kompliziert und anders machten, als es gerade noch gewesen war.

Plötzlich hörten sie ein dumpfes Tuckern aus der Ferne näher kommen. Langsam kämpften sich auf der Landstraße Scheinwerfer durch das dichte Schneegestöber. Erst waren es nur zwei matte Lichtquellen im weißen Wirbel. Dann konnte Emma die Form erkennen und das Fahrzeug, zu dem sie gehörten. Es bog in ihren Zufahrtsweg ein und kam langsam auf das Haus zu.

Emma hob die Arme und lachte ungläubig auf. Ihr Gesicht war klamm gefroren, das Sprechen schwierig. »Sie ist da! Olivia ist doch gekommen, Pa!«, rief sie gegen den Wind an.

Die Lichter am Wagen gingen gerade aus, als sie bei ihm ankam, die Tür aufriss und der Fahrerin die Arme um den Hals schlang.

❄

Olivia drückte sie fest an sich. »Emmy! Wieso bist du denn noch wach? Es ist doch schon nach Mitternacht!«

»Ich bleibe doch immer auf, bis du da bist!«, sagte Emma. »Außerdem schneit es – siehst du?«

Olivia lachte. Emma wandte sich zu ihrem Vater um. Olivia, ihre kleine Schwester im Arm, hatte eine Hand zu ihm ausgestreckt, und er hatte sie ergriffen. Auf seinem müden Gesicht lag ein Lächeln, das Emma nicht ganz fest im Sattel zu sitzen schien, und seine Augen waren von der Kälte gerötet.

In diesem Moment erwachte die Lichterkette in den Zweigen

der verschneiten Magnolie zum Leben, und auch im Haus ging das Licht in der Küche wieder an. Die pfeifenden Böen trugen Musikfetzen vom Radio zu ihnen herüber. Es war schon wieder George Michael.

»Der Strom ist wieder da«, riefen Emma und ihr Vater gleichzeitig.

Sich gegen den Wind stemmend gingen sie die Treppe hinauf, streiften die nassen Schuhe ab und betraten das Haus, das Emma jetzt warm und einladend erschien. Ihr Vater begann, Tee zu kochen, und Olivia saß am Tisch und erzählte von der Fahrt durch das Schneegestöber. Dann schwieg sie für einen Moment. Und auf einmal hatte Emma das Gefühl, als sei noch eine Person im Raum. Man konnte sie zwar nicht mehr sehen, aber sie würde da sein. Immer.

EWALD ARENZ

Die Weihnachtsfrau

»Wie war das?« Der Weihnachtsmann beugte sich in dem riesigen Holzstuhl so ruckartig vor, dass es in den Fugen krachte. »Wie war das? Kann ich das noch mal hören?«

Sankt Nikolaus, der in vollem Ornat ebenfalls auf einem Stuhl saß, allerdings auf der anderen Seite des Tisches, lehnte, sich etwas unbehaglich zurück. Der Weihnachtsmann hatte immer so etwas urtümlich Explosives an sich. Außerdem war er nicht der Hellste. Deswegen hatten sie ihm ja damals diese Aufgabe gegeben. Schnelligkeit, Kraft und ein prinzipiell kinderfreundliches Gemüt waren nötig, aber nicht so wahnsinnig viel abstraktes Denkvermögen. Um einen Schlitten zu lenken und Päckchen unter Weihnachtsbäume zu legen, muss man nicht unbedingt die Riemann'sche Vermutung beweisen können. Außerdem hat der Weihnachtsmann ja auch immer ein Jahr, um sich auf den Job vorzubereiten. Oder, besser gesagt, hatte immer ein Jahr gehabt.

»Ich tue das ja auch nicht gern«, versuchte Sankt Nikolaus es mit einem anderen pädagogischen Ansatz. »Die Menschen auf der Erde wollen einfach gendergerecht beschenkt werden. Viele empfinden einen weißen alten Mann als Diskriminierung. Und … sorry, dass ich das so geradeheraus sagen muss, aber *du* bist ein weißer alter Mann.«

Der Weihnachtsmann war aufgestanden und trat an den Tisch. Auf seiner mächtigen Stirn pulsierte eine Ader beunruhigend lebhaft. Seine tiefe Stimme dröhnte durch den Raum.

»Ich bin der Weihnachtsmann! Natürlich bin ich ein alter weißer Mann! Der Weihnachtsmann ist alt. Er ist weiß. Er hat einen langen Bart und ist … na ja … ein bisschen dick. Aber so ist er!«

Sankt Nikolaus legte die Fingerspitzen zusammen. Er war froh, dass er ein Heiliger war. Man hatte da einen ganz anderen Status. Da stellte sich die Genderfrage eigentlich nie.

»Jetzt nicht mehr. Der Weihnachtsmann ist jetzt eine Weihnachtsfrau. Wir hatten ja zunächst an Mutter Maria gedacht, aber die ist ja auch weiß.«

Der Weihnachtsmann begann zu verstehen, dass Sankt Nikolaus es wirklich ernst meinte. Dass das hier nicht nur so eine Art Test war wie damals mit diesem rotnasigen Rentier. Es passierte wirklich. Das hier war echt, und es sah nicht gut für ihn aus.

Sankt Nikolaus beugte sich vor. Er war eigentlich ganz stolz auf dieses neue Konzept. Man musste ja auch mit der Zeit gehen – wenn Jesus immer alles so gemacht hätte, wie es alle getan hatten, dann säßen sie alle nicht hier.

»Die Weihnachtsfrau ist indigen und …« Er sah, dass der Weihnachtsmann ihn vollkommen verständnislos ansah, seufzte und erklärte dann: »Indigen heißt, dass sie eine von den Ureinwohnern ist. Echte Amerikanerin; keine eingewanderte Weiße. Außerdem ist sie lesbisch. Für die Monosexfamilien.«

Der Weihnachtsmann verstand immer noch nicht. »Aber die da unten auf der Erde sind alle Ureinwohner, die kommen doch nicht vom … vom Mond oder so! Ich meine, Gott hat die doch alle auf der Erde geschaffen. Was ist denn da der Unterschied zwischen den Kontinenten oder den Geschlechtern? Kind ist Kind! Geschenk ist Geschenk! Weihnachten ist Weihnachten!«

Sankt Nikolaus schob ihm die Pergamenturkunde über den Tisch.

»Sieh es doch mal so: Wir tun dir nur einen Gefallen. Dieser ganze Stress mit immer mehr Kindern auf der Welt, die Fahrt auf diesem altmodischen Schlittending in der frostigen Nacht, all die Süßigkeiten – gesund ist das ja auch nicht. Betrachte es einfach als Personalfürsorge oder verlängerten Urlaub.« Er wies auf das Pergament. »Hier unterschreiben!«

Die Stirnader des Weihnachtsmannes sah jetzt eher wie ein lebendiger Baum aus, und er war knallrot im Gesicht.

»Der Frost?«, brüllte er, »ich lebe am Nordpol! Frost ist mein Lebenselixier! Und ich habe einen Arbeitstag im Jahr! Das ist doch kein Stress! Seit über hundert Jahren mache ich jetzt diesen Job für dich, weil du angeblich eine Kälteallergie hast und nach dem 6. Dezember nicht mehr rausgehst! Ihr könnt mich doch nicht einfach rausschmeißen!«

Er donnerte seine beachtliche Faust auf den Tisch. Das Pergament hob sich und segelte auf den Boden. Ein etwas grob aussehender Engel erschien in der Tür und sah Nikolaus fragend an:

»Alles in Ordnung, Euer Heiligkeit?«

Sankt Nikolaus winkte ab.

»Alles gut.«

Er wandte sich an den schnaubenden Weihnachtsmann.

»Wenn du weiterarbeiten willst … ich habe hier ein Angebot

von Coca-Cola. Du hast keine Vorstellung, was die für den echten Weihnachtsmann zahlen würden. Und du dürftest dort auch Schlitten fahren.«

Der Weihnachtsmann hob das Pergament auf, riss es in kleine Stückchen und sah für einen Augenblick so aus, als wollte er Nikolaus damit füttern, aber dann ließ er sie einfach fallen. Es sah ein bisschen wie Schnee aus.

»Das ist nicht das Ende!«, flüsterte er mit von Wut erstickter Stimme, »ihr werdet von mir hören!«

Dann verschwand er mit einem ungeheuren Knall durch den Kamin. Nikolaus erschrak, bekreuzigte sich dann nachlässig und nahm die Akte mit den Heiligen Drei Königen vom Stapel.

Hoch über Finnland donnerte der Schlitten des entlassenen Weihnachtsmannes durch die Nacht. Ein Überschallknall folgte dem anderen, aber das war ihm nur recht. Die sollten noch sehen! Er würde … er würde … er war so wütend, dass er nicht wusste, was er tun würde, aber irgendwas würde er tun! Am Polarkreis begannen die Rentiere in den Sinkflug überzugehen, aber sie waren immer noch viel zu schnell, als sie am Pol ankamen. Deshalb knallte der Schlitten beim Bremsen gegen eine Wetterbeobachtungsstation, die daraufhin in Höchstbeschleunigung zwanzig Kilometer weiterschlitterte und fortan völlig falsche Daten zum Klimawandel sendete.

»Leckt mich alle am Arsch!«, schrie der Weihnachtsmann, als er unter dem umgekippten Schlitten hervorkroch. Dann riss er das Hoftor auf. Und da stand sie. Sie war deutlich kleiner als er, aber für eine Frau immer noch groß. Ihr Teint war oliv, die Augen schräg gestellt, und obwohl sie in einen Parka gehüllt war, fror sie so, dass ihre Zähne aufeinanderschlugen.

»Hallo!«, sagte sie. »Ich … äh … ich bin Airaõ. Die Neue. Ich soll hier anfangen. Scheiße, ist es hier immer so kalt?«

Der Weihnachtsmann versuchte, sie noch eisiger anzusehen, als es hier sowieso schon war, aber er war immer noch wütend.

»Ja! Und es wird noch viel kälter!«, schrie er. »Und das ist auch gut so für jemanden, der anderen den Job stiehlt!«

Airaõ sah ihn mit großen Augen an. Ihre Züge wurden hart.

»Glaubst du, ich wollte das hier? Ich komme aus Brasilien! Schnee kannte ich bisher nur aus Weihnachtsmärchen. Denkst du, das ist mein Traumjob? Einen Tag lang Geschenke verteilen wie eine Verrückte und den Rest des Jahres übrig gebliebene Süßigkeiten essen, bis ich so dick bin wie du? Das hier ist eine Strafversetzung – ich bin Statistikerin in der Seelenverwaltung!«

Plötzlich glitzerten ihr Tränen der Wut in den Augen, und sie stampfte mit dem Fuß auf.

»Ich hasse das hier! Und du maulst mich an, als wäre ich … keine Ahnung! Lass mich einfach in Ruhe, ja?«

Der Weihnachtsmann sah sie an. In ihm regte sich ganz tief unten eine Ahnung von Mitleid, die er wütend zu bekämpfen suchte.

»Komm mit in den Stall«, fauchte er sie an, während er die Rentiere abschirrte, »da ist es warm.«

Er öffnete das Tor, und mit den Tieren traten sie ins Warme. Es roch sanft nach Rentier und Heu und ein bisschen nach Zimt. Airaõ holte tief Luft.

»Wir arbeiten immer noch mit Rentieren? Wow. Old school. Schön, aber ineffizient. Also gut, was muss ich jetzt machen? Gibt es eine Arbeitsplatzbeschreibung? Ein Übergabeprotokoll oder so?«

Der Weihnachtsmann setzte sich wie vom Blitz getroffen auf

einen der steinernen Tröge. Seine Wut war jetzt ganz verraucht, und er fühlte nur noch Resignation.

»Die schicken dich als neue Weihnachtsfrau hierher, und du hast keine Ahnung von dem Job?«, fragte er erschüttert. Er verbarg sein Gesicht in den Händen. Airaõ fühlte sich getroffen.

»Hallo? Meine Welt sind die Zahlen! Ich bin Mathematikerin, keine Schlittenfahrerin! Und einmal, ein einziges Mal verrechne ich mich, und schon steht Nikolaus hinter mir und sagt: ›Hör mal Airaõ, du bist doch lesbisch, oder? Und aus Brasilien? Ich habe einen Job für dich.‹ Zehn Minuten später setzen mich zwei Engel in der eiskalten Vorhölle ab! Du hast hier wahrscheinlich nicht mal Internet, oder?«

Der Weihnachtsmann schüttelte den Kopf.

»Das schaffst du nie«, sagte er trostlos, »das wird das schlimmste Weihnachten aller Zeiten. Es werden ja immer mehr Kinder – das ist schon für mich kaum zu schaffen.«

»Du fährst ja wahrscheinlich an Heiligabend auch einfach los, oder?«, fauchte Airaõ, »du berechnest die Route nicht, stimmt's?«

Der Weihnachtsmann fühlte sich angegriffen.

»Die Rentiere machen das schon – so wie immer!«

Airaõ sah verloren ins Halbdunkel des Stalls.

»Die Rentiere machen gar nichts. Zu uns bist du nie gekommen. Nie.«

Der Weihnachtsmann richtete sich getroffen auf.

»Ich schaffe nur die christlichen Kinder! Und da brauche ich schon ewig. Was meinst du, warum die Amerikaner ihre Geschenke immer erst morgens kriegen?«

»Kind ist Kind! Geschenk ist Geschenk! Weihnachten ist Weihnachten!«

Airaõ hatte das fast geschrien und starrte ihn jetzt angriffslustig an.

»Wenn du die Route richtig berechnen würdest, dann würdest du alle Kinder schaffen. Einfach alle. Dann wäre richtig Weihnachten. Das ist nur ein mathematisches Problem. Der Handlungsreisende. Nicht so komplex wie die Riemann'sche Vermutung, aber komplex.«

Der Weihnachtsmann stand da wie vom Donner gerührt. Es kam ja nicht oft vor, aber er hatte eine Idee. Er hatte ja auch noch nichts unterschrieben. Vielleicht gab es da ja doch eine Lösung.

»Und du könntest das berechnen, ja? Eine Route, in der wir an Weihnachten die ganze Welt schaffen?«

Airaõ sah ihn an. Der Weihnachtsmann musste im Inneren zugeben, dass sie wirklich eine schöne Frau war.

»Ja. Ich kann das berechnen. Sogar ohne Computer.«

Am Morgen des 24. Dezembers standen sie vor dem Stall, und der Weihnachtsmann zeigte Airaõ, wie man die Rentiere anschirrte. Der beladene Schlitten dräute wie ein verschneiter Berg im Hof. Als sie auf den Bock kletterten, sah er, wie Airaõ trotz ihres Parkas fror. Er nahm schweigend den Pelz ab und reichte ihn ihr. Er trug ihn sowieso mehr aus optischen Gründen. Er fand, dass er darin nicht so dick aussah.

»Ich bin eigentlich Vegetarierin«, murmelte Airaõ, als sie sich dankbar in den dicken Pelz einkuschelte. Der Weihnachtsmann ließ die Peitsche knallen, und die Rentiere zogen an.

»Vegetarierin. Lesbisch!«, grummelte er. »Ruprecht und ich sind ja auch … ich meine … wir beide haben ja auch …als Paar und so … aber wir haben da nie so ein Ding draus gemacht. Geschenk ist Geschenk, oder?«

Airaõ sah überrascht zu ihm hinüber und grinste. Der Fahrtwind begann zu brausen. Als sie die dicken Schneewolken durchstießen, funkelte der Himmel wie mit Diamanten besetzt.

»Geschenk ist Geschenk«, rief sie hinüber. Dann griff sie plötzlich nach den Zügeln und schrie jubelnd:

»Heute Nacht! Heute Nacht schaffen wir alle!«

Und der Weihnachtsmann lehnte sich lächelnd zurück. Dass seine Augen ein bisschen tränten, kam nur von dem verdammten Fahrtwind.

LARS SIMON

Der Trickbetrüger

Heinrich Burger trat aus dem Kaufhaus auf die Straße. Es schneite noch immer nicht, obwohl es sich anfühlte wie unter null; dafür regnete es. Weshalb es den Menschen offensichtlich noch weniger Spaß machte, sich Schirm an Schirm durch die Straßen zu schieben, in deren tiefschwarzen Pfützen sich die Lichterketten der Verkaufsbuden und Geschäfte widerspiegelten. Samstag vor Weihnachten in einer Großstadt.

Er hatte Lebensmittel eingekauft. Viel war es nicht, eben gerade die Menge, die man als alleinstehender Rentner für die nächsten Tage benötigte. Das größte Gewicht dürften die beiden Konservendosen mit dem *Ragout fin* haben, die er sich in der Feinkostabteilung des Kaufhauses wie jedes Jahr gegönnt hatte. Dazu Aufback-Königin-Pasteten als Vorspeise und zwei Scheiben Räucherlachs. Ein guter Winzersekt und ein anständiger Weißwein lagerten im Keller, alles andere in der Tiefkühltruhe. Mehr brauchte er nicht, da er nicht vorhatte, Weihnachten zu feiern. Dazu gab es keinen Grund.

Die Tasche in der einen, den Gehstock in der anderen Hand, machte er sich zügig auf den Heimweg. Er sehnte sich nach Ruhe. Weihnachten an sich war schon so eine Sache, aber das Einkaufen kurz davor war eine noch größere Prüfung.

Er verließ das Kaufhaus und eilte, so gut seine alten Knochen und die bei feuchter Kälte schmerzende Hüfte das zuließen, quer über den großen Platz. Als der Regen stärker wurde, beschloss er, sich kurz unterzustellen. Er entdeckte ein Juweliergeschäft, über dem sich ein mehrstöckiges Wohnhaus in den lichtlosen Himmel erhob. Im Schutz des Ladenüberbaus hatte sich bereits eine Handvoll Passanten eingefunden, die ebenfalls zu warten schienen, bis der Schauer vorüber war.

Heinrich Burger stellte sich zu ihnen und streifte sich die Kapuze seines Mantels ab. Er beobachtete den Strom der dahineilenden Menschen in der Einkaufsmeile, das Plätschern und Gurgeln des Regens vermischte sich mit den an- und abschwellenden Verkehrsgeräuschen der weiter entfernt liegenden Straße sowie Melodiefragmenten von mindestens drei verschiedenen Weihnachtsklassikern. *Last Christmas, Jingle Bells* und einem, von dem er nicht mit Sicherheit sagen konnte, ob es *Stille Nacht* oder *Es ist ein Ros' entsprungen* war. Ein sich alljährlich wiederholender Film lief vor ihm ab, ohne Handlung, ohne Helden, aber mit einer eigensinnigen Kakophonie und unzähligen Statisten.

Wann hatte ihn Weihnachten eigentlich das letzte Mal glücklich gemacht? Er war selbst erstaunt, dass er sich ausgerechnet hier und jetzt diese Frage stellte. Früher, dachte er, war es *weihnachtlicher* gewesen. Er erschrak. Ein ins Mobiltelefon starrender Jugendlicher hatte ihn angerempelt, grummelte etwas – möglicherweise eine Form der Entschuldigung – und schlurfte weiter, die zu große Strickmütze bis tief ins Gesicht gezogen und den Kopf dem kleinen Bildschirm entgegengebogen wie ein Fragezeichen. Heinrich Burger wollte ihm zuerst etwas Passendes nachrufen und seinen Stock schütteln, wie es sich für einen ordentlichen Rentner gehörte, doch dann verzichtete er darauf.

Weihnachtlicher. Was sollte das eigentlich bedeuten? Er seufzte leise und verdrängte die sinnlos-sehnsüchtigen Gedanken an Margarete, welche stets mit einem kaum wahrnehmbaren Stechen in der Brust und einem trockenen Rachen einhergingen. Jetzt nicht!

Kurze Zeit später ließ der Regen nach und verwandelte sich in ein latentes Nieseln. Die kleine Versammlung der Wetterflüchtigen vor dem Juweliergeschäft begann sich aufzulösen und gab dadurch den Blick auf das Schaufenster frei.

Auch Heinrich Burger wollte schon weitergehen, da bemerkte er, dass nur einen Meter neben dem Eingang des Juweliers ein offenbar Obdachloser auf einem umgedrehten Bierkasten saß, auf den er eine Decke gelegt hatte, und ihn auffordernd anschaute. Selbst im Sitzen konnte man erkennen, dass er relativ groß und korpulent war. Alles an ihm wirkte schmutzig und verkommen. Seine weißgrauen Haare fielen verfilzt über den speckigen Kragen seines abgetragenen Wollmantels und sahen dabei noch bedeutend besser aus als der Bart, der über seinem schmutzig roten Schal herabhing. Auf dem Kopf trug er eine Pelzmütze mit hochgeklappten Ohrenschützern, und seine Hände steckten in zerschlissenen Strickhandschuhen mit offenen Kuppen, aus denen fleischige Finger mit viel zu langen, unappetitlich aussehenden Nägeln lugten.

Neben ihm stand eine halbleere Flasche Wodka, und vor sich hatte der Bettler einen schwarzen Lederstiefel mit enorm hohem Schaft gestellt. Es musste sich um Schuhwerk handeln, das der

Mann normalerweise tatsächlich benutzte, denn jetzt erst entdeckte Heinrich Burger, dass ein Fuß des Bettlers bloß in einer groben, unendlich dreckigen Stricksocke steckte. Noch befremdlicher war das nachlässig beschriftete Pappschild, welches an dem Stiefel lehnte: »Für bloß 200,- € und eine Einladung an Heiligabend lasse ich ein echtes Wunder geschehen! – Es dankt der Weihnachtsmann!«

Was jedoch so gar nicht zu dieser wirklich schäbigen und erbärmlichen Erscheinung passen wollte, waren die Augen des Mannes, die Heinrich Burger noch immer fixierten. Sie waren wach und hielten seinem Blick stand. Für den Bruchteil eines Herzschlags durchfuhr Burger ein seltsam fremdes Gefühl, das ihn auf unbestimmte Art an Heimweh erinnerte.

»Sie haben recht hohe Ansprüche«, sagte er zu dem Mann und deutete auf das Pappschild.

»Finden Sie?«, entgegnete der Obdachlose. Seine Stimme war heiser und dunkel. »Die Leute essen und kaufen sowieso zu viel, da ist doch wohl ein Tellerchen für den Weihnachtsmann persönlich nicht zu viel verlangt, oder?«

»So gesehen«, sagte Heinrich Burger. Er war sich nicht sicher, ob er es mit einem Verrückten oder mit einem durchtriebenen Gauner zu tun hatte. »Sie glauben also tatsächlich, Sie seien der Weihnachtsmann?«, hakte er in einer Mischung aus Interesse und Belustigung nach.

»Ich glaube das nicht, ich *weiß* es«, entgegnete der Mann bestimmt.

»Und wo haben Sie Ihre Rentiere und den fliegenden Schlitten gelassen?«, fragte Heinrich Burger. »Im Parkhaus?«

Der Obdachlose lächelte und zeigte eine ganze Reihe brauner Zähne. »Die sind natürlich noch in Lappland, wo sie hingehören. Am Polarkreis. Die brauche ich ja erst morgen.«

»Ach, sicher, daran hatte ich nicht gedacht. Tja, dann können Sie wohl nicht beweisen, dass Sie der Weihnachtsmann sind.«

»Doch, natürlich. Aber eben erst morgen Abend, wenn ich ein wenig Geld und eine Einladung zum Essen erhalten habe. Steht doch hier.« Der Bettler zeigte deutete auf das Pappschild. »Im Gegenzug gibt's ein Wunder. Das sollte für sich sprechen.«

»Ein Wunder … o ja, das wäre in der Tat ein überzeugender Beleg«, sagte Heinrich Burger und nickte. Nun war er sich sicher, dass es sich nicht um einen Gauner, sondern um einen harmlosen, bemitleidenswerten Irren handelte, dem der jahrzehntelange Wodkakonsum am Gehirn genagt hatte.

»Dann wünsche ich Ihnen viel Erfolg. Ich werde mich jetzt auf den Weg nach Hause machen.«

»Was wollen Sie denn da?«, fragte der Obdachlose. »So ganz alleine.«

Heinrich Burger hielt abrupt inne. Langsam ging er auf den Mann zu und stellte seine Einkaufstaschen ab. »Was haben Sie gesagt? Woher wollen Sie wissen, dass ich alleine lebe?«

»Tun Sie das nicht, Herr …? Wie heißen Sie eigentlich?«

»Hören Sie«, rief Burger, »das ist doch ein uralter Trick! Sie versuchen, einen Rentner in ein Gespräch zu verwickeln, um ihm dann das Geld aus der Tasche zu ziehen.«

Heinrich Burger befand sich mit seinen beinahe achtzig Jahren zwar schon im fortgeschrittenen Alter, doch er war zum einen noch recht rüstig und zum anderen geistig überdurchschnittlich auf der Höhe. Er war beileibe kein typisches Opfer für den Enkeltrick oder ähnliche Betrügereien, und er wusste aus dem Fernsehen und einem Ratgeber der Kriminalpolizei, dass man die Kommunikation mit solchen Leuten beim kleinsten Verdacht sofort unterbinden musste. Normalerweise wäre er einfach gegangen. Die Augen des Mannes allerdings, deren ehrlicher und klarer Blick zogen ihn unwillkürlich in ihren Bann. Er blieb stehen, was möglicherweise ein Fehler war, doch er konnte nicht anders.

»Noch mal!«, insistierte Heinrich Burger. »Woher wollen Sie wissen, dass ich alleine lebe? Und was wollen Sie von mir?«

Der Obdachlose lächelte erneut. »Woher ich das weiß? Nun, nennen wir es Menschenkenntnis oder Beobachtungsgabe. Ich bin noch um einiges älter als Sie und schon viel herumgekommen, das können Sie mir glauben.« Dann machte er ein nachdenkliches Gesicht, als wäge er etwas ab. Nach einer Weile sagte er: »Wissen Sie was? Ich mag Sie. Darum werde ich Ihnen die Wahrheit verraten. Nur bin ich nicht sicher, ob mich das in Ihren Augen glaubhafter macht.« Er seufzte und rückte sich die schief sitzende Pelzmütze zurecht. »Es geht um eine Wette. Deshalb sitze ich hier.«

»Wie bitte? Eine Wette? Was für eine Wette?«

»Ich habe gewettet, dass ich es schaffe, trotz dieses verwahrlosten Aufzugs«, er deutete mit einem beinahe angewiderten Blick auf sich und seine Erscheinung, »jemanden zu überzeugen, mir Geld zu geben und mich obendrein an Heiligabend zu sich nach Hause zum Abendessen einzuladen.«

»Wie kommen Sie darauf, dass das funktioniert?«, wunderte sich Heinrich Burger.

»Weil ich davon überzeugt bin, dass die Menschen sich trotz schwieriger Zeiten nicht vom Äußeren beeinflussen lassen und einen guten Kern erkennen können. Ich bin ein hoffnungsloser Romantiker, wissen Sie. Ich muss allerdings zugeben, dass ich mir das einfacher vorgestellt habe«, fügte der Obdachlose mit resigniertem Unterton hinzu.

»Das hätte ich Ihnen gleich sagen können. Und um was haben Sie denn gewettet?«

»Ums Recht«, sagte der Obdachlose und kratzte sich verlegen und intensiv am strähnigen Bart. Er schien zu wissen, dass sich das alles in den Ohren Heinrich Burgers mehr als seltsam anhören musste.

»Das ist kein besonders hoher Einsatz«, merkte Heinrich Burger an.

»Übersetzen Sie Recht mit Ehre, dann wird es zu einem«, widersprach der Bettler. »Und Sie haben ja keine Ahnung, zu welchen Bedingungen und mit wem ich gewettet habe. Den Spott werde ich mir dann wohl die nächsten hundert Jahre anhören müssen.«

Heinrich Burger ertappte sich dabei, wie ihm der Dialog mit diesem eigenartigen Kauz begann Spaß zu machen, auch wenn dieser offensichtlich nicht mehr ganz bei Trost war.

»Wer ist es denn?«

Der Bettler schob seinen Kopf vor und senkte die Stimme. »Hören Sie, mein Herr ohne Namen, wenn Sie mir nicht einmal glauben, dass ich der Weihnachtsmann bin, dann halte ich es für wenig sinnvoll, Ihnen das zu verraten. Sie würden es mir ja doch nicht abkaufen.«

»Ist es Knecht Ruprecht?«, riet Heinrich Burger scherzend. »Oder ist es der Beelzebub? Rubbelz, Krampus, Hans Trapp oder der Schwarze Peter?«

Der Bettler zuckte ungerührt mit den Achseln. »Ja, ja, spotten Sie nur und nennen Sie ihn, wie Sie wollen. Ich habe Ihnen ja prophezeit, dass Sie mir nicht glauben werden.«

»Sie sind total verrückt«, stellte Heinrich Burger nüchtern fest, als bestätige er die Korrektheit einer mathematischen Lösung.

»Es steht Ihnen selbstredend frei, zu denken, was Sie möchten«, erwiderte der Bettler lächelnd, »aber ein Dieb oder Räuber bin ich ganz bestimmt nicht. Was haben Sie also zu verlieren außer ein wenig Essen? Und vergessen Sie nicht, dass ich dann ein Wunder geschehen lassen werde. Versprochen!«

Heinrich Burger zögerte noch immer. Es ging nicht nur um ein Essen. Die zweihundert Euro hatte der Mann unterschlagen. Das war viel Geld. Schließlich überwog jedoch seine Neugierde. »Na gut, in Ordnung, ich lasse mich darauf ein.«

»Herrlich!«, rief der Obdachlose sichtlich erfreut. »Allerdings bräuchte ich noch Ihren Namen und Ihre Adresse«, fügte er hinzu.

Burger atmete tief durch und hoffte, keinen Fehler zu begehen. »Ich heiße Heinrich Burger und wohne in der Mozartstraße Nummer vier.«

»Angenehm«, entgegnete der Obdachlose und streckte ihm die schmutzig, strickbehandschuhte Hand entgegen. »Mein Name ist Herr Nikolaus.«

»Wie sonst«, sagte Burger und schlug ein.

Der Obdachlose hatte einen ungewöhnlich kräftigen Händedruck, ganz so als wäre er schwere körperliche Arbeit gewohnt. »Wann essen wir morgen?«, fragte der Bettler und hielt Burgers Hand immer noch fest umschlossen.

»Für gewöhnlich esse ich um neunzehn Uhr.«

»Bestens«, sagte der Bettler. »Da wäre noch die Sache mit dem Geld. Die zweihundert Euro, für Kleidung und eine Dusche.«

Heinrich Burger entwand seine Hand dem Griff des Mannes. »Und Sie werden morgen trotzdem zu mir kommen?«

»Natürlich«, sagte der Obdachlose. »Das bin ich Ihnen dann doch schuldig.«

»Ich frage mich, wer von uns beiden verrückter ist«, murmelte Heinrich Burger, holte sein Portemonnaie hervor und zog zwei Hunderteuroscheine heraus, die er dem Mann überreichte.

Der steckte das Geld wortlos in seinen Wollmantel, dazu die wenigen Münzen aus seinem Stiefel, die ihm Passaten hineingeworfen hatten. Dann zwängte er sich mühevoll in seinen Schuh, um sich schließlich ächzend zu erheben.

»Herr Burger, ich danke Ihnen, Sie haben mir sehr geholfen, und morgen werde ich mich mit einem Wunder revanchieren.« Er schnappte sich Wodka, Bierkasten und Decke und schlurfte davon, ohne sich nochmals umzusehen. Sein Gang war schief, und das rechte Bein zog er deutlich nach.

Heinrich Burger blickte ihm hinterher, bis er in der Menschenmenge verschwunden war. Er war immer noch unsicher, ob er eben nicht eine zweihundert Euro teure Dummheit gemacht hatte, doch er tröstete sich damit, dass er nur gewinnen konnte. Und sollte es sich nur um die Erfahrung handeln, vom ›Weihnachtsmann‹ persönlich betrogen worden zu sein. Morgen Abend um sieben Uhr würde er es wissen. Jetzt aber würde er erst einmal nach Hause gehen.

Mit seinen Einkäufen und gemischten Gefühlen machte sich Heinrich Burger auf den Heimweg.

Es war kälter geworden, und der Regen war still und heimlich in Schnee übergegangen. Vor ihm versuchten zwei kleine Jungen, die dicken Flocken mit dem Mund zu fangen.

❄

Aus der Ferne ertönten gedämpft die Kirchenglocken. Sieben Mal. Heinrich Burger drehte den Herd auf kleinste Flamme, damit das *Ragout fin* nicht anbrannte, und schaltete auch den Ofen aus. Auf dem Küchentisch hatte er für zwei Personen eingedeckt. Heute so festlich wie schon lange nicht mehr, mit den alten silbernen Kerzenleuchtern, dem guten Geschirr und den bestickten Leinenservietten, die Margarete so geliebt hatte. Normalerweise hätte er nicht so viel Aufheben um ein Abendessen gemacht. Vor allem nicht an Weihnachten.

Er schritt zum Fenster und schob den Vorhang zur Seite. Von hier aus überblickte man die Einfahrt des Hauses bis zur Straße. Der Schnee fiel dicht an dicht. Sein Grundstück und die Dächer der umliegenden Häuser waren bereits fingerdick mit Weiß bedeckt und hüllten schmerzhafte Erinnerungen dankbar in kalte Stille.

Er war ein Trottel! Dieser hinkende, schmutzige Clochard würde niemals hier erscheinen. Der saß wahrscheinlich in diesem Moment mit mehreren Kollegen und noch mehr halbleeren Wodkaflaschen irgendwo herum und lachte sich mit ihnen darüber tot, wie er diesen einfältigen, alten Mann mit einer hanebüchenen Geschichte hereingelegt hatte.

Warum hatte er bloß gehofft, dass es anders kommen würde? Vielleicht, weil er in diesem Jahr erkannt hatte, dass es einen gravierenden Unterschied machte, ob man alleine oder einsam war? Vielleicht wünschte er sich deshalb einen Gast? In Wahrheit sehnte er sich nach seiner Tochter und nach den Enkeln. Doch er hatte sich geschworen, nie wieder Weihnachten zu feiern, ein Fest, an dessen vergangenen Zauber er nicht mehr glauben wollte. Aus gutem Grund.

Und der angebliche Herr Nikolaus? Ein Wunder, ja das war Heinrich Burger offenbar gerade dabei zu erleben, und zwar ein blaues. Er schüttelte resigniert den Kopf, ging zum Kühlschrank und öffnete die Flasche Weißwein, die er dort anlässlich des Abendessens kalt gestellt hatte. Gerade als er sich das Glas zum Mund führte, donnerte es an der Haustür. Burger eilte zum Küchenfenster zurück, schob den Vorhang zur Seite und spähte die spärlich beleuchtete Einfahrt hinab. Er erstarrte. Es schneite wie verrückt, der Schnee lag mittlerweile fast kniehoch. Unwirklich.

Er hatte das Tor zum Grundstück verschlossen nach seinem heutigen Morgenspaziergang. Ganz sicher. Und nicht nur das. Auch Fußabdrücke waren nicht zu sehen. Wie also sollte jemand an die Haustür kommen, ohne Spuren im Neuschnee zu hinterlassen?

Wieder donnerte es durchs ganze Haus, als würde jemand mit der Faust an die Eingangstür hämmern.

Bumm – Bumm – Bumm.

Heinrich Burger stellte sein Weinglas auf dem Küchentisch ab. Er bemerkte, dass seine Hände zitterten. Dann ging er zur Haustür und öffnete vorsichtig, zuerst einen Spalt, dann zur Gänze.

Davor stand der Obdachlose. Unverkennbar. »Frohes Fest!«, begrüßte dieser ihn.

Zu Herrn Burgers großer Überraschung war der Mann in voller Montur erschienen. Mütze, Mantel und Hose waren aus glänzendem Stoff gefertigt und mit weißem Pelz verbrämt. Seine Hände steckten in Fäustlingen aus Wildleder, ebenfalls mit Pelzrand. Haar und Bart hatten nichts mehr von der gestrigen Ungepflegtheit, sondern wallten in sanften, weißgrauen Locken bis auf die Schultern. Lediglich die hohen Stiefel schienen dieselben zu sein, leuchteten aber in sattem Schwarz und waren auf Hochglanz poliert. Über der Schulter trug er einen Sack aus braunem Leinen.

»Darf ich eintreten?«, fragte der Bettler.

»O ja, sicher«, antwortete Heinrich Burger entschuldigend, obwohl er sich alles andere als sicher war. »Sie sehen wirklich … überzeugend aus«, fügte er an und schloss die Tür, nachdem der kostümierte Mann eingetreten war.

»Es gibt eben keine bessere Kopie als das Original, so sagt man doch, nicht wahr?« Er lachte laut und dumpf. *Ho, ho, ho!* »Außerdem können Sie das für zweihundert Euro auch verlangen. Meine Meinung.«

»Wie haben Sie es geschafft, an die Haustür zu kommen, ohne Spuren im Schnee zu hinterlassen?«, wollte Heinrich Burger wissen. »Das ist physikalisch unmöglich.«

»Ja, ja, die Physik«, sagte der Weihnachtsmann verschmitzt. Dann wandte er sich lächelnd um. »Ach, wie gut es hier duftet! Was gibt es denn? Es riecht wie *Ragout fin* und Königin-Pasteten.« Mit diesen Worten zog er sich die Fäustlinge aus und ging wieselflink und erstaunlicherweise ohne sein Bein nachzuziehen, in die Küche.

»Gut geraten«, sagte Heinrich Burger verwundert und lief dem Weihnachtsmann hinterher.

»Ich habe eben ein feines Näschen«, antwortete dieser.

Als Heinrich Burger den Raum betrat, staunte er nicht schlecht. Der Weihnachtsmann war bereits dabei, das Essen zu servieren. Burger setzte sich und ließ den Mann gewähren, der sich hier offensichtlich bestens zurechtfand. Und so hatte jeder der beiden kurze Zeit später einen dampfenden Teller mit einer *Ragout-fin*-gefüllten Königin-Pastete, ein Schälchen Endiviensalat und ein Glas Weißwein vor sich auf dem Tisch.

»Auf Weihnachten!«, rief der Gast, »und herzlichen Dank für die Einladung.« Sie prosteten sich zu und begannen zu essen.

»Es schmeckt köstlich«, sagte der Weihnachtsmann schmatzend schon nach dem ersten Bissen, tupfte sich den Mund mit der Serviette ab und nahm einen kräftigen Schluck. »Auch der Wein passt hervorragend. Ein Weißburgunder, nicht wahr?«

»Das stimmt«, bejahte Heinrich Burger erstaunt. »Das *Ragout fin* ist allerdings aus der Dose«, fügte er entschuldigend hinzu.

»Was spielt das für eine Rolle? Essen ist das, was man damit verbindet. Genauso wie Weihnachten.«

Heinrich Burger schwieg.

»Von jetzt an werden Sie immer an mich denken, sobald Sie dieses *Ragout fin* aus der Dose essen werden. Und es wird Ihnen immer genauso gut schmecken, wie Ihnen dieser Abend in Erinnerung bleiben wird.«

Heinrich Burger sagte noch immer nichts, lauschte den Worten dieses Mannes und spürte, wie sie ihn berührten.

»Schauen Sie mich an«, fuhr der Weihnachtsmann fort. »Existiere ich wirklich? Die Antwort lautet Ja und Nein. Wären Sie ein kleines Kind, würde sich diese Frage erübrigen. Selbstverständlich würden Sie dann an mich glauben, zumindest in diesen Breiten, und nur deshalb würde ich wahrhaftig existieren. Aber ein Mann in Ihrem Alter, mit Ihrer Bildung, der ist doch weit entfernt davon, derlei Humbug aufzusitzen, nicht wahr? Dabei ist der Glaube die Antwort auf so viele Fragen! Auf Fragen wie: Gibt es Gott, gibt es die Liebe, gibt es das Gute, gibt es den Teufel, gibt es Hoffnung, gibt es Zukunft? Gibt es *mich*?«

Nach dem Essen räumte der Mann den Tisch ab, während Heinrich Burger in sich gekehrt an seinem Wein nippte. »Margarete ist an Weihnachten gestorben«, sagte er plötzlich. »Das ist jetzt sieben Jahre her.«

»Ich weiß«, sagte der Weihnachtsmann, schloss die Spülmaschine und setzte sich wieder an den Tisch. »Sie haben mit Ihrer geliebten Frau Dutzende wunderbare Weihnachten erlebt und bloß eines, das so schrecklich war. Und doch geben Sie diesem einen Weihnachten die Macht, über all die anderen schönen

Feste zu herrschen? Das ist, mit Verlaub, einfältig und der Erinnerung an Ihre Frau unwürdig. Weihnachten ist die Erinnerung an das Vergangene und der Glaube an das kommende Gute.«

Heinrich Burger blickte auf. »Wer sind Sie?«

»Sie kennen die Wahrheit. Sie glauben nur nicht daran. Ihre Entscheidung. Doch ich habe leider keine Zeit mehr und werde mich jetzt verabschieden müssen. Wie Sie sich vorstellen können, habe ich gerade heute noch wirklich viel zu tun. Außerdem werden die Rentiere auf dem Dach langsam unruhig – ich kann sie hören.« Der Weihnachtsmann griff in seinen Leinensack, zog ein in Pergamentpapier eingeschlagenes Päckchen von der Größe eines Toastbrotes daraus hervor und legte es vor Heinrich Burger auf den Tisch.

Dieser sah ihn fragend an. »Was ist das?«

»Mein Weihnachtsgeschenk an Sie. Das versprochene Wunder.«

»Ich habe mir Wunder bisher anders vorgestellt«, sagte Heinrich Burger und konnte seine Enttäuschung nur schwer verbergen.

»Öffnen Sie es, und Sie werden es erkennen«, ermunterte ihn der Weihnachtsmann.

Behutsam schlug Heinrich Burger das Pergamentpapier auseinander. Ein wunderbar duftender Kuchen kam zum Vorschein. Sein dunkler Schokoladenguss glänzte beinahe so herrlich wie die frisch polierten Stiefel des Weihnachtsmannes.

Als er endlich verstanden hatte, um was für einen Kuchen es sich handelte, füllten sich seine Augen mit Tränen. »Ist es das, was ich denke?«

»Ja«, sagte der Weihnachtsmann und reichte Heinrich Burger ein Messer.

Mit fahrigen Händen schnitt dieser ergriffen ein Stück ab.

Voller Ehrfurcht biss er hinein und schloss die feuchten Augen. Dann hob er das Kuchenstück dicht vor die Nase und atmete den Duft ein, den es verströmte. »Nüsse, eine Nuance Rum, Aprikose und doppelter Schokoguss. Es ist Margaretes Nusskuchen, den sie nur an Weihnachten zubereitete. Wissen Sie«, wandte sich Heinrich Burger mit leuchtenden Augen wieder dem Weihnachtsmann zu, »Margarete hat das Rezept irgendwann vor Jahrzehnten in einer Illustrierten gefunden. Das war noch vor Stephanies Geburt gewesen. Seitdem war es *unser* Weihnachtskuchenrezept. Doch niemand weiß, wo es geblieben ist. Wir haben nach ihrem Tod alles mehrfach durchgesehen. Sicher hat sie es schon vor vielen Jahren weggeworfen, weil sie es auswendig konnte.«

»Hier ist es«, sagte der Weihnachtsmann und hielt Heinrich Burger die vergilbte Seite einer Illustrierten aus den Achtzigerjahren vor die Nase.

»Das Rezept. Ich erkenne es wieder«, flüsterte Heinrich Burger ergriffen und setzte seine Lesebrille auf. »Wo haben Sie das denn her?«

»Ich bitte Sie«, lachte der Weihnachtsmann, »haben Sie schon vergessen, wer ich bin?«

Heinrich Burger wollte das Rezept in die Hand nehmen, doch der Weihnachtmann sagte: »Nein, das geht nicht. Ich muss beides wieder mitnehmen. Kuchen und Rezept. So sind die Regeln.«

»Eigenartige Regeln.«

»Ja, aber so sind die Wettbedingungen eben. Würden Sie sagen, dass es sich hierbei um ein Wunder handelt?«

»Ein Wunder? Eindeutig. Also, auch die Sache mit den nicht vorhandenen Fußspuren im Schnee war schon recht nah dran, aber Margaretes verschollenes Nusskuchenrezept mitzubringen, ohne wissen zu können, was es mir und meiner Familie bedeutet: Das ist ein Wunder. Definitiv«, bejahte Heinrich Burger.

Der Weihnachtsmann nickte zufrieden und hielt Heinrich Burger das Rezept nochmals dicht vor die Nase. »Schreiben Sie sich die Zutaten und das Rezept ab, denn ich muss Sie jetzt verlassen.«

Rasch notierte sich Burger das Rezept auf einem Zettel.

»Sie dachten, ich sei ein Trickbetrüger, nicht wahr?«

»Ehrlich gesagt: Ja«, antwortete Heinrich Burger.

»Nun, Sie lagen in gewisser Hinsicht richtig. Bei meiner Wette mit … na, Sie wissen schon mit wem, ging es nämlich nicht darum, Geld und eine Einladung zum Weihnachtsessen zu erbetteln.«

»Nicht?«

»Nein. Es ging darum, jemandem den Glauben an Weihnachten zurückzubringen. In diesem Sinne: Frohes Fest!«

Plötzlich klingelte es.

Heinrich Burger schreckte hoch und sah sich um.

Der Weihnachtsmann war verschwunden.

Die Küche war verschwunden.

Die Nacht war verschwunden.

Langsam begriff er, wo er sich befand. Müde und schlaftrunken stellte er den Wecker aus und blinzelte ins Sonnenlicht, das zwischen den Lamellen der Schlafzimmerjalousie hindurch auf sein Gesicht fiel.

Er setzte sich auf die Bettkante, verharrte dort eine Weile, dann erhob er sich.

Was für eine Nacht! Was für ein durch und durch verrückter Traum! Er hatte noch immer den Duft von Margaretes Nusskuchen in der Nase und fühlte sich so glücklich und verwirrt, als sei das alles real gewesen.

Langsam zog Heinrich Burger die Jalousie hoch und sah, dass es geschneit hatte. Die Welt war über und über bestäubt, wie mit Puderzucker.

Als er in die Küche kam, um sich einen Kaffee zu kochen, stockte ihm der Atem. Auf dem Küchentisch lagen nicht nur zwei Hunderteuroscheine, sondern auch ein Notizzettel aus seinem Block. Aufgeregt nahm er ihn hoch und las. Es war seine eigene Handschrift, und er konnte sie nur schwer entziffern. Es sah aus, als habe er alles in völliger Dunkelheit niedergeschrieben.

Es war Margaretes Nusskuchenrezept.

Er konnte es nicht glauben. Hatte er geschlafwandelt? Anders war das nicht zu erklären. Aber woher wusste er das Rezept? Er hatte diesen Kuchen nie gebacken, sondern immer nur mit Leidenschaft gegessen. Was machten die beiden Hunderteuroscheine aus seinem Traum auf dem Küchentisch? Das war alles mehr als merkwürdig.

Er sah auf die Uhr: Viertel vor neun. Unvermittelt fasste er einen mutigen Entschluss. Er würde Stephanie anrufen und vorschlagen, morgen Abend endlich wieder zusammen Weihnachten zu feiern. Sie lag ihm doch schon seit Jahren damit in den Ohren. Ja, und dann würde er nicht *Ragout fin* in Dosen und Königin-Pasteten in der Stadt einkaufen, sondern Backzutaten. Er hatte noch ausreichend Zeit zum Backen. Und morgen würde er Stephanie den Nusskuchen als Geschenk überreichen.

Er ging in den Flur, schaute einige Sekunden lang auf das Telefon, dann lächelte er und griff zum Hörer.

Das beste Nusskuchen-Rezept der Welt

Tatsächlich hat meine Mutter genau so ein Rezept aus einer Illustrierten der Achtzigerjahre besessen und es – anders kann ich es leider nicht sagen – mit ins Grab genommen. Es hat für uns früher die Weihnachtszeit eingeläutet, und ich habe mich mit meiner Schwester immer ums erste und letzte Stück gestritten, weil sich darauf am meisten Schokolade befand. Meine Mutter hat behauptet, der Kuchen schmecke noch besser und würde noch saftiger, wenn er eine Woche unangetastet und gut verpackt in Ruhe durchzöge, das hat er bei uns aber nur selten geschafft, weshalb ich nicht beurteilen kann, ob es sich dabei bloß um eine mütterliche Kuchenschutzhauptung gehandelt hat. Das Rezept ist wie gesagt leider verschwunden, aber ich habe, obwohl kein großer Bäcker, in den letzten Jahren viele Rezepte ausprobiert und angepasst. Das nachfolgende Ergebnis meiner Nusskuchenstudien kommt meiner Erinnerung am nächsten, und ganz ehrlich? Es ist (nach dem von meiner Mutter natürlich) das beste Nusskuchen-Rezept der Welt! Frohes Fest!

Man benötigt folgende Zutaten:

- 250 g weiche Butter (und etwas zum Einfetten der Backform)
- 250 g Haselnüsse, gemahlen
- 200 g Zucker
- 250 g Mehl
- 4 Eier (mittelgroß)
- je 1 Päckchen Vanillezucker und Backpulver
- 1 Prise Salz
- 125 ml Vollmilch (3,5%)
- Ca. 100 g Aprikosenmarmelade
- Ca. 60–80 ml braunen Rum
- Ausreichend viel dunkle Schokoladenkuvertüre

Temperatur: 180 °C Ober-/Unterhitze (vorgeheizt)
Backzeit: Ca. 60 Minuten

Zubereitung:
Eine haushaltsübliche Kastenform (ca. 20–25 cm) einfetten und mit gemahlenen Haselnüssen ausstreuen.

Die Butter mit Zucker und Vanillezucker mit dem Handrührgerät mindestens 2 Minuten cremig aufschlagen. Die Eier einzeln hinzufügen und jeweils etwa 1 Minute weiterschlagen.

Das Mehl gut mit dem Backpulver vermischen und idealerweise durchsieben. Danach die Prise Salz hinzugeben und alles der Ei-Butter-Mischung unterheben, bis sich eine gleichmäßige Masse gebildet hat. Erst jetzt nach und nach Milch und die gemahlenen Haselnüsse abwechselnd in jeweils drei bis vier gleichen Portionen ebenfalls unterheben.

Den Teig in die vorbereitete Backform füllen und in den Backofen stellen. Falls der Kuchen beim Backen zu dunkel werden sollte, mit etwas Alufolie abdecken.

Den Kuchen nach dem Backen ein wenig auskühlen lassen, dann aus der Form nehmen und ihn noch warm zuerst gleichmäßig mit dem Rum und dann mit der Marmelade bestreichen (Aprikotieren). Wenn die Marmelade zu dickflüssig sein sollte, kann man sie mit ein paar Tropfen Wasser verdünnen. Sobald der Kuchen ganz ausgekühlt ist, dick mit Kuvertüre überziehen.

Wenn der Überzug hart geworden ist, entweder noch eine Schicht Kuvertüre auftragen (mein Tipp!) oder den Kuchen gleich zuerst in Klarsicht- und danach Alufolie verpacken und für eine Woche verstecken, bevor man ihn anschneidet. So will es der Brauch.

KIM SMÅGE

Das Weingeheimnis

> Wein befreit den Menschen
> von seiner kühlen Denktätigkeit
> und offenbart seine innere Wärme
> und sein wahres Wesen.
> *frei nach Dionysos*

Vor etlichen Jahren, es war kurz vor Weihnachten, gehörte ich einer Jury an, die den besten Roman im Genre Krimi und Spannung auswählen sollte. Die Manuskripte strömten herein, und als das letzte gelesen war, hatte ich den Eindruck gewonnen, dass Tafelfreuden und Mord zusammengehören. Nicht notwendigerweise weil Essen und Wein den Tod brächten. Aber zu all diesen eleganten Morden gesellten sich unweigerlich Speis und Trank. Und kein beliebiger Trank! Helden und Schurken tranken keine Buttermilch und keine Vollmilch, weder Limonade noch Cola oder Wasser. Helden und Schurken tranken Wein. Aber sie kippten sich den Wein nicht hinter die Binde, um davon in Stimmung zu kommen. Wenn sie ihre Sorgen ertränken wollten, dann griffen sie zu Bourbon, Whiskey und Wodka, und zwar an einem Tresen mit einem Barmann, der sie verstand – Runde um Runde – und ihnen ins wartende Taxi half, wenn der Abend ein Ende nahm, die Beine nicht mehr gehorchten, die Aussprache stockte und der Held ins Bett gesteckt werden musste. *Wein* dagegen spielte in den Manuskripten eine ganz andere Rolle. Er diente dem Genuss.

Ich fühlte mich von diesen Szenen total provoziert. Von diesen endlosen Mahlzeiten mit allerlei Weinsorten, die gekostet und geschmeckt und gegurgelt und kommentiert werden mussten. Ich kam mir vor wie im Kurs *The Noble Art of Vine Tasting*.

Was ich als Mädel aus der Neubausiedlung an Wissen über Rotwein mitbekommen hatte, war folgende Aussage: »Huch, saurer Rotwein!« Weißwein wurde nie erwähnt. An einem Sommerabend, als die Frauen strickend auf den Bänken saßen und sich die Männer mit Schach die Zeit vertrieben, hatte ein Steward, der im Haus wohnte, eine Flasche Weißwein spendiert. Ich glaube, die Beschenkten wollten doch lieber Kaffee trinken. In meiner Umgebung hatten diese langhalsigen grünen oder blanken Weinflaschen einfach keine Tradition. Sie gehörten in eine andere Welt.

Ich bitte alle Weinkenner, mir zu vergeben, aber ich trinke wirklich gerne Wein – vor allem Rotwein. Und ich esse gerne Räucherlachs. Und es ist nicht mein Problem, dass die Kellner erbleichen und »Verzeihung?« fragen, wenn ich gut temperierten Rotwein und gut geräucherten Lachs bestelle.

Da saß ich nun also, mit Tausenden von Manuskriptseiten, auf denen es neben Morden und deren Aufklärung vor allem um Essen und Trinken ging.

Ich versuchte, neutral zu sein, professionell und keinen Autor zu nominieren, nur weil Held oder Schurke Grütze, Hering und Knäckebrot aß und Sauermilch trank.

Ich versuchte, meinen Kopf auf null zu schalten. Es lagen doch recht viele Jahre zwischen meiner Jugend und der »Rotwein schmeckt sauer«-Erfahrung und meiner jetzigen Situation. Wirklich viele Jahre. Aber als ich zurückspulte und mich bemühte, WEIN zu denken, wurde ich ein wenig verlegen. Denn Rotwein für mich als Erwachsene bedeutete brennende Kerzen, eine Flasche beliebigen Weins, ein Zimmer mit Sofa und eine aufkeimende Liebschaft. Ziemlich banal also. Ich kann mich jedenfalls nicht daran erinnern, dass wir am Korken geschnuppert oder den Wein in eine Karaffe dekantiert oder ihn in den passenden Gläsern serviert hatten. Wir tranken vor allem aus für Studenten typischen Senfgläsern.

Aber ich bin nun einmal ein neugieriges Wesen, und mein Entschluss stand fest. Ich wollte den Weinkennern (sprich den Manuskriptverfassern) ihr Wissen über die verschiedenen Weinsorten entreißen, und zwar noch vor dem Weihnachtsabend.

Die Dame im Weinladen fand mein Vorhaben lustig. Ich erzählte ihr irgendetwas von »Das schenke ich mir dieses Jahr selbst zu Weihnachten« und von seriösen Weinproben, und sie versah mich mit Weinen von den preislichen Leichtgewichtsklassen bis zu den wirklichen Schwergewichten. Letztere rissen ein tiefes Loch in meine Brieftasche.

Es war ein besonders schneereicher Winter, und ich transportierte die Weinflaschen durch die vereisten Straßen, stehend, nicht liegend. Denn so verhält sich eine echte Önologin trotz der Rutschgefahr. Liegender Transport zerstört irgendwas. Ich hatte mir von Bekannten die vorschriftsmäßigen Trinkgefäße ausgeliehen, so echte, nach innen gebogene Weingläser. Beim Dekantieren war ich mir nicht mehr so sicher. Die einen sagten, der müsse dekantiert werden, die anderen, das sei nur Unsinn. Aber alle stimmten überein, was das Lüften betraf. Mindestens dreißig Minuten müsste der Wein gelüftet werden. Bei Zimmertemperatur. Und damit ist keine normale Wohnzimmertemperatur gemeint, die liegt viel zu hoch. Zimmertemperatur bedeutet in der Weinsprache für Rotwein achtzehn Grad. Und versuchen Sie bloß nicht, die Flasche am Heizkörper oder unter dem Heißwasserhahn anzuwärmen, das wäre ein Sakrileg. Ich beging kein Sakrileg. Ich hielt mich an die Vorgabe der Manuskripte; ich kaufte den Wein zwei Tage vor der Probe und ließ ihn in Ruhe liegen und vor sich hin temperieren.

Vor mir stand die ganze Flaschenbatterie aufgereiht. Ein schöner Anblick. Ich duschte jeden Morgen mit unparfümierter Seife, ich benutzte keinerlei Spray, das Geruch oder Geschmack beeinträchtigen könnte, wenn der MOMENT DES KOSTENS gekommen war. Ich verzichtete am Vorabend des großen Tages sogar auf meine Abendzigaretten.

Das Problem war, dass das Ganze vormittags stattfinden sollte. Denn vor zwölf sind die Geruchs- und Geschmacksnerven besonders aufnahmefähig. Schöner wäre es eigentlich, dabei zu mehreren zu sein. So könnte man auch ein präziseres Resultat erzielen. Ich rief also alle Freunde und Bekannte an. Einer arbeitete in der Schule – hatte Unterricht; eine arbeitete bei der Gemeinde – hatte Besprechung; einer hatte noch kein einziges Geschenk – hatte Shopping-Stress; eine arbeitete in der Zeitungsredaktion – hatte Deadline. Niemand konnte sich an einem

Mittwochmorgen vor Weihnachten einer Weinprobe widmen. Ich musste mich also auf mich selbst verlassen.

Alles ging gut. Ich stand früh auf, es war noch stockdunkel. Ich ließ meine Katze nach draußen in den Schnee, ging gleich nach Ladenöffnungszeit zum Bäcker und kaufte Weißbrot. Und Mineralwasser. Wichtige Zutaten zu der Seance, die nun folgen sollte.

Alles war unter Kontrolle. Ich ging mit Andacht und Neugier zu Werk. Ich sehnte mich danach, zur Eingeweihten zu werden. Etwas von dem Prozess zu begreifen, den rote und blaue Trauben durchlaufen müssen, ehe sie in Flaschen landen und in Gläsern serviert werden.

Ich ging überaus sorgfältig vor. Hielt das Glas am Stil, nahm den Wein in den Mund. Zuerst den billigen Wein. Spuckte aus nach Weinkennerinnenmanier. Kaute ein Stück Weißbrot. Machte mit einem teueren Wein weiter. Mehr Weißbrot. Einen Schluck Mineralwasser. Nächster Wein. Ich schnupperte und gurgelte, kostete und schmatzte, notierte: »Dieser Wein hat meine Zähne ausgetrocknet, dieses Miststück. Zu viel Gerbsäure.« Und spuckte aus. Versuchte, das LICHT zu sehen. Aber ich sah weder LICHT noch Nationalität, Bodenbeschaffenheit, Hanglage, Traubensorte, die Ahnen der Winzer bis zurück zu Karl dem Großen, Jahrgang oder …

Es schmeckte nach Wein. Ganz einfach. Nach Rotwein. Die exaltierten Darstellungen in den Manuskripten trafen nicht zu, sie stimmten nicht. Mir erzählte der Wein rein gar nichts über die Geschichte der Winzer, über gute und schlechte Jahre, über mit Fuß- oder Maschinenarbeit gekelterte Trauben und alles andere, was ich doch erfahren, entlarven, erfassen sollte.

Am Ende vergaß ich, die Kostproben auszuspucken. Stellte

fest, dass eine Erkenntnis ewig wahr bleibt. Wein bedeutet Rausch. Wein bedeutet brennende Kerzen, Umarmungen und eine aufkeimende Liebschaft. Oder Gemütlichkeit unter Freundinnen, die nach und nach samt ihren Problemen unter dem Sessel landen.

Ich saß am Wintervormittag mutterseelenallein da und spielte inmitten von Weihnachtsstress die Weinkennerin. Und das war ein Fehler. Kann mir denn irgendwer verdenken – so teuer, wie meine Weinprobe war –, dass ich nicht nur schnupperte und mit den Weintropfen gurgelte, dass ich sie nicht nur auf meiner Zunge herumrollen und in meinen Mund Purzelbäume schlagen ließ? Sondern dass ich, statt auszuspucken, hinunterschluckte? Das tat ich nämlich. Hinunterschlucken. Weil es so schrecklich traurig war an diesem verschneiten Morgen, so ganz allein zu sein. Fast zum Heulen.

Als ich kurz vor den Abendnachrichten wieder erwachte, war ich von meinen Notizen absolut begeistert. Auf dem großen, weißen Bogen standen Wörter wie: »Herausfordernd, reich, harmonisch, hart, robust, behaglich, füllig, durchschnittlich, fein, rund, samtweich, volltönend, klein, kurz«. Ist es da ein Wunder, dass ich auf der Suche nach einem Mitmenschen, auf den all diese Adjektive zutrafen, auf dem Boden herumkroch? Ich konnte keinen finden. Ich fand nur einen Tisch mit halb vollen Weinflaschen und benutzten Kristallgläsern auf einer fleckigen Damastdecke. Woraufhin ich aufgab. Ich goss alle Weinreste, teure wie billige, in einen großen Topf. Gab Zimt und Zucker, Kardamom und Pfeffer dazu und machte GLÜHWEIN. Meinen eigenen, über alle Rezepte erhabenen Glühwein. Ich rief alle Freunde an. Und dann gab es heißen Weihnachtspunsch! Prost!

MARLIES FERBER

Das einarmige Christkind

Eine schöne Weihnachtsgeschichte hatte ich meiner Lektorin versprochen. Schreibt sich wie von selbst, dachte ich. Muss nur erst in die richtige Stimmung kommen. Wenn erst Advent ist. Der Advent kam, wie immer schneller als erwartet, und ich kaufte Spekulatius und Printen, backte Nussecken, zündete Kerzen an, las den Kindern Weihnachtsgeschichten vor, bastelte Tannenbaumschmuck, holte die Kartons mit Weihnachtsschmuck vom Dachboden und verteilte alles. Ich ging mit den Kindern auf den Weihnachtsmarkt, winkte ihnen glücklich zu, wenn sie auf ihren Karussell-Pferden vorbeirauschten, und nippte an meinem Eierpunsch. Ich kaufte ihnen Paradiesäpfel, und selbst beim anschließenden Zahnarztbesuch – der Paradiesapfel hatte einen Milchzahn abbrechen lassen – hörten wir Lieder von *Frosty* und *Rudolph.* Aber trotz allem – eine Geschichte wollte mir einfach nicht einfallen. Ich gab nicht auf, sah mit den Kindern Weihnachtsfilme an, Cartoons größtenteils. Wie waren diese Drehbuchschreiber eigentlich auf ihre originellen Ideen gekommen? Was zur Hölle könnte man zu diesem Thema denn noch erzählen? Es war doch schon alles da, sogar mehr als das. Die Weihnachtswelt – zerfunden.

Zunehmend nervös zwang ich meinen Mann, sobald die Kinder im Bett waren, mehr Weihnachtsfilme mit mir anzuschauen, als unserer Ehe guttat. In der dritten Adventswoche fand ich ihn eines Nachts mit glasigem Gesicht und Kopfhörern vorm Fernseher. Er schaute einen Zombie-Film. So ging das nicht weiter.

Am nächsten Morgen besuchte ich meine Mutter. Vielleicht würde ich bei ihr auf andere Gedanken und auf eine zündende Idee kommen. Auf dem Weg kam ich am Weihnachtsbaum-Verkaufsstand vorbei und packte kurzerhand eine kleine, duftende Tanne für sie ins Auto.

»Um Himmels willen, was soll das denn?«, rief meine Mutter, als ich mit Weihnachtsmanngesicht und dem Bäumchen bei ihr hereinschneite, und legte kopfschüttelnd den halbfertigen Strumpf weg, an dem sie gerade strickte.

»Na, ich habe dir einen Baum gekauft. Bald ist Heiligabend. Ich dachte, wir schmücken ihn schon mal.«

»Ich hab doch gesagt, ich will keinen Baum mehr.«

Hatte sie das? Ich konnte mich nicht erinnern.

Sie seufzte. »Wo hast du nur deinen Kopf?«

»Aber du hattest immer einen Baum.«

»Dieser ganze Zirkus wird mir zu viel.«

»Warum? Ich stelle ihn für dich auf, und ich bringe ihn auch hinterher weg und mache sauber. Du hast überhaupt keine Arbeit damit.« Ich hielt kurz inne. »Oder ist es wegen der Öko-Bilanz?«

Sie machte eine ungeduldige Handbewegung und sah zum Fernseher, wo eine Wiederholung von *Bares für Rares* lief.

Ich schluckte. Es hatte immer einen Baum gegeben zuhause. Und jetzt wischte meine Mutter einfach mal eben das selige Weihnachts-Zuhause meiner Kindheit weg.

»Also, wenn es wegen der Öko-Bilanz ist, jetzt ist er doch sowieso schon abgeholzt«, versuchte ich es noch einmal. »Jetzt können wir auch das Beste daraus machen, oder?«

Sie lachte auf, denn sie wusste nur zu gut, wie sehr ich mich darüber aufregte, wenn jemand versuchte, mich mit dem Argument *Komm schon, sonst ist das Tier ganz umsonst gestorben* zum Fleischessen zu drängen.

Ich trug den Baum vor die Tür und ging wieder zurück ins Wohnzimmer. Was soll's, dachte ich, dann stellen wir zuhause eben zwei Bäume auf.

»Okay«, sagte ich aufgeräumt und mit einem vielleicht minimal ironischen Unterton, »dann hole ich schon mal die Krippe, oder willst du die auch nicht?«

»Die ist schon weg«, sagte meine Mutter und strickte weiter.

»Wie jetzt?« Ich musste mich setzen.

Meine Mutter zeigte auf die Teekanne auf dem Tisch. »Trink einen Schluck. Du siehst müde aus.«

Ich schenkte mir eine Tasse ein, und wir schauten gemeinsam eine Weile auf den Bildschirm, wo Horst Lichter gerade eine alte Stehlampe inspizierte.

»Was meinst du mit *Ist schon weg*?«, fragte ich bei der zweiten Tasse Tee.

»Sag mal, trinkst du eigentlich genug?«, fragte meine Mutter und musterte mich besorgt.

Ich verdrehte die Augen. »Das ist mein Text«, sagte ich. »*Du* musst genug trinken, sagt dein Arzt, bei mir regelt sich die Flüssigkeitsaufnahme schon allein durch den Kaffee, den ich in mich reinkippe, um mich tagsüber wach zu halten.«

»Zwei Liter oder mindestens acht Gläser, über den Tag verteilt«, sagte sie, weiterstrickend. »Wasser, nicht Kaffee. Der Arzt hat mir neulich wieder gesagt, dass ich darauf achten soll.«

»Ja, genau, *dir* hat er gesagt, *du* sollst darauf achten.«

Sie lächelte milde. »Kind, das ist wie das Evangelium, das gilt für alle.«

»Du lenkst vom Thema ab, Mama. Wo ist die Weihnachtskrippe?«

»Maria hat auch bestimmt genug getrunken, sonst wäre sie irgendwann zusammengeklappt, gerade bei der Hitze da unten.« Sie sah vom Fernseher zu mir, schüttelte den Kopf. »Und was wäre dann aus dem Jesuskind geworden? Hast du dir das mal überlegt?«

»Mama, wo ist die Krippe?«

Sie widmete sich wieder ihrem Strickzeug. »Hab ich doch gesagt. Weggeworfen.«

»Du hast die Weihnachtskrippe weggeworfen?« Ich konnte es nicht glauben. »Einfach in die Tonne gekloppt?« Ich sprang auf, um die Krippe aus dem Müll zu retten.

»Gestern abgeholt!«, rief sie mir nach.

Stumm kehrte ich zurück und setzte mich. Eine Weile blickten wir wieder zum Fernseher, wo mittlerweile eine angeranzte Marienskulptur mit heruntergezogenen Mundwinkeln für eine vierstellige Summe über den Tisch gegangen war und der Verkäufer zu Protokoll gab, er sei froh, dass seine Maria nun bestimmt in gute Hände kommen werde.

»Sag mal, hängst du etwa daran?«, fragte meine Mutter versöhnlich. »Das tut mir leid. Ich dachte, du und deine Schwester, ihr habt doch mittlerweile selbst richtig gute Krippen! Das war doch nur die von ganz früher, die war doch nichts wert.«

»Schon gut«, sagte ich und schaute weiter konzentriert auf

den Fernseher. Aus *Bares-für-Rares*-Sicht hatte sie ja recht. Die »gute« geschnitzte, die meine Eltern damals im Urlaub in Österreich bei einem urigen alten Holzschnitzer in Auftrag gegeben hatten, hatte sie meiner Schwester vor Jahren geschenkt, denn mein Mann und ich waren diesbezüglich schon von den Schwiegereltern versorgt worden. Unsere Mutter gab großherzig schon seit Jahren immer wieder schöne Dinge ihres Haushalts, von denen sie wusste, dass meine Schwester und ich daran hingen, mit »warmer Hand«. Aber warum war ausgerechnet diese kleine Krippe plötzlich wertloser Müll für sie? Sicher, sie hegte seit einiger Zeit einen Groll gegen leitende Vertreter der katholischen Kirche – wer nicht? –, aber deshalb gleich die Krippe in die Müllverbrennung geben? Und was hatte der Baum ihr getan, dass sie ihn nicht wollte?

»Mama, was hast du plötzlich gegen die Krippe und einen Weihnachtsbaum?«

Sie legte ihr Strickzeug weg. »Warum denn noch die Mühe?«

»Aber die Krippe und der Baum – das ist doch Weihnachten! Bedeutet dir das denn gar nichts mehr?«

Sie zuckte mit den Schultern. »Hat es noch nie.«

Ich konnte es nicht fassen. »Aber wir hatten doch immer eine Krippe und einen Baum. War das etwa nur für uns?«

Sie lächelte mir zu. »Na ja, auch wegen eurem Vater. Er war da wie ein Kind. Aber er hat ja auch nicht permanent die Nadeln weggesaugt, und er hat auch nicht ewig nach dem Christkind gesucht, wenn ihr mal wieder damit gespielt hattet und es wie vom Erdboden verschluckt war.«

Eine wehmütige Erinnerung stieg in mir auf, wie unsere Mutter früher mit uns im Wald Moos gesammelt hatte, um es rund um die Krippe zu einer schönen grünen Wiese zusammenzupuzzeln, auf denen die Schäfchen, der Hütehund und die

Hirten standen. Den Weg für die Ankunft der Weisen aus dem Morgenland mit ihrem Kamel bestreuten wir mit Sand aus dem Sandkasten und rückten sie alle jeden Tag ein bisschen näher zur Krippe heran. Der Star des Ganzen war natürlich das winzige Jesuskind gewesen: Sobald wir die Krippe vom Dachboden holen durften, und das war erst am Morgen des Vierundzwanzigsten, klauten meine Schwester und ich es aus der Krippe und spielten heimlich damit im Kinderzimmer, zeigten ihm das ganze Haus – ab dem Heiligen Abend hätten wir das nicht mehr gewagt –, und fast immer mussten wir unserer Mutter unsere Missetat gestehen, weil es zwischen den Wäschebergen unserer Barbie-Puppen verschollen war. Aber wie durch ein Wunder hatte es unsere Mutter immer wiedergefunden. Einmal hatte es einen Arm verloren. Unsere Mutter schimpfte nicht und meinte nur: »Das Haus verliert nichts, den finden wir auch noch, und dann kleben wir ihn wieder an.« Sie legte einen frischen Beutel ein und staubsaugte überall, inspizierte danach penibel den Beutel, doch das Ärmchen blieb verschwunden.

»Hör mal«, riss meine Mutter mich aus meinen Erinnerungen, »jetzt dramatisier mal nicht. Ich bin doch Heiligabend sowieso bei euch.«

Ich nickte, dann ließ ich es gut sein, und wir sprachen über anderes.

Als ich mich später verabschiedete und auf dem Weg nach draußen war, sah ich plötzlich vor mir auf der Treppe zum Haus etwas Glitzerndes. Lametta. Früher war mehr Lametta, dachte ich wehmütig und bückte mich. Meine Mutter machte keine halben Sachen. Sie hatte nicht nur die Krippe, sondern offensichtlich auch den Baumschmuck entsorgt. Ich hob die Glitzerfäden auf, und erst da sah ich es: Darunter lag unsere alte, winzige Christkind-Figur. Ich konnte mein Glück kaum fassen. Auf dem Weg zur Mülltonne musste sie, von meiner Mutter unbemerkt, aus der Krippe gefallen sein. Maria und Josef, die Hirten mit all ihren Schafen, die drei Weisen aus dem Morgenland mit ihrem Kamel, der Ochs und der Esel, sie alle waren Geschichte. Aber das kleine einarmige Christkind lag da auf den Gehwegplatten und lächelte mir zu.

Schnell hob ich es auf und steckte es ein. Zuhause wusch ich es und legte es in unsere Krippe, in die geöffneten Arme des Jesuskindes, das eine hölzerne Einheit mit seiner Umgebung bildete und bei dem unsere Kinder nie auf die Idee gekommen waren, mit ihm zu spielen.

Gestern, am Morgen des Heiligenabends, trugen die Kinder das neu hinzugekommene einarmige Christkind wie einen geliebten Freund durchs Haus, zeigten ihm alle Zimmer und ganz besonders die Stelle, an der es am Abend die Geschenke ablegen konnte. Ihre Wangen glühten vor Begeisterung. Sie freuten sich wie verrückt und machten sich keine Gedanken darüber, wie es das mit all den Geschenken schaffen sollte, so klein und einarmig. Ja, ging es mir durch den Kopf, genau das ist das Problem mit meiner Weihnachtsgeschichte: Ich mache mir zu viele Gedanken. Locker bleiben. Das Christkind wird es schon richten.

Als meine Mutter am Nachmittag kam, zeigte ich ihr stolz die Krippe mit den beiden Jesuskindern und erzählte ihr die Geschichte der wundersamen Rettung unseres einarmigen Christkindes.

»Weißt du noch, wie oft es verloren ging? Aber es taucht wie durch ein Wunder immer wieder auf!«

Sie winkte ab. »Ach, was, Wunder, das da ist Nummer vier oder fünf«, brummte sie. »Hab für Ersatz gesorgt, nach dem ersten Heiligabend, an dem ich stundenlang gesucht habe.«

Aber dann nahm sie das Christkind vorsichtig aus der Krippe, betrachtete es in ihrer Handfläche von allen Seiten und blinzelte dabei ein bisschen zu sehr.

Jetzt ist Weihnachtsmorgen. Ich bin früh aufgewacht und schleiche nach unten, ins stille Weihnachtszimmer. Unsere zwei Weihnachtsbäume erfüllen den Raum mit ihrem Duft, aber in der Krippe liegt nur noch ein Christkind. Es war zu erwarten. Ich werde später zuerst im Puppenhaus suchen. Die Kinder schlafen noch, ebenso wie mein Mann – es wurde spät gestern, für ihn hatte die komplette letzte Staffel von *The Walking Dead* unter den Bäumen gelegen. Ich werde die Ruhe nutzen und endlich mit der Geschichte anfangen. Auch, wenn ich immer noch keine Idee habe. Während ich den Laptop aufklappe, höre ich, wie meine Mutter, die heute hier übernachtet hat, in die Küche geht. Nach einer Weile kommt sie mit zwei Bechern Kaffee, setzt sich zu mir und packt ihr Strickzeug aus.

»Hast du gesehen, das einarmige Christkind ist schon wieder weg«, bemerke ich.

Sie schüttelt lächelnd den Kopf. »Die Kinder lieben das Christkind. Genau wie ihr früher.« Dann vernäht sie den letzten Faden, wirft mir die fertigen Strümpfe über den Tisch hinweg zu. »Hier, damit du keine kalten Füße kriegst beim Suchen.«

Plötzlich fällt mir etwas ein. »Sag mal, Mama, nachdem das Christkind seinen Arm verloren hatte, ging es doch noch jahrelang immer wieder verloren, und du hast es jedes Mal wiedergefunden. Es war also doch immer dasselbe Christkind – oder hast du dem Ersatz-Christkind etwa jedes Mal das Ärmchen abgebrochen?«

Sie greift zu einem neuen Wollknäuel und lächelt vor sich hin, während sie die Maschen aufschlägt. »Was glaubst du?«

TOBIAS HABERL

Schlangenschnaps mit Oma

Es kam ganz plötzlich und ohne Vorankündigung, aber ich wusste sofort, dass ihr die Sache wichtig ist, obwohl es erst Mitte September war und wir am Ufer des Starnberger Sees lagen und Erdbeeren aßen, ich erkannte es an ihrem liebevollen Blick und den leicht zitternden Lippen.

»Zehn Jahre lang haben wir Weihnachten bei deinen Eltern verbracht«, sagte sie, »zehn Jahre lang waren wir im Bayerischen Wald, zehn Jahre lang habe ich so getan, als schmeckten mir Bratwürste, Sauerkraut und mittelscharfer Senf, zehn Jahre lang habe ich beschriftete Fotoalben angeschaut und ›Ah‹ und ›Oh‹ gerufen, aber dieses Jahr, nur dieses eine Jahr möchte ich Weihnachten bei meiner Familie verbringen.«

»Aber deine Familie feiert doch gar nicht Weihnachten«, sagte ich.

»Deswegen ja.«

Damit war die Sache beschlossen.

Denn erstens duldet die Frau, die ich liebe, keine Gegenrede, wenn ihre Lippen zittern, und zweitens kamen mir zehn Jahre nur im ersten Moment übertrieben vor; als ich nachzählte, musste ich zugeben, dass sie recht hatte. Wir hatten tatsächlich zehn Jahre lang jeden Heiligen Abend bei meinen Eltern verbracht, den Kindergottesdienst in der Barockkirche besucht, bei Kerzenschein *Stille Nacht, Heilige Nacht* gesungen, uns gegenseitig Bücher von Richard David Precht geschenkt, neben dem Kaminfeuer Rotwein aus der Toskana getrunken und waren jedes Mal gegen Mitternacht in meinem Kinderzimmer mit der Dschungelbuchtapete vor allem deshalb eng umschlungen eingeschlafen, weil das Bett nur einen Meter breit ist.

Dieses Jahr also Vietnam, dieses Jahr also Saigon oder, wie es korrekt heißt: Ho-Chi-Minh-Stadt. Dieses Jahr also 34 Grad und 95 Prozent Luftfeuchtigkeit. Dieses Jahr also würden wir Weihnachten schwitzend zwischen Millionen dampfender Garküchen und hupender Roller begehen. Weihnachten in Saigon, da war ich sicher, verhielt sich zu Weihnachten im Bayerischen Wald wie ein verkaufsoffener Sonntag in München zu einem Achtsamkeitsseminar im Zen-Kloster. Wenigstens würde man am Ende nicht enttäuscht werden, weil sich die Frage, ob es endlich mal wieder weiße Weihnachten geben würde, gar nicht erst stellte.

Die Frau, die ich liebe – nennen wir sie Chau, was so viel wie »wertvolles Ding« bedeutet –, wurde vor 35 Jahren in Saigon geboren. Mit acht war sie nach Deutschland gekommen, mit sechzehn wurde sie deutsche Staatsbürgerin, mit 24 schaute sie mich auf eine Weise an, dass ich mich in sie verliebte, ein Jahr später hatte sie das Kommando übernommen. Und als unsere Maschine nach vierzehn Stunden am Nachmittag des 24. Dezember auf dem Flughafen von Saigon aufsetzte, drückte sie kurz meine Hand, lächelte mich an und sagte:

»Keine Sorge, es wird anders, aber es wird schön.«

Eine halbe Stunde später zogen wir unsere Koffer durch die Ankunftshalle, die mit roten Lampions und einem gigantischen Weihnachtsbaum geschmückt war, an dem blinkende Rentierschlitten baumelten, aus Lautsprechern hörte man Michael Bublé *Santa Claus Is Coming to Town* singen. Ich war irritiert. Waren wir aus Versehen in Texas gelandet?

»Tobi«, sagte Chau, »es gibt nicht nur Buddhisten, es gibt auch jede Menge Katholiken in Vietnam, mehrere Millionen, meine Oma ist eine von ihnen, und dass die Amerikaner ein paar Jahre bei uns zu Besuch waren, das weißt du doch.«

Wieder drückte sie meine Hand. Sie kannte ihren Freund. Sie wusste, wie überfordert ich war, wenn jahrelang eingehaltene Rituale mir nichts, dir nichts über Bord geworfen wurden. Weihnachten im Bayerischen Wald, das hatte schon eine enorme Bedeutung für mich, nicht nur wegen der Tradition und meiner Eltern und des Räuchermännchens neben dem Telefon mit der Wählscheibe, es war viel mehr, eine Auszeit von der Wirklichkeit, ohne Internet, ohne gestresste Großstadteltern, ohne Cappuccino mit Milchschaumherz für 3,80 Euro, ein Stück Glück im hintersten Winkel Deutschlands, das mich das alte Jahr versöhnt abschließen und das neue tapfer angehen ließ.

Als wir ins Freie traten, standen da Hunderte von Menschen und riefen Namen, die ich nicht verstand; ein gigantischer Chor, der seltsame Laute ausstieß, die alle gleich klangen, in der Ferne sah ich Palmen und Wolkenkratzer. Auf den ersten Metern hatte ich das Gefühl, auf die Knie sinken zu müssen, so schwül, so stickig war die Luft. Nach weiteren zehn Metern wurde ich kurzatmig, nach zwanzig war mein Hemd feucht, nach dreißig dachte ich zum ersten Mal in meinem Leben, dass mir ein Asthmaspray guttun würde. Die Hitze fühlte sich an wie eine

Zwangsjacke, die sich um mich legte und mich zu erdrücken drohte, ich hatte wirklich Angst zu ersticken.

»Gott sei Dank ist es heute nicht so schwül«, sagte Chau, reichte mir ein Erfrischungstuch aus ihrer Handtasche und suchte in der Menschenmenge nach bekannten Gesichtern. Selbstverständlich war in ihrem Gesicht kein einziger Schweißtropfen zu sehen, ehrlich gesagt, benutzt sie nicht mal ein Deo.

»Da sind sie ja, dahinten«, rief sie und stürmte voran, ich wollte liegen bleiben, mich totstellen, aber rappelte mich auf und folgte ihr durch die Menge. Zum Glück entdeckte ich einen kleinen Stand, an dem eine winzige Frau Mangosaft in Plastikbechern verkaufte.

»Ice«, sagte ich, »lots of ice«, aber sie verstand mich nicht.

Ich deutete auf eine Kühlbox, in der ein paar tote Fliegen und riesige Eisbrocken schwammen. Sie zerhackte einen mit einem rostigen Messer, schubste ihn in den Becher, ich wartete ein paar Sekunden, trank hastig und hatte für ein paar Sekunden das Gefühl, den Ausflug vielleicht doch überleben zu können.

Fünf Minuten später standen wir am Taxistand: Chau, ich, ihre Eltern, drei Onkel, vier Tanten, acht Cousins und Cousinen, fünf Enkel, ein Hund und eine Schlange. Alle waren wohlauf, nur die Schlange nicht, es handelte sich um eine Kobra, die sich zusammen mit einem Liter Schnaps in einer bauchigen Flasche befand.

»Schlangenschnaps«, sagte Chau, »hilft gegen alles, von Rückenschmerzen bis Traurigkeit.«

Ich fragte mich kurz, wo sich eigentlich das Gift der Schlange befand – in der Schlange, in dem Schnaps?, verwarf den Gedanken aber schnell wieder. Das Zeug hatte sich durchgesetzt, offensichtlich hatte man eine Lösung dafür gefunden.

Ich trank vier, mit jedem Onkel einen, mit dem ältesten, der nur noch ein Auge hatte – »Eine Messerstecherei«, erklärte Chau –, sogar zwei.

»Merry Christmas«, sagte ich, »it's good to be here«, und alle lachten mich aus, weil ich anscheinend nicht wusste, dass sie kein Deutsch verstanden. Manche deuteten mit dem Finger auf mich. Einer der Enkel nahm meine Hand und wollte, dass ich ihn huckepack nehme, die Cousinen machten Handyfotos und kicherten, keine Ahnung, ob sie mich sympathisch oder lächerlich fanden. Eine Stunde später saßen wir in drei Großraumtaxis Richtung Innenstadt, ich fühlte mich schwach, war aber auch stolz darauf, mich auf das Abenteuer eingelassen zu haben.

Wir fuhren auf gigantischen Straßen und durch winzige Gassen, vorbei an riesigen Parks, übelriechenden Kanälen und Kreuzungen, die groß wie Fußballplätze waren, alles flirrte und verschwamm ineinander, ein grelles Tableau der Geschäftigkeit und des Aufschwungs, selbstverständlich waren alle Geschäfte geöffnet, und dann sah ich den ersten Weihnachtsmann. Er stand vor einem dieser neumodischen Einkaufszentren, einen riesigen Sack in der Hand, vor ihm eine Traube schreiender Kinder, ich kurbelte das Fenster nach unten, schaute ihm hinterher und war versöhnt. Es war doch Weihnachten, sagte ich mir, die Geburt Jesu Christi, Schlangenschnaps hin oder her, das wollte ich auf keinen Fall vergessen.

Kurz fragte ich mich, was meine Eltern wohl machten, und ich kann es nicht leugnen, zum ersten Mal hatte ich das Gefühl, das Richtige getan zu haben, ganz einfach deshalb, weil ich etwas anders gemacht und auch meine Eltern indirekt gezwungen hatte, Weihnachten ausnahmsweise anders zu verbringen. Wer weiß, vielleicht kochte meine Mutter diesmal keine Bratwürste mit Sauerkraut? Wer weiß, vielleicht zog mein Vater diesmal nicht drei Sekunden vor dem Essen den Fotoapparat aus der Tasche? Wer weiß, vielleicht waren wir uns an diesem Heiligen Abend näher, gerade weil wir ihn nicht gemeinsam verbrachten?

Eine halbe Stunde später kamen wir in dem Haus an, in dem Chau groß geworden war. Es handelte sich um ein mehrstöckiges Gebäude in einer engen, hektischen Gasse, im Erdgeschoss befand sich ein kleines Juweliergeschäft, das zur Straße hin offen war, in den oberen Stockwerken waren mehrere Zimmer und kleine Wohnungen, in denen die gesamte Familie lebte, fünfzig Menschen insgesamt, manche zu sechst in einem Zimmer, das sie durch Vorhänge in mehrere Parzellen unterteilt hatten.

Das Juweliergeschäft gehörte Chaus Onkel und war so etwas wie der Aufenthaltsraum. Es waren tatsächlich nie weniger als 20 Personen in dem Raum, hier wurde gegessen und geschlafen, gestritten und sich wieder versöhnt, hier wurde die Wäsche aufgehängt, und hier saß Chaus Oma auf einer Holzbank und unterhielt sich jeden Tag stundenlang mit ihrem Spiegelbild; eine dürre, elegante Frau mit rot lackierten Fingernägeln, an deren Augen man ablesen konnte, was für eine stolze Schönheit sie einst gewesen war. Sie war 93 und hatte seit Jahren kein vernünftiges Wort mehr von sich gegeben; ein Krankenhaus kam nicht in Frage, viel zu teuer, waren ja genug Menschen da, um sie zu pflegen, zu füttern, zu wickeln.

Chau hatte mir mal erzählt, dass sie das letzte Jahr des Vietnamkriegs in der amerikanischen Botschaft verbracht hatte; ihr Mann war ein südvietnamesischer General gewesen, der zusammen mit den amerikanischen Truppen gegen die Nordvietnamesen gekämpft hatte. Nach dem Krieg hatte sie ihn jahrelang im Militärgefängnis von Hanoi besucht, immer mit dem Zug, vierzig Stunden hin, vierzig Stunden zurück, alle vier Wochen, bis er gestorben war.

»Ganz ehrlich«, sagte Chau, »den letzten Ring hat mein Onkel vor zehn Jahren verkauft, aber er steht jeden Tag zehn Stunden hier und hofft auf Kundschaft, auch samstags, und weil er ja von irgendetwas leben muss, wechselt er Geld zu einem unverschämten Wechselkurs und macht bei Karaoke-Wettbewerben mit. Seine Spezialität: alles von den Backstreet Boys.«

Gegen 18 Uhr fühlte sich mein Magen flau an, ein merkwürdiges Drücken, manchmal hörte man ein leises Gurgeln. Ich versuchte, es zu ignorieren und ansonsten nicht vom Stuhl zu fallen. Das Klima, dachte ich, es muss das Klima sein. Ich hockte neben dem Ahnenaltar, einer Art kleiner Gedenkstätte mit vergilbten Fotos, Räucherstäbchen und einer Schale mit roten Drachenfrüchten. Die anderen waren indessen äußerst geschäftig: Zu Ehren des Gastes aus Deutschland stellten sie drei Plastiktische aneinander und tischten einen Leckerbissen nach dem anderen auf. Zwei der Cousinen hängten pink blinkende Lichterketten auf und spannten eine Buchstabengirlande quer durch den Raum, *Giáng sinh vui ve* stand darauf: Frohe Weihnachten.

Ich war gerührt, weil jede Menge Buddhisten dafür sorgten, dass ich mich am Heiligen Abend wie zu Hause fühlen konnte, während die einzige Katholikin außer mir gar nicht mitbekam, dass überhaupt Weihnachten war.

Zehn Minuten später wurde mein Magengrummeln schlimmer und das Buffet eröffnet: Bier, Schlangenschnaps und Wasser aus einem Tank, dazu verschiedene Suppen mit Kräutern, Reisnudeln, Schweinefleischbrötchen, Frühlingsrollen, vietnamesische Blutwurst an Fischsauce und gekochte Entenembryos mit Sprossen und Karotten, als Nachspeise ein Schokoladenkuchen, *Bûche de Noël* genannt – »weil ja auch die Franzosen eine Weile bei uns waren«, erklärte Chau.

Alle griffen kräftig zu, alle redeten auf mich ein, alle sprachen durcheinander. Anfangs versuchte Chau noch zu übersetzen, irgendwann gab sie es auf. Der Schlangenschnaps machte die Runde, nach einer Stunde hatte ich das Gefühl, dass sich mein Magen beruhigt hatte – oder war ich nur betrunken? Die ersten Lieder wurden angestimmt Meine Gastgeber sangen vom Krieg, weil fast jedes vietnamesische Lied vom Krieg handelt, aber dann meinte Chau, ich solle ihrer Familie doch ein deutsches Weihnachtslied vorsingen, das würde sie glücklich machen, ja, sie empfänden es als Ehre, und nur Sekunden später riefen 40 Vietnamesen »Dobei! Dobei! Dobei!« und starrten mich auffordernd an. »Sie meinen Tobi! Tobi! Tobi!«, erklärte Chau und lachte.

Ich hatte keine Chance. Der Druck war zu groß. Ich erhob mich, dachte kurz an zu Hause, wo meine Mutter wahrscheinlich gerade das Weihnachtsoratorium von Bach auf den Plattenteller legte, und dann geschah es: ein Krachen, erst dachte ich, es handle sich um einen Unfall, vielleicht zwei Roller, die auf der Straße ineinandergeprallt waren, aber dann merkte ich, dass das Geräusch aus meinen Eingeweiden kam. In mir zog sich alles zusammen, es fühlte sich an, als würde sich mein Magen mit meiner Milz und vielleicht auch der Leber verknoten. Ich muss Panik in meinen Augen gehabt haben, denn augenblicklich waren alle still und sahen mich besorgt an. Mir wurde schwarz vor Augen, ein seltsamer Nebel legte sich zwischen mir und der Welt um mich herum, aber ich schüttelte den Kopf, blieb stehen und fing leise, ganz leise zu singen an:

»Stille Nacht, heilige Nacht
Alles schläft, einsam wacht
nur das traute hochheilige Paar«

Es krachte erneut; ein unglaublicher Schmerz, als stoße mir jemand einen brennenden Dolch in den Unterbauch. Ich schaute zu Chau, dann zu ihrer Oma, die immer noch vor dem Spiegel saß, auf meiner Stirn bildete sich kalter Schweiß, meine Knie zitterten:

»Holder Knabe im lockigen Haar
Schlaf in himmlischer Ruh'
Schlaf in himmlischer Ruh'«

Alles grölte und jubelte und machte Fotos. Ich setzte mich, merkte aber schnell, dass das keine gute Idee war. Es krachte erneut, irgendwas in mir sackte nach unten, in die Tiefe, wollte ins Freie. Ich schaute zu Chau, die mich entsetzt anblickte, dann warf ich mein Schamgefühl über Bord und stürzte auf die Toilette. Der Mangosaft, dachte ich noch, das Eis, die Fliegen, das Messer, aber es war zu spät, ich fiel von der Schüssel und konnte gerade noch meine Hose nach oben ziehen, bevor sich tiefe Finsternis um mich legte.

Als ich aufwachte, war alles dunkel und still, sogar der Motorenlärm hatte sich gelegt. Ich schaute auf mein Handy, es war vier Uhr morgens. Ich blinzelte, es dauerte ein paar Sekunden, bis sich meine Augen an die Dunkelheit gewöhnt hatten. Ich setzte mich auf, entdeckte einen Eimer, ein Handtuch und eine Dose Tigerbalsam neben meiner Matratze. Ich strich über meine Brust. Sie war klebrig und roch nach Kräutern. Offensichtlich hatten sie mich damit eingerieben. Im Hintergrund sah ich die Tische, auf denen noch die Essensreste und die leeren Flaschen standen, darüber die Girlande: *Giáng sinh vui ve* – frohe Weihnachten.

Auf einmal spürte ich etwas, eine Hand strich über meinen

Rücken, es war Chaus Oma. Sie lächelte mich an, mehr Wesen als Mensch, aber zärtlich und liebevoll.

»It's good«, flüsterte sie kaum wahrnehmbar, »it's okay.«

Sie streichelte mich eine Weile, ihre Augen blitzten heiter. Nach einer Weile wurde ich wieder müde, dämmerte weg, und ich kann es nicht beschwören, aber mir war, als hätte ich, kurz bevor ich einschlief, ganz leise die Melodie von *Jingle Bells* vernommen. Schon möglich, dass ich mich getäuscht habe, dass es sich um einen Fiebertraum, eine Fantasie handelte, aber wenn Sie meine ehrliche Meinung hören wollen, ich glaube schon, es war genau so.

INGVAR AMBJØRNSEN

Die Abmachung

Eine Elling-Geschichte

Weihnachten sollte in diesem Jahr einen Schuss vor den Bug bekommen. Am Heiligen Abend passiert etwas, das die Ruhe und den Frieden des Festes ruiniert. Wie die meisten wissen, habe ich in einer alten Villa in Grefsen eine Sockelwohnung gemietet. Über mir wohnt die alte Witwe, der das Haus gehört. An sich kommen wir gut miteinander aus, auch wenn unser Verhältnis in regelmäßigen Abständen neu angepasst werden muss. Etwas anderes ist ja auch nicht zu erwarten. Sie ist schließlich über achtzig. Was die Weihnachtsfeiern angeht, machen wir das seit Jahren so: Sie fährt am Morgen des Heiligen Abends zu ihrer Tochter nach Grimstad und kommt am dritten Tag zurück. Inzwischen hüte ich Haus und Grundstück und feiere Weihnachten in glücklicher Einsamkeit. So wollen wir es haben. Und voriges Jahr haben wir noch verabredet, auf Geschenke von nun an zu verzichten. Ich meine, zwei nicht mehr ganz junge Menschen, die »alles« haben. Was sollen die sich bitte schön noch schenken? Und so soll es dann auch bleiben. Denke ich.

Wir haben uns also am Vorabend des Vierundzwanzigsten verabschiedet. Am Morgen des Heiligen Abends habe ich noch etwas zu erledigen. Als ich gegen ein Uhr in meine Sockelwohnung zurückkehre, erschrecke ich. Denn dort, an meiner Türklinke, schön eingewickelt in Weihnachtspapier, hängt etwas. Da trifft man also eine Abmachung mit jemandem, der nichts Besseres zu tun hat, also sofort mit größter Selbstverständlichkeit diese wieder zu brechen. Und abzuhauen. Ohne ein Geschenk meinerseits. Leicht vorstellbar, wie der Heiligabend in Grimstad ablaufen wird. Aber Mutter, hast du in diesem Jahr nichts von Elling bekommen? Dem Mieter? Nein. Das hat sich nicht so ergeben, seufzt die Mutter. Kein Wort von unserer Abmachung. Natürlich. In den Augen der Tochter stehe ich da wie ein Geizkragen. Als zynischer Kellermensch, der seiner Vermieterin zu Weihnachten nicht die kleinste Aufmerksamkeit gönnt. Was für eine miese Nummer!

Ja, es ist mies. Und der Schaden ist nicht wiedergutzumachen. Kann sie sich vielleicht nicht mehr an unsere Abmachung erinnern? Wird sie jetzt vergesslich? Nein. Ihr Geist ist klar wie Quellwasser. Also hat sie mich mit Absicht in Verlegenheit gebracht. Das wird Konsequenzen für unser weiteres Verhältnis haben.

Ich reiße das Weihnachtspapier herunter, noch ehe ich den Mantel abgelegt habe, und halte fassungslos eine kleine Plastikdose mit sechs hellblauen Stofftaschentüchern in Händen. Ich hatte keine Ahnung, dass es so etwas noch gibt. Ich hatte gedacht, alle wären längst auf Papiertaschentücher umgestiegen.

Und die Vorstellung, man müsse Bazillen zu einem Klumpen zusammenballen und sie in die Tasche stecken, sei auf dem Altar der Aufklärung geopfert worden. Heißt es nicht immer: Der gute Wille zählt? Aber was kann sie gewollt haben, als sie das hier gekauft hat? Soll das ein Wink sein? Ich muss an die alte Colgate-Reklame denken, die es in den 70er Jahren in den Illustrierten gab. Erik oder Berit, um die alle anderen im Büro einen großen Bogen machen. Und die nicht begreifen können, warum. Bis ein Kollege sich erbarmt und Erik oder Berit erklärt, sie sollten etwas gegen ihren Mundgeruch unternehmen, und ihnen diskret eine Tube Colgate in die Hand drückt.

Will sie so etwa andeuten, dass ich verrotzt durch die Gegend renne und mir doch endlich mal die Nase putzen soll? Ich habe keine Ahnung. Ich zerbreche mir den ganzen Nachmittag und Abend darüber den Kopf, ich denke an Rotz und Macht und Geschlechterrollen und höre dabei im Radio Weihnachtslieder, während ich den Weihnachtsteller von Fjordland aufwärme. Ich denke an den schlechten Ruf, den ich jetzt an der gesamten Südküste Norwegens habe, während ich zur Fernsehunterhaltung Nüsse knacke und Apfelsinen verzehre. Ich sitze hier und kann nichts machen. Ich habe die arme alte Frau ohne auch nur ein nett verpacktes Stück Pfefferkuchen nach Grimstad geschickt. Ich stehe da als herzloser Ignorant. Und sie sitzt in Grimstad, schweigt und weiß, dass sie mir sechs in Weihnachtspapier gewickelte Taschentücher an die Türklinke gehängt hat. Um mich mal des Jugendjargons zu bedienen: Das ist mein ungeilster Heiliger Abend, seit Mutter 1978 die Schweinerippe angebrannt ist. Und es hat keinen Zweck, mir nichts anmerken zu lassen, wenn die Witwe dann zurückkehrt. So ein guter Schauspieler bin ich einfach nicht.

Gegen Mitternacht gehe ich zu Bett. Ich kann nicht schlafen. Meine Gedanken kreisen unablässig um diese nicht eingehaltene Abmachung, es ist wie eine Schallplatte mit einem Sprung. Wir hatten beschlossen, uns gegenseitig nichts mehr zu schenken. Und ein Jahr später tut sie genau das Gegenteil. Sie kauft sechs Taschentücher und lässt sie als Geschenk verpacken. Mit Schleife und allem Drum und Dran. Und schenkt sie dann mir. Ohne ein Wort der Erklärung. Halb im Traum geht es mir auf: Ich kann nicht länger in dieser Wohnung bleiben. Etwas zwischen uns ist zerbrochen. Es gibt keinen Weg zurück in den sicheren Alltag. Und dann schleicht sich noch ein anderer Gedanke in meinen Kopf: Irgendetwas stimmt hier nicht. Nur, was? Plötzlich springe ich aus dem Bett und stürze zu dem Altpapierkarton unter dem Küchentisch. Ich finde das zerrissene Weihnachtspapier des unerwünschten Geschenks. Und richtig: Es gibt keine Grußkarte. Ich weiß also gar nicht hundertprozentig, dass es sich bei der Absenderin um die Witwe handelt.

Ein Abgrund tut sich auf. So raffiniert ist sie also. Da kann man sich nur anziehen und Kaffee aufsetzen. Heute Nacht gibt es keinen Schlaf. Keine Ruhe.

Ich ziehe Stiefel an und gehe hinaus in den Garten. Frische Luft hilft. Sechs hellblaue Taschentücher, in Weihnachtspapier verpackt. Na gut. Wer kann mir einen Besuch abgestattet haben, wenn es NICHT die Hausbesitzerin war? Wer weiß, dass ich hier wohne? Kaum jemand. Der Postbote natürlich. Ein übellauniger Kerl von Mitte zwanzig, der die Post in den Briefkasten knallt. Hundert Prozent außer Verdacht. Das Paar aus der Nachbarvilla? Kommt nicht infrage. Wir haben uns schon am Tag meines Einzugs zerstritten. Es ist einfach unvorstellbar, dass die beiden auf eine andere Idee kommen würden, als mich mit dem üblichen verachtungsvollen Blick zu bedenken.

Dieser verachtungsvolle Blick ... ich halte inne und sehe einen anderen und freundlichen Blick vor mir. Zwei dunkle Augen, die mich unter zwei gezupften Augenbrauen anblicken. Eine wohlgeformte Nase und bemalte Lippen. Meine Lieblingskassiererin bei SPAR. Ich nenne sie Pik Dame, das passt zu ihr. Eine geheimnisvolle Schönheit, ich bin mit ihr auf Facebook befreundet, wo sie abwechselnd als »Single«und »in einer Beziehung« auftritt, hin und her, her und hin. Und ich hege den heimlichen Wunsch, dass die Reihe eines Tages auch an mich kommen wird. Deshalb habe ich ihr, auf diskrete Weise, mitgeteilt, wo ich wohne. Für den Fall, dass sie eines Tages mich als möglichen Kandidaten für ihr Liebesleben auserwählt. Sie kann also hier gewesen sein. Diese Vorstellung gefällt mir.

Mal sehen, was Facebook dazu sagt. Das kann ja wohl nicht wahr sein. Als ich auf ihrer Seite nachsehe, lese ich, dass sie in einer Beziehung ist. Ihre Seite wurde am Heiligen Abend spät aktualisiert, beim Frühstück war das nämlich noch anders, da war sie ledig. Na gut. Dann wollte sie mich vielleicht trösten, schließlich ist Weihnachten, und sie weiß, dass ich allein in einer Höhle halb unter der Erde hocke, während sie mit einem neuen Glücksschwein zugange ist. Aber ich will weder Trost noch Mitleid, und erst recht will ich keine sechs Taschentücher in einer Plastikdose, ich will nur in Ruhe gelassen werden. Weil ich gerade dabei bin, sehe ich auch noch auf der Seite der Witwen-Tochter nach. Die alte Witwe ist nicht auf Facebook. Ihre Tochter wohl. Der letzte Post stammt vom 14. November und zeigt einen triefnassen Garten mit kahlen Bäumen und toten Pflanzen. Text: »Igitt. Ich sehne mich nach Sommer und Sonne.« Na gut. Das weiß ich dann immerhin. Mein Feed ist vollgestopft mit Bildern von festlich gekleideten Menschen und Rippchen und Kümmelkohl, in Grimstad dagegen ist die Zeit stehen geblieben. Ab und zu frage ich mich, warum manche Menschen überhaupt auf Facebook sind. Aber dann bin ich sofort auf der Hut. Die Tochter der Witwe (ich nenne ganz bewusst ihren Namen nicht, aus Gründen, die die meisten verstehen werden) ist nämlich so eine, die zuverlässig gern Bilder von Kaffeeklatsch und Essenstellern postet. Ganz zu schweigen vom sechs Jahre alten Kind. Aber da ist seit dem 14. November nichts passiert. Muss ich mir Sorgen machen?

Es ist Viertel nach vier, ich ziehe mich aus und lege mich wieder hin, aber sobald ich die Augen schließe, tauchen unerwünschte Bilder auf, von im Eis eingebrochenen Kindern, jetzt wird da unten gesucht, ein bleiches Gesicht in der schwarzen Tiefe, und hier liege ich und rege mich auf über ein paar verdammte Taschentücher, ich sollte mich schämen, und das tue ich. Die meisten würden sich freuen über so eine kleine Aufmerksamkeit, aber dieser Bursche hier nicht, denn der hat eine Abmachung getroffen, nicht mit der Witwe, der das Haus gehört, sondern mit dem Leibhaftigen. Und bei diesem Gedanken muss ich dann doch ein bisschen lachen, ich liege in der Dunkelheit und schüttele mich vor Lachen, bis neue Nacktbilder von Pik Dame auftauchen, wo sie abwechselnd unten und oben liegt, während sie sich fragt, wie ihrem Lieblingskunden, dem mit den Rentierfrikadellen und dem Kümmelkäse, das kleine Geschenk gefallen hat, das sie an seiner Wohnungstür hinterlassen hat. Und dann werde ich traurig. Ich finde die Vorstellung so traurig, dass nur zwei Menschen in ganz Oslo hinter diesem total unerwarteten Weihnachtsgeschenk stecken können. Aber dann betritt plötzlich ein neuer Gedanke den Plan: Was, wenn es jemand ist, den ich nicht kenne. Eine Person, die mich still und ruhig aus der Entfernung betrachtet hat. Vielleicht seit Jahren. eine, die Zuneigung zu mir gefasst hat und die nun endlich den Mut aufbringt, mir einen winzigen Hinweis auf ihre Existenz zu liefern. Eine, die vielleicht sogar gehofft hatte, auf frischer Tat ertappt zu werden. Ich sehe es vor mir. Da will ich gerade die Treppe zu meiner Wohnungstür hinuntersteigen, da sehe ich sie. Sie steht dort unten und errötet, mit einem zaghaften Lächeln auf den Lippen. Bereit, in den Garten zu stürzen, falls …

Aber es kann ja genauso gut ein Mann sein, denke ich dann. Sind nicht sechs in Weihnachtspapier gewickelte Taschentücher ein typisches Schwulengeschenk? Ich stehe auf. Gehe ins Badezimmer und nehme vier Vival und zwei Imovane. Dann gehe ich zurück zum Bett und lege mich zum Gott weiß wievielten Mal hin. Knipse die Lampe aus und kneife die Augen fest zusammen.

Ich verschlafe den ganzen Tag. Welchen Tag? Keine Ahnung. Spielt auch keine Rolle. Dieses Weihnachten ist gegessen. Von mir aus kann auch Silvester sein oder der 4. Februar. Ich liege unter meiner Decke wie ein Bär in seinem Bau. Es ist stockfinster im Zimmer. Ich habe einmal ein Buch von Stephen King gelesen, in dem ein Mann abends schlafen ging und am nächsten Morgen in einer anderen Dimension aufwachte. Ich habe mir im Laufe der Jahre oft Gedanken über so etwas gemacht. Eine neue Chance zu bekommen, in einer neuen und anderen Welt. Was ist das Warme und Weiche, das da neben mir atmet? Ach ja. Sie ist das. Die, die mich Darling nennt. Ja, ja. Man muss einfach den Tag am Schopf packen. Im Büro kommen sie nicht ohne mich aus. Ich bin total unersetzlich. Eine Schlüsselperson.

Anderseits: Es ist auch gar nicht so schlecht, allein in der Dunkelheit zu liegen. Ohne Gequengel und gierige Hände. Mich umdrehen und noch eine Stunde zu schlafen. Oder drei. Beim Gedanken an den Sixpack mit Taschentüchern, der in der Küche liegt, muss ich über meine Gleichgültigkeit fast grinsen. Die ist nämlich total und allumfassend. Wer die gebracht hat? Ist mir doch scheißegal. Das kommt von den Pillen. Den feinen, feinen Pillen.

Aber pissen muss man ja, und als ich erst an Deck bin, locken ein Spiegelei und ein Glas Milch. Zuerst aber sehe ich auf Facebook nach. Pik Dame zeigt ihre neuen Pantoffeln, und in Grimstad sind sie endlich vom November zur Weihnachtsfeier vorgerückt. Weiße Tischdecken und Tröge voll Weihnachtsessen. Pyramiden aus Geschenken und einen Baum bis zur Decke. Der Kleine in Anzug mit Weste. Und seine Großmutter, die mir über den Rand ihrer Lesebrille hinweg ins Gesicht starrt. Ja, denn genau das tut sie. Sie weiß genau, dass das Bild auf der Facebookseite ihrer Tochter gepostet werden wird, und ebenso sicher ist sie, dass ich mich im Laufe des Weihnachtsfestes dort einklicken werde. Ich habe ihr selbst vorgeführt, wie kinderleicht es ist, mithilfe von zwei Tastenbewegungen einen Blick ins Leben ihrer Tochter zu werfen. Die Wirkung des Pillencocktails verfliegt, und ich merke, wie mir die Wirklichkeit wieder unter die Haut kriecht. Denn hat sie da nicht ein winziges Mona-Lisa-Lächeln um die Lippen? Doch. Genau das hat sie. Sie lächelt und lächelt auch wieder nicht, die alte Haut. Alles war bis ins kleinste Detail geplant. Wir hatten beschlossen, einander nichts mehr zu schenken. Und dann schenkt sie mir doch etwas. Unmittelbar vor ihrem Aufbruch, so dass ich nicht mehr kontern kann. Eins zu null beim Heimspiel. Mieter, kenne deinen Platz!

Aber als ich das Datum auf dem Bildschirm sehe, bekomme ich es mit der Angst zu tun. Es ist der Zweite Weihnachtsfeiertag. Die sechs Taschenbücher und die Pillen haben den ganzen ersten Tag verschlungen. Sie hat mir einen Tag gestohlen. Soll ich eine kleine doppeldeutige Bemerkung im Kommentarfeld hinterlassen? Nein. Genau das soll ich nicht. Ich schaue mir lieber sechs Folgen von »Virgin River« an und gehe wieder schlafen. Tue so, als sei nichts gewesen.

Am dritten Weihnachtstag stehe ich früh auf. Dusche und rasiere mich. Weißes Hemd und Schlips. Hose mit Bügelfalte. Ich muss Pik Dame von der Liste der Verdächtigen streichen. Oder mir bestätigen lassen, dass sie hinter allem steckt. Diese Ungewissheit kann ich nicht länger ertragen. Manchmal sehe ich meine Vermieterin eine ganze Woche nicht. Pik Dame sehe ich jeden Tag. Und von ihr träume ich jede Nacht. Ich will sie. Aber nicht, wenn sie etwas mit dieser Taschentuchsache zu tun hat. Ich habe einen Plan. Ich reiße die Plastikfolie um die Dose mit den Taschentüchern auf. Später mache ich mich pfeifend auf den Weg zum SPAR.

Der dritte Weihnachtstag ist immer mein Lieblingsweihnachtstag. Noch immer ein bisschen zugleich heilig, aber Alltag. Ich brauche Brot, Milch und Eier. Die junge Rumänin steht wieder vor dem Laden. Sie spielt mit stumpfen Fingern ihr ramponiertes Akkordeon. Ich stecke zwanzig Kronen in ihren Becher und bekomme dafür ein schelmisches Lächeln. Ihr fehlt rechts oben der Eckzahn. Das bringt's. Außerdem kennt sie mich als einen, der immer Münzen in der Tasche hat. Wir sind unsere gegenseitigen Lieblinge. Sie bringt mich dazu, die Schultern sinken zu lassen.

Im Laden ist es kühl, aber als ich mir den Einkaufswagen hole, ziehe ich den Mantel aus. Den Blazer lasse ich offen stehen. Alles genau geplant. Ich suche mir meine Sachen zusammen und begebe mich in Richtung Kasse 2, wo ich Pik Dame in ihrer ganzen Pracht und Macht thronen sehe. Sie ist jetzt »in einer Beziehung«, und die Beziehung ist offenbar noch nicht ranzig geworden. Pik Dame strahlt. Aber ehe ich mich vor der Kasse anstellen kann, sehe ich ein Werbeplakat mit Weihnachtssternen im Sonderangebot (*Alles muss raus!*). Es sind die kleinsten Topfpflanzen, die ich je gesehen habe. Und sie kosten 18 Kronen. Das Stück. Das ist fast zu schön, um wahr zu sein. Denn am dritten Weihnachtstag kann man zwar nicht noch ein Geschenk anschleppen, aber eine kleine Aufmerksamkeit ist etwas anderes. Ich im Türspalt: »Weiterhin frohes Fest!« Und die Witwe nimmt den Mini-Weihnachtsstern entgegen: »Aber das hätte doch nicht nötig getan …« Eins zu eins. Ausgleich. Der Schiedsrichter pfeift. Das Spiel ist aus. Und da steht sie in ihrer Haustür mit einem Hohn von Weihnachtsstern.

Pik Dame ist unschuldig. Sie hat mit der Sache rein gar nichts zu tun. Jetzt stehe ich vor ihr, und das elegant gefaltete Taschentuch lugt aus meiner rechten Hemdtasche, so dass sie es einfach sehen muss. Es schreit ihr ja geradezu ins Gesicht. Aber sie reagiert absolut nicht. Wir tauschen die üblichen Floskeln aus und wünschen einander noch ein schönes Fest. Als ich meinen Mantel anziehe, finde ich es seltsam, dass ich sie überhaupt auf die Liste der Verdächtigen gesetzt hatte.

Die Welt der Rumänin ist zusammengebrochen. Jetzt weint sie. Das kommt in regelmäßigen Abständen vor, und ich darf sie zum Trost nicht einmal umarmen. Das würde missverstanden werden. Was ich jedoch tun kann, und das mit einer gewissen spontanen Eleganz, ist, drei rasche Schritte auf sie zuzumachen, während ich mit der linken Hand das hellblaue Taschentuch aus meiner rechten Brusttasche ziehe, um es ihr mit einer französischen Verbeugung zu überreichen, so elegant wie ein Gentleman, so zuverlässig wie ein Fels in der Brandung. Sie lächelt unter Tränen und begräbt ihre rote Nasenspitze in meinem unerwünschten Weihnachtsgeschenk.

Ich pfeife auf dem ganzen Weg nach Hause.

Aber den Weihnachtsstern behalte ich dann doch selbst. Ich höre, dass die Witwe von ihrer alljährlichen Expedition nach Grimstad zurückgekehrt ist. Schritte über den Fußboden über mir. Es würde mich eine Minute kosten, nach oben zu gehen und an ihrer Tür zu klingeln. Aber stattdessen bleibe ich am Küchentisch sitzen und sehe die lächerlich kleine Topfpflanze an. Warum soll ich mich selbst ebenso klein machen? Irgendwer muss diesem Konflikt doch schließlich ein Ende setzen. Die Kanten glätten. Vergessen. Geht es Weihnachten nicht gerade darum? Nein. Vielleicht nicht. Aber trotzdem.

MARC HOFMANN

Ein Märchen auf St. Pauli

Diese Geschichte basiert auf einem der schönsten und berührendsten Weihnachtslieder der Welt, Fairytale of New York *von The Pogues.*

Rare Old Mountain Dew, das alte irische Volkslied, singt der alte Mann auf der Pritsche neben mir, und ich kann es kaum glauben.

Let grasses and waters flow in an easy way but give me enough of that rare old stuff that's brewed near Galway Bay.

Was für ein Zufall. Ausgerechnet am Heiligabend singt dieser Kerl, der aussieht wie ein abgehalfterter Trinker, ein irisches Lied. Ein Lied über Alkohol in einer Ausnüchterungszelle der Davidwache auf St. Pauli. Als wüsste er, was das alles für mich bedeutet.

Ich lege mich auf die Pritsche, drehe mich zur Wand und schließe die Augen. Warum bin ich hier? Ich kann mich nicht erinnern. Vermutlich irgendwo randaliert.

Meine Gedanken reisen zurück. Viele Jahre zurück, fast mein ganzes Leben, in die späten Achtzigerjahre.

Ich war nach Amerika aufgebrochen, ohne besonderes Talent, aber den Kopf voller Träume und naiv genug, zu glauben, Träume könnten in Erfüllung gehen, nur weil man jung und selbstsicher genug ist und sich unbesiegbar fühlt. New York war noch eine andere Stadt als heute, heruntergekommen, gefährlich, dreckig, aber vibrierend von der Energie seiner Bewohner, der vielen Kulturen, der Künstler und der grenzenlosen Kreativität, die überall in der Luft lag.

Mein Zellennachbar ist jetzt beim Refrain angekommen, *Hi di-diddly-idle-um* und so weiter, und ich denke an Mary und ihre roten Haare. Ich war nie mehr so verliebt gewesen wie an jenem Weihnachtsabend 1988.

Seither versuche ich, diesen Tag zu vergessen, mit Alkohol zu betäuben, weil ich nicht daran denken will, was ich hätte haben oder sein können. Und jetzt singt der Typ dieses Lied und zieht mich unaufhaltsam in die Erinnerung hinein, der ich seit Jahrzehnten zu entkommen versuche.

Ich hatte Mary ein paar Tage zuvor kennengelernt. Sie war eben erst aus dem irischen Galway nach New York gekommen. Ihr Vater war Whiskeybrauer, wie Generationen seiner Vorväter vor ihm, die in den Bergen illegal einen Gerstenschnaps namens *Poitin* herstellten, auch *Mountain Dew* genannt. Sie war Tänzerin und träumte vom Broadway. Mit ihren Ersparnissen wollte sie in einer der großen Tanzschulen unterkommen, Kontakte knüpfen, einen Agenten finden und vortanzen, wo immer man sie ließ. Sie wusste, wie hart das war, ihr Lieblingsfilm war *A Chorus Line*, sie hatte ihn bestimmt tausend Mal gesehen.

»Ich bin Mary«, hatte sie gesagt.

»Joe«, sagte ich und musste grinsen. »Joseph, eigentlich.«

Sie lachte. »Das gibt's ja wohl nicht.«

»Wenn wir mal einen Sohn haben, dann nennen wir ihn Jesus.«

Wir trafen uns am Nachmittag des Vierundzwanzigsten, liefen ziellos durch die Stadt und redeten. Wo wir herkamen und wo wir hinwollten und all das. Mit jedem Satz verliebte ich mich mehr in sie.

Irgendwann landeten wir am Central Park, wo der NYPD *Pipes and Drums*, die New Yorker Polizeikapelle, mit Dudelsäcken und Trommeln irische Lieder spielte. Mary sang jedes Lied lauthals mit, und sie war nicht die Einzige, die die Texte kannte. Man glaubte, außer den Touristen waren nur irischstämmige New Yorker anwesend, auch viele Polizisten in Uniform. Die New Yorker Polizei war immer noch fest in irischer Hand. Leute tanzten und sangen ausgelassen, und ich weiß noch, wie ich in dem Moment bedauerte, aus einem Land zu kommen, in dem traditionelle Volkmusik entweder albern, langweilig oder historisch vergiftet war.

Der Alte in meiner Zelle ist fertig mit seinem Lied und sieht mich aus trüben Augen an.

»Was machst du hier?«

»Vergessen«, sage ich.

Er nickt. »Und, funktioniert es?«

»Eine Weile hab ich es geglaubt, aber ich fürchte, es geht nicht.«

Wieder nickt er. »Nein, es geht nicht«, sagt er und beginnt wieder zu singen.

»Das nächste Jahr wird unseres«, hatte ich Mary zugerufen, und sie sah mich lachend an, und ihre Augen funkelten wie die Lichter, mit denen die Bäume des Parks geschmückt waren. Ich selbst sah mich als Musiker, ich sang, spielte Gitarre und schrieb eigene Songs. Mein Plan, wenn man das so nennen konnte, war, mich als Straßensänger zu verdingen, in der Hoffnung, vielleicht von einem Plattenscout oder Produzenten entdeckt zu werden.

Als Letztes spielte die Band *Galway Bay*, und Mary sang so laut und inbrünstig mit, dass ihr viele Umstehende berührte Blicke zuwarfen.

If you ever go across the sea to Ireland, then maybe at the closing of your day, you can sit and watch the moon rise over Claddagh, and see the sun go down on Galway Bay.

»Wir sehen uns gleich alle im Shamrock«, sagte ein Mann, als die Band aufgehört hatte zu spielen.

Mary wollte gerne eine Fahrt mit einer der Pferdekutschen machen, aber es war zu teuer. Ein Kutscher sah uns und sagte: »Wie wär's mit einer Runde?«

Ich schüttelte den Kopf. »Sorry, kein Geld.«

»Steigt auf, ich fahr euch durch den Park.«

Mary strahlte, sprang auf und gab dem Kutscher einen Kuss auf die Wange. Ein Wunder, dachte ich. Diese Typen waren Geschäftsleute, keine Wohltäter, da gab es nichts umsonst. Aber heute vielleicht schon, es war schließlich Weihnachten. Wir fuhren durch den klirrend kalten Central Park. Irgendwann stiegen wir aus und machten uns auf den Weg ins Shamrock. Wir gingen Arm in Arm durch die Straßen New Yorks, wo viele noch eilig letzte Besorgungen machten. Limousinen groß wie Bars fuhren an uns vorbei, und ein kalter Wind blies durch uns hindurch. Irgendwann nahm Mary meine Hand und hielt sie ganz fest. Wir waren völlig durchgefroren, als wir ankamen. In dem Pub war nicht mehr viel Platz, es war heiß, die Luft rauchgeschwängert. Die Amerikaner feierten das eigentliche Weihnachten mit der Bescherung für die Kinder am Morgen des 25. Dezember. Am Abend des Vierundzwanzigsten, Christmas Eve, wurde gefeiert und getrunken, zumindest im Shamrock.

Ich arbeitete mich zum Tresen vor und bestellte Guinness und Whiskey.

»Auf den Broadway«, prostete ich Mary zu, »der wartet auf dich.«

Mary strahlte mit Augen so grün wie die Insel, von der sie kam. Sie wollte jedes Wort glauben.

Wir stießen an.

»Auf die Queen von New York City«, sagte ich und meinte es so. Mary war hingerissen, man konnte es deutlich sehen.

»Du hast etwas verloren, was du zu besitzen glaubtest?«, fragt mich der Alte neben mir nun, und ich nicke.

Er zuckt mit den Schultern. »Das Leben ist ein Marathon, kein Sprint.«

»Was bedeutet das?«

»Es ist nie zu spät, es sich zurückzuholen. Nichts ist unwiederbringlich. Außer der Tod.«

Und wieder beginnt er zu singen.

Die Pub-Band spielte ein Lied nach dem anderen, die Stimmung stieg, es wurde gesungen und getanzt, alle lagen sich in den Armen. Man erzählte Wildfremden seine Lebensgeschichte, und die Alten ließen die Jüngeren an ihren Lebensweisheiten teilhaben.

Wir tanzten und küssten uns, als gäbe es kein Morgen.

Frauen lachten uns an, und Männer klopften mir auf die Schulter, vielleicht waren sie neidisch, vielleicht sahen sie ihre eigene Jugend in uns, ihre Hoffnungen, ihre Träume, vielleicht wussten sie aber schon, wie alles ausgehen würde, und ihr wohlmeinender Klaps sollte mir sagen: Genieß es, solange es dauert.

Wenn die Band pausierte, erholte die Menge sich kurz, nur um danach noch lauter mitzugrölen. Guinness und Whiskey ölten die Stimmen, und als die Band irgendwann ganz aufhörte, akzeptierten wir das einfach nicht. Wir brüllten so laut, bis sie wieder auf ihre Plätze zurückkehrten und ein letztes Lied spielten. Frank Sinatras *My Way*.

Jetzt wurden auch die härtesten Brocken weich. Mary und ich sahen ungläubig in rotglühende Männergesichter, aus deren Augen ungehemmt Tränen flossen. Alle sangen mit. Jeder auf seine Weise. Dieses Lied konnte alles bedeuten, wurde mir in dem Moment klar. Es konnte ein ausgestreckter Mittelfinger an das Leben sein, ein trotziges *Ihr könnt mich alle mal*, es konnte aber auch das Eingeständnis des Scheiterns sein, ein Bekenntnis, dass man es verbockt hatte, aber das immerhin auf die eigene Art.

So wie ich.

So vieles, dem ich hinterhergejagt bin. Geplatzte Geschäftsideen, fehlende Selbstdisziplin, verlorene Lieben. Einmal war ich kurz davor gewesen, zu heiraten, hat auch nicht geklappt.

»Was wolltest du vom Leben?«, fragt der Typ in meiner Zelle.

Ich antworte nicht, es war so viel gewesen und doch nichts richtig.

»Hattest du jemals Angst?«, fragt er.

Ich zucke die Schultern. »Glaube nicht.«

»Wenn dir deine eigenen Träume keine Angst machen, dann träumst du nicht groß genug.«

Ich schnaube.

»Wo warst du vor dreißig Jahren?«, frage ich.

Er hebt den Kopf. »Ich war immer hier.«

Vier Jahre nach der fröhlichen Feier im Shamrock, es war wieder der Weihnachtsabend, saßen Mary und ich in einem neonbeleuchteten Fast-Food-Lokal.

Es war ein Tag der Abrechnung zwischen ihr und mir.

»Was ist mit uns nur geschehen?«, fragte sie.

»Noch ist Zeit für Wunder«, sagte ich.

»Nein, Joe, mit dir komm ich nicht voran«, sagte Mary. »Ich verlasse dich.«

Ich starrte sie an. Sie hatte das schon öfter angedeutet, aber diesmal schien es ihr ernst zu sein. Aus ihrer Tanzkarriere war genauso wenig geworden wie aus meiner Musik.

»Ich hätte jemand sein können«, sagte sie. »Aber mit dir ging das nicht. Du hast mir meine Träume genommen.«

Ja, vielleicht war da etwas dran. Meinen mangelnden Ehrgeiz glich ich mit Großspurigkeit und Verschwendung aus. Und ich trank zu viel. Und, ja, auch wenn ich etwas anderes sagte, wahrscheinlich freute mich insgeheim jede Absage, die sie erhielt. Ich hätte es wohl nicht ertragen, wenn sie ohne mich in die Welt hinausgezogen wäre. Ich wollte sie immer bei mir haben.

»Ich habe meine Träume um dich herumgebaut«, sagte ich. Etwas Besseres fiel mir nicht ein.

Sie schaute mich an, und ich sah, dass das Grün ihrer Augen verblasst war.

»Wenn du nur alles so gut könntest wie Sprüche klopfen«, sagte sie, schüttelte den Kopf, stand auf und ging.

Ich öffne die Augen, und mein Zellengenosse ist weg. Ich bin alleine.

Ich habe Mary nie wiedergesehen. Ein halbes Jahr nach unserem letzten Treffen bin ich zurück nach Hamburg gegangen.

Draußen auf dem Gang nähern sich schwere Schritte, dann wird ein Schlüssel ins Schloss gesteckt.

»So, Joe, Zeit zu gehen.«

»Alles klar, danke für die Gastfreundschaft.«

Ich verlasse die Davidwache und schwöre mir, dieses Gebäude nie mehr zu betreten.

»Hallo«, sage ich und meine damit den Rest meines Lebens, der in diesem Moment beginnt.

Draußen ist es dunkel, auf der Straße ist nicht mehr viel los. Heiligabend. Selbst auf der Reeperbahn kehrt so etwas wie Ruhe ein.

Ich spaziere ziellos durch die Gegend, und in der kalten Luft wird mein Kopf allmählich klarer. An einer Ecke fällt mir ein beleuchtetes Geschäft auf – ein Internetcafé. Es wird Zeit, die Vergangenheit zu verlassen, denke ich, und betrete das Café.

Dort googele ich Mary. Und finde sie tatsächlich. Da ist ihr Bild. Ich erkenne sie sofort. Sie hat noch ihren Mädchennamen und lebt in Galway und hat dort offenbar eine Tanzschule. Und da steht sogar eine Telefonnummer.

Was ich nun mache, kann nicht funktionieren, aber vielleicht tut es das ja gerade deshalb. Vielleicht gibt es eine Möglichkeit, nicht bis zum Ende meines Lebens voller Bedauern an diesen Weihnachtstag zurückzudenken. Ich rufe sie an.

Nach dem dritten Läuten nimmt jemand ab.

»Mary? Hier ist Joe, erinnerst du dich?«

Ich höre sie laut ein- und wieder ausatmen. »Das gibt's doch nicht.«

»Was machst du so?«

Sie lacht. »Ich sollte eigentlich zu meinem Sohn und seiner Familie, aber ich hab abgesagt. Wollte lieber für mich sein. Ein wenig in der Vergangenheit herumwandern.«

»New York achtundachtzig?«, frage ich.

»Ja, als noch alles möglich war.«

»Da war ich heute auch.«

»So ein Zufall«, sagt sie.

»Wie heißt dein Sohn? Jesus?«

Sie lacht. »Nein, sein Vater heißt aber auch nicht Joseph.«

Wir schweigen für einen Moment.

»Ihr seid nicht mehr verheiratet?«, frage ich.

»Nein.«

Wieder schweigen wir.

»Wo bist du?«, fragt sie.

»Hamburg.«

»Also, Joe, das ist ja ein kleines Weihnachtswunder. Mach dich auf den Weg, ich stelle dir ein Guinness kalt.«

»Brauchst du nicht, ich trinke nicht mehr.«

»Gut für dich.«

»Du, Mary, ich muss jetzt auflegen. Demnächst stehe ich vor deiner Tür, ich weiß aber noch nicht genau, wann. Ich hab nicht so viel Geld. Mal sehen, wie ich nach Galway komme, aber mir wird etwas einfallen.«

Sie lacht und klingt wie das Mädchen im Shamrock, in das ich so verliebt war.

»Ich freu mich.«

»Geh nicht weg«, sage ich. »Ich baue meinen Traum um dich herum.«

Sie lacht wieder.

»Oh, Mann.«

»Frohe Weihnachten, Mary.«

»Frohe Weihnachten, Joe.«

Ein Lied weht durch meine Gedanken, während ich lächelnd nach Hause gehe, in mein möbliertes Zimmer unterm Dach, in dem ich nie viel Zeit verbracht habe. Ich will meine letzten Ersparnisse holen. Sie liegen in einer Zigarrenkiste. Es war nie genug gewesen, um es auf die Bank zu bringen.

If you ever go across the sea to Ireland, then maybe at the closing of your day, you can sit and watch the moon rise over Claddagh, and see the sun go down on Galway Bay.

FELICITY WHITMORE

Weihnachten in den Cotswolds

Courtney sah in das Schneetreiben hinaus, während sie ihren Land Rover vorsichtig den Berg hinauflenkte. Sie fror, als sie an das kalte Anwesen dachte, in das sie gleich heimkehren würde. Als Erstes musste sie ein Feuer im Kamin machen und die Zentralheizung auf die höchste Stufe drehen. Im Schneegestöber tauchte der Dorfpub, das *Snowshill Arms*, vor ihr auf, dessen Lichter kaum gegen das Flockengewimmel ankamen. In den Fenstern der sandsteinfarbenen reetgedeckten Cottages am Straßenrand sah man Lichterketten und Kerzen leuchten. Vor einem der Häuser sah sie einen Mann und einen kleinen Jungen Schnee schippen. Tränen brannten ihr hinter den Lidern, die sie schnell fortblinzelte. Die Einsamkeit ließ sie frösteln. Als sie die Auffahrt zu *Snowshill House* erreicht hatte, hielt sie vor dem großen Eisentor und stieg aus. Die Kälte schlug ihr entgegen und nahm ihr einen Moment lang den Atem. Dicke Flocken wirbelten ihr ins Gesicht. Mühsam kämpfte sie sich bis zum Tor vor und löste den Haken, um es aufzustoßen. Sie stutzte. Erst vor Kurzem musste jemand hier gewesen sein, denn der Schnee war im Halbkreis hinter dem Tor weggefegt, die Spuren waren noch nicht wieder zugeweht. Im Licht ihrer Scheinwerfer konnte sie Fußspuren erkennen, die zum Haus führten.

Verdammt! Ihr Bruder hatte doch mit seiner Familie in Vermont sein wollen. Aus diesem Grund war Courtney hergekommen, sie wollte allein sein, ihre Wunden lecken, vergessen und dem Trubel in London entgehen. Denn dieses Jahr war alles anders. Es war nicht nur das Jahr, in dem zum ersten Mal, seit siebzig Jahren, wieder ein König die Weihnachtsansprache halten würde, sondern auch das Jahr, in dem Courtney zum ersten Mal in ihrem Leben Weihnachten ganz allein verbringen würde. Courtney konnte die mitleidigen Blicke ihrer Freunde und Bekannten, das Getuschel und die Schadenfreude nicht ertragen. Es war nicht nur die Leere, die Max hinterlassen hatte, es war vor allem die Scham, die sie hierher, in die Cotswolds geführt hatte, in ihr Elternhaus, in das sie nach zwei Jahren zum ersten Mal zurückkehren würde.

Sie runzelte die Stirn und ging zurück in die Wärme ihres Wagens, um dann langsam die Einfahrt hochzufahren. Wer erwartete sie in *Snwoshill House*? Von wem stammten die Spuren im Schnee? Eigentlich sollte das Anwesen verlassen sein. Ihr Bruder Dan und sie hatten *Snowshill House* geerbt, nachdem ihre Eltern tragischerweise bei einer Bergwanderung ums Leben gekommen waren. Keiner von beiden brachte es fertig, das Anwesen zu verkaufen, aber genauso wenig schafften sie es, sich regelmäßig darum zu kümmern. Vielleicht hatten sie beide die Erinnerungen gescheut, die sie mit dem Haus ihrer Kindheit verbanden.

Courtney parkte den Land Rover vor dem großen Gebäude aus dem sechzehnten Jahrhundert, das aus den typischen Cotswolds-Sandsteinen gebaut worden war. Warmes Licht fiel aus den Fenstern ins Schneetreiben hinaus. Auf dem Platz vor dem Haus stand ein Schneemann, dem jemand eine Möhrennase, Kastanienaugen und Tannengrünarme verpasst hatte.

Als sie auf die Haustür zuging, stutzte sie. Zwei verschiedene Fußspuren, eine große und eine kleine, führten zur Eingangstür. War etwa auch ihre Nichte oder ihr Neffe hier? Courtney seufzte und zog den Schlüssel aus der Tasche. Sie brauchte drei Versuche, bis sie es endlich geschafft hatte, mit den dicken Schaffellhandschuhen das Schloss zu treffen und aufzusperren.

Der Duft von Weihnachtsplätzchen, Tannengrün, Kaminfeuer und Kardamom schlug ihr entgegen. Von der hohen, mit dicken Holzstreben versehenen Decke baumelten Mistelzweige herab, über den Türzargen hingen Tannengirlanden.

Während sie sich umsah, schlüpfte sie aus den Handschuhen und knöpfte ihren Mantel auf. Eine Männerstimme kam aus dem Salon, auf den sie jetzt zusteuerte. Sie lugte durch die angelehnte Tür und sah einen Mann und einen kleinen Jungen einträchtig auf dem Sofa vor dem Kamin sitzen. Was für ein friedliches Bild die beiden abgaben. Doch dann begriff sie, wer da in ihrem Salon saß. Es waren gar nicht ihr Bruder und dessen Sohn, sondern ausgerechnet der Mann, der ihr vor Jahren das Herz gebrochen hatte.

Mit scharfer Stimme rief sie: »Ian! Was machst du hier? Verschwinde sofort aus meinem Haus!«

Erschrocken sahen der Mann und das Kind auf.

»Court?« Der Mann war aufgesprungen. Ihr fiel auf, dass er immer noch so gut aussah wie früher, auch wenn sich einige Fältchen um Augen und Mund gebildet hatten.

»Ich dachte …«, begann Ian, »also, es ist so, Dan hat mir erlaubt, ein paar Tage hier unterzukommen.«

Courtney stutzte. Dann schüttelte sie den Kopf. »Er hat mir nichts davon gesagt.«

Ian schwieg einen Augenblick. Schließlich erklärte er: »Ich kann nicht gehen, weil wir kein Haus mehr haben. Wir … Dan hat mir versprochen, dass wir hierbleiben dürfen, bis ich was Neues gefunden habe.«

»Mir gehört das Haus genauso wie meinem Bruder. Und da ich es selbst brauche und Dan es nicht mit mir abgesprochen hat, ist seine Zusage also ungültig.« Courtney deutete zur Tür. »Und jetzt verschwindet.«

»Daddy?«, der kleine, vielleicht fünfjährige Junge sah Ian ängstlich an. Seinen Augen füllten sich mit Tränen.

»Bitte, Court, es geht nicht um mich, es geht um Ben. Er hat gerade alles verloren, was er kannte. Vor einem Jahr ist seine Mutter gestorben. Und jetzt haben wir auch kein Zuhause mehr. Ich weiß, dass das auch meine Schuld ist. Aber ich … ich habe einfach den falschen Leuten vertraut.« Ian kam um den großen Tisch herum, der in der Mitte des Salons stand. Einen Schritt vor ihr blieb er stehen. »Komm schon, Court, das Haus ist groß genug für uns drei. Ich verspreche dir, du wirst uns kaum bemerken. Was auch immer damals war, wir sollten es vergessen und ganz neu anfangen.«

»Vergessen?« Courtney funkelte ihn böse an. »Wie könnte ich das? Vielmehr scheinst du vergessen zu haben, wie sehr du mich gedemütigt hast.«

»Ich habe dich gedemütigt?« Ian sah sie verständnislos an. »Du warst doch diejenige, die sich nie wieder gemeldet hat. Ich habe bestimmt zehnmal versucht, dich anzurufen, aber du bist nicht an dein Telefon gegangen. Es kam nie eine Reaktion.«

»Was?« Courtney schüttelte den Kopf. »Du lügst. Ich habe tagelang, nächtelang gewartet.«

»Ich versteh das alles nicht.« Ian fuhr sich mit der Hand durch die blonden Locken. »Was ist hier los?«

»Ich weiß es nicht«, Courtney presste die Lippen zusammen. »Auf jeden Fall habe ich genug davon, von Männern ausgenutzt und belogen zu werden. Was auch immer damals geschehen ist, es ist lange her, und ich will mich nicht mehr damit auseinandersetzen. Ich habe eine harte Zeit hinter mir und will nur noch zur Ruhe kommen. Daher musst du gehen, ich kann dich hier nicht ertragen.«

Resigniert hob Ian die Hände. »Okay, wir verschwinden.« Er wandte sich zu seinem Sohn um, der jetzt angefangen hatte zu weinen. »Alles ist gut, mein Liebling. Mach dir keine Sorgen.«

Courtney stieß wütend die Luft aus, aber zugleich stiegen auch Zweifel in ihr auf. Reagierte sie zu hart? Projizierte sie die Wut, die sie auf Max hatte, auf Ian? Ian war ihre erste große Liebe gewesen. Als sie damals das College abgeschlossen hatten, war er zum Studieren nach Manchester gegangen. Und obwohl sie sich vorher geschworen hatten, regelmäßig zu telefonieren und sich so oft es ging zu sehen, hatte Courtney nie wieder etwas von ihm gehört. Das war das erste Mal gewesen, dass sie von einem Mann belogen worden war. Max hatte das Ganze dann, zwölf Jahre später, auf die Spitze getrieben, indem er sie um achthunderttausend Pfund betrogen hatte. Von Anfang an hatte er sie ausgenutzt. Courtney hatte genug von Beziehungen und würde nie wieder einem Mann vertrauen können. Und ausgerechnet in dieser Situation musste Ian hier auftauchen.

Sie sah zu ihm hinüber, der seinen schluchzenden Sohn zu beruhigen versuchte. Ihr Herz krampfte sich zusammen, und sie wurde weich. Egal, was Ian ihr auch angetan hatte, das Kind konnte nichts dafür.

»Warte«, Courtney ging zum Sofa und setzte sich neben den Kleinen. »Ich … es tut mir leid, dass ich so schroff war. Bitte bleibt erst mal hier. Ian, lass uns über alles sprechen. Dein Sohn kann ja nichts dafür.«

Ian sah Courtney überrascht an. Der kleine Junge rückte ängstlich ein Stück von Courtney weg. Sie konnte es ihm nicht verdenken.

»Wirklich?«, fragte Ian mit deutlichem Zweifel in seiner Stimme. »Du willst, dass wir bleiben?«

»Nun, wollen ist vielleicht ein wenig zu viel gesagt, aber ich sehe ein, dass es keinen Sinn macht, dass ihr bei dem Wetter das Haus verlasst.« Sie lächelte das Kind an, in der Hoffnung, weniger angsteinflößend zu wirken. »Ich hole jetzt mal mein Gepäck und die Einkäufe aus dem Wagen, und dann wird erst mal gegessen, ja?«

Eine Stunde später saßen sie in der großen gemütlichen Küche am Tisch und aßen das Curry, das Ian gekocht hatte, während Courtney ihren Koffer ausgepackt und sich umgezogen hatte. Ben hatte sich mittlerweile wieder gefangen, seine Bäckchen waren gerötet, und er gähnte immer wieder.

Nach dem Essen half Ian seinem Sohn in einen Pyjama und bettete ihn auf dem breiten Sofa im Salon, bevor sich Courtney und er mit zwei Tassen Tee etwas abseits auf das Sofa am Kamin setzten.

»Ich will ihn nicht allein oben ins Bett legen«, erklärte Ian leise, als Ben eingeschlafen war. »Er kennt das Haus nicht und würde sich erschrecken, wenn er wach wird und alleine ist.«

Courtney nickte. Dann sah sie ihn ernst an. »Also, was genau ist passiert? Und wie soll es weitergehen?«

Ein bekümmerter Ausdruck legte sich auf Ians Gesicht. »Angies Tod hat mich sehr mitgenommen. Ich musste mich zusammenreißen, habe alles getan, um Ben irgendwie durch diese schwere Zeit zu bringen. Aber ich konnte mich nicht mehr so viel um meine Baufirma kümmern und habe einen Freund mit ins Unternehmen geholt, der die Geschäftsführung übernommen hat. Viel zu spät habe ich erkannt, dass er Firmengeld unterschlagen hat. Vielleicht war ich zu gutmütig, auf jeden Fall war ich nicht konzentriert genug, weil ich mit dem Tod meiner Frau zu tun hatte. Im November hat mir mein Steuerberater mitgeteilt, dass ich zahlungsunfähig bin. Und dann ging alles ganz schnell. Der Betrieb, die Autos, alles war weg. Vor wenigen Tagen haben wir dann noch unser Haus verloren, und wir standen auf der Straße. Dan hat angeboten, dass ich hier wohnen kann, er meinte, du seist mit deinem Freund unterwegs, der kein großer Fan von den Cotswolds sei.«

Courtney ließ sich auf dem Sofa zurückfallen und schloss einen Moment lang die Augen. Sie hatte Dan nichts von der Trennung erzählt, um sich nicht auch von ihm einen Ich-habe-es-doch-gesagt-Vortrag anhören zu müssen. Sie richtete sich wieder auf und sah Ian an.

»Das stimmt. Max steht nicht auf Urlaub in England, er will immer in die Sonne. Daher ist Dan wohl davon ausgegangen, dass wir auch in diesem Jahr irgendwo in der Karibik sein würden. Seit Mom und Dad tot sind, kommen wir beide sowieso kaum noch hierher.«

»Erzähl mir von Max. Warum bist du jetzt nicht mit ihm in der Sonne?«, fragte Ian ehrlich interessiert, und sein Blick ruhte länger auf ihr, als notwendig gewesen wäre.

Courtney ließ es ganz kurz zu, in seinen warmen Augen zu versinken. Dann riss sie sich erschrocken los und räusperte sich.

»Wir haben uns getrennt. Von Anfang an haben mich meine Freunde gewarnt, aber ich war eben … blind. Keine Ahnung, meine Eltern waren gerade gestorben, und ich habe mich einsam gefühlt. Dann kam Max, ein erfolgreicher Fondsmanager, dem zwar ein gewisser Ruf vorauseilte, der aber auch ziemlich charmant sein konnte. Wir sind bald darauf schon zusammengezogen. Es war selbstverständlich, dass er sich auch um meine Geldanlagen kümmerte. Erst als er sich vor drei Wochen von mir getrennt hat, ist mir aufgefallen, dass er mich um achthunderttausend Pfund betrogen hat.«

»Eine ordentliche Stange Geld«, stellte Ian fest. »Dann bist du also auch um dein Vermögen gebracht worden?«

»Glücklicherweise habe ich noch das elterliche Erbe. Es hätte alles noch viel schlimmer kommen können, aber ich schäme mich schrecklich, dass er mich dermaßen hintergangen hat. Wie konnte ich nur so naiv sein?« Courtney strich sich müde übers Gesicht.

»Das kann ich gut verstehen.« Ian nickte nachdenklich und sah zu Ben hinüber, der friedlich auf dem anderen Sofa schlief. »Ich bin in erster Linie wütend auf mich selbst, dass ich meinem ehemaligen Kumpel so sehr vertraut habe, dass er überhaupt die Möglichkeit hatte, mich zu betrügen. Und ja, ich schäme mich auch dafür.«

»Was hast du jetzt vor?«, fragte Courtney leise und sah ihn an. Er zuckte mit den Schultern und hielt ihrem Blick stand. Einen Moment lang schien die Zeit stillzustehen, als würden nicht zwölf Jahre zwischen diesem Moment und ihrem letzten Kuss liegen. Das Kaminfeuer spiegelte sich in seinen blauen Augen, und wieder legte sich diese tiefe, überwältigende Zärtlichkeit in seinen Blick, mit der er ihr Gesicht liebkoste.

Courtney konnte ihren Blick nicht von ihm wenden, und

plötzlich war sein Mund ganz nah an ihrem. Als ihre Lippen sich trafen, hatte Courtney längst aufgehört zu denken. Sie schloss die Augen und spürte Ians warme Lippen, die vertraut und aufregend zugleich waren. Sie sog den süßen Duft seiner Haut ein und spürte seine Hände, die sanft ihren Rücken hinunterfuhren. Sein Herzschlag vermischte sich mit ihrem, ihre Atemzüge wurden heftiger, der Kuss immer leidenschaftlicher. Courtneys Bauch kribbelte. Das Zimmer um sie herum schien sich aufzulösen, die ganze Welt passte mit einem Mal auf dieses Sofa.

»Nein!«, rief sie plötzlich und befreite sich aus seiner Umarmung. Ihr Verstand hatte schlagartig wieder eingesetzt. Was machte sie hier eigentlich? Ian hatte sie belogen und betrogen. Wie konnte sie seinen Kuss zulassen, nur wenige Tage nach der letzten Demütigung durch Max? Lernte sie denn gar nicht aus ihren Fehlern?

»Was?« Er sah sie irritiert und noch immer ein wenig entrückt an.

»Es tut mir leid, ich kann das nicht.« Courtney stand auf und lief zur Tür. Noch einmal sah sie sich um, dann rannte sie hinaus und stürmte nach oben in ihr Zimmer.

In dieser Nacht schlief sie unruhig. Immer wieder schrak sie aus einem leichten Schlaf auf, musste an Ians Kuss denken, an seinen weinenden Sohn, an Max und ihre Eltern. Als sie am nächsten Morgen aufstand, war es draußen noch dunkel. Sie duschte lange und fühlte sich danach ein wenig besser. Bevor sie nach unten ging, atmete sie tief durch. Aus der Küche erklang Weihnachtsmusik, und langsam ging sie die Treppe hinunter. Es war ihr unangenehm, Ian wieder zu begegnen. Dieser Kuss von gestern Abend durfte sich nicht noch einmal wiederholen. Sie musste ihrem Vorsatz treu bleiben.

Als sie in die Küche kam, duftete es nach gebratenen Eiern und Speck.

»Guten Morgen.« Ian drehte sich lächelnd um. Er stand gerade am Herd und hantierte mit den Pfannen. »Setz dich, wir haben dir Frühstück gemacht.«

Ben stand neben seinem Vater auf einem Hocker und rührte in einem Topf. Als der Kleine sie sah, hüpfte er herunter und lief zum Tisch, wo er auf einen der Stühle kletterte. Dann wandte Ian sich an Courtney. »Tee?«

Sie nickte zögernd und ging langsam zum Tisch hinüber. Aus dem Radio klangen gerade The Pogues mit *Fairytales of New York*, Kerzen brannten auf dem Tisch, und Schneeflocken wirbelten gegen die Fensterscheibe.

»Willst du gleich unseren Schneemann ansehen?«, fragte Ben und sah Courtney erwartungsvoll an. »Daddy und ich haben gestern einen ganz großen gebaut.«

Courtney lächelte ihn erleichtert an. Er schien ihr ihren brüsken Auftritt gestern nicht mehr übel zu nehmen. »Na klar, unbedingt.«

Ian kam mit dem Topf, in dem Ben gerade noch gerührt hatte, und schaufelte seinem Sohn Milchbrei auf den Teller. »Warte aber noch, er ist sehr heiß.«

Sofort begann der Junge auf den Brei zu pusten. Courtney musste unwillkürlich lächeln. Als sie aufsah, begegneten sich ihr und Ians Blick. Ein Schauer überlief sie und sie zwang sich, den Blick abzuwenden und stattdessen in ihre Teetasse zu starren. Ian wandte sich ab und holte Rührei, Toast, Speck, gebratene Tomaten und Bohnen.

»Wir wollen gleich noch einen kleinen Baum für den Salon holen«, erklärte Ian, als er ihr gegenüber Platz nahm. »Das heißt, natürlich nur, wenn du einverstanden bist.«

»Klar, keine Einwände.« Courtney nahm die Gabel und wagte endlich, ihn wieder anzusehen.

Ian lächelte sie liebevoll an, und unwillkürlich breitete sich Wärme in Courtney aus.

Schweigend aßen sie, und als Ben seinen Brei gelöffelt hatte, stand er auf und lief aus der Küche, um seinen Schneeanzug zu suchen.

»Bitte, Court, lass uns reden«, sagte Ian, sobald sie allein waren. »Das, was da gestern Abend passiert ist …«

»Schon gut«, unterbrach Courtney ihn und stand auf, um ihren Teller zur Spüle zu tragen. »Lass uns das einfach vergessen, okay?«

»Ich will das aber nicht vergessen. Ich kann es auch nicht.« Ian war ihr gefolgt und dicht hinter ihr stehen geblieben. »Du bedeutest mir immer noch sehr viel. Bitte, lass uns klären, was damals geschehen ist.«

»Was gibt es da zu klären?«, sagte sie schärfer, als sie es vorgehabt hatte. Sie spürte seinen Atem in ihrem Nacken und bekam Gänsehaut. Als sie fortfuhr, war ihre Stimme nur noch ein Flüstern. »Es ist doch ganz einfach: Du hattest damals genug von mir und hast mich abserviert.«

»Das stimmt nicht!« Ian legte seine Hände an Courtneys Oberarme und strich sanft darüber. »Ich habe genau wie du damals immer auf eine Nachricht von dir gewartet. Ich weiß nicht, warum ich dich nicht erreicht habe, aber ich habe wieder und wieder deine Handynummer angerufen. Ich habe auch hier im Haus immer wieder angerufen, habe Karten geschrieben. Aber es kam keine Reaktion von dir. Was hätte ich denn noch tun sollen?«

Courtney drehte sich langsam zu ihm um. Er stand so dicht vor ihr, dass sie die winzigen dunklen Sprenkel in dem tiefen

Blau seiner Augen erkennen konnte. Sie schüttelte den Kopf. »Ich verstehe das alles nicht, und ich weiß auch nicht, ob ich dir glauben kann.«

Ian nickte traurig. »Wenn ich nur eine Idee hätte, wie ich dir beweisen kann, dass ich die Wahrheit sage.«

Courtney strich nachdenklich über Ians Wollpullover. Seine Nähe war berauschend und tröstend zugleich. Ian hatte ihr immer schon das Gefühl von Wärme, Sicherheit und Heimat gegeben. Plötzlich hielt sie inne und fasste nach seiner Hand. Es war zwar unwahrscheinlich, aber vielleicht war es ihre einzige Chance, Licht in diese Angelegenheit zu bringen.

»Komm mal mit.«

Courtney zog Ian mit in den dunklen Flur hinaus. Vor der letzten Tür auf der linken Seite blieb sie stehen.

»Das Arbeitszimmer meines Vaters«, erklärte sie, bevor sie die Tür öffnete. »Seit meine Eltern gestorben sind, war ich nie wieder hier drin. Dan hat sich damals um die nötigen Unterlagen für die Versicherungen und die Banken gekümmert.«

Sie knipste die Lampe an und betrachtete einen Moment lang den Raum, der so wirkte, als würde ihr Vater jeden Moment zurückkehren. Erst auf den zweiten Blick fiel ihr die dicke Staubschicht auf, die sich über den Schreibtisch, die Ordner im Regal und die Bücher gelegt hatte.

»Nach was suchen wir?«, fragte Ian.

Courtney seufzte. »Alte Handy- und Telefonrechnungen. Vielleicht gibt es Einzelverbindungsnachweise. Damals haben meine Eltern nämlich meine Rechnung bezahlt, ich hatte ja noch zu Hause gewohnt und kein Geld verdient. Wenn deine Nummer auf der Liste auftaucht, sagst du die Wahrheit, und wenn nicht …«

Ian nickte und grinste. »Eine gute Idee. Hoffen wir mal,

dass deine Eltern die alten Abrechnungen aufbewahrt haben.«

»Mein Vater war einer der gefürchtetsten Staatsanwälte Englands. Wenn einer alles aufbewahrt hat, dann er.« Courtney trat entschlossen an einen der Aktenschränke und fuhr mit dem Zeigefinger an den Ordnern entlang. Ian nahm sich das gegenüberliegende Regal vor. Eine Weile arbeiteten sie sich schweigend durch die vielen Unterlagen. Courtney musste niesen, weil ihr der Staub in die Nase stieg.

»Hier«, rief Ian plötzlich. »Ich glaube, ich habe es gefunden.« Er zog einen verstaubten Ordner aus einem der Regalfächer, auf dem »Telefonrechnungen 2009–2012« stand.

Courtney nahm ihm die Mappe ab und legte sie auf den Tisch. Als sie sie aufschlug, wirbelte Staub auf. Sie musste husten. Wenig später hatte sie tatsächlich die Rechnungen und Einzelverbindungsnachweise gefunden, die zu ihrem Handy gehörten. Mit dem Finger fuhr sie die Liste entlang und hielt inne, als sie Ians Nummer sah. Sie hatte sie sofort erkannt. Noch immer kannte sie sie auswendig.

»Was ist das denn?« Sie runzelte die Stirn.

»Das sieht nach einer Rufumleitung aus.« Ian deutete auf die Nummer, die in der Spalte rechts danebenstand. »Wem gehörte die Nummer?«

Courtney atmete tief durch. Dann flüsterte sie: »Das war die von meiner Mutter.« Sie tastete nach dem nächsten Stuhl und ließ sich darauf sinken. »Ich begreife das nicht. Warum sollte sie das getan haben?«

Ian sah Courtney an. »Du weißt, dass sie mit unserer Beziehung nie einverstanden war.«

Sie schloss einen Moment entsetzt die Augen. Tatsächlich hatte ihre Mutter immer gesagt, dass die Beziehung sowieso nicht halten würde, wenn Ian und Courtney erst in unterschiedlichen Städten an verschiedenen Unis seien. Damals hatte Courtney sich über die Aussagen ihrer Mutter geärgert, aber sie hatte nichts darauf gegeben.

Courtney sah ihn fragend an. »Glaubst du, sie hat die Umleitung eingeschaltet, nur um uns auseinanderzubringen?«

»Ich wüsste jedenfalls keine andere Erklärung«, seufzte Ian. »Und all die Jahre habe ich mich gefragt, warum du dich nie gemeldet hast.«

»Mom hat es mir ausgeredet, dir hinterherzulaufen. Nachdem du mich nicht angerufen hattest, wollte ich mich melden, aber sie meinte, es sei ein deutliches Zeichen dafür, dass du nichts mehr von mir wissen wolltest.« Courtney stand auf und trat zu ihm. »Es tut mir so leid, dass ich auf sie gehört habe. Ich hätte dich anrufen sollen, aber ich war in meinem Stolz so sehr verletzt, dass ich …«

»Daddy!«, klang in diesem Moment Bens Stimme durch das Haus. »Wo bist du?«

»Wir kommen«, rief Ian und strich Courtney zärtlich über die Wange. »Ich bin froh, dass wir die Sache jetzt aufklären konnten. Und ich bitte dich von Herzen, mir zu vertrauen.«

Kurze Zeit später folgte Courtney Ian und Ben nach draußen in den Schnee. Während sie den Schneemann bewunderte, mithalf, im angrenzenden Wald, der zum Anwesen gehörte, einen kleinen Tannenbaum für den Salon auszuwählen, und ihn schließlich ins Haus zu tragen, gingen ihr Ians Worte nicht aus dem Kopf.

Am Nachmittag schmückten sie gemeinsam den Baum, und sie beobachtete, wie liebevoll Ian mit seinem Sohn umging. Als

Ben schließlich müde auf dem Sofa im Salon eingeschlafen war, ließ sie es zu, dass Ian sie in seine Arme zog.

»Ich habe nie aufgehört, dich zu lieben«, murmelte er und fuhr mit seinen Lippen an ihren Schläfen entlang. »Und wenn wir beide nicht alles verloren hätten, hätten wir uns niemals in *Snowshill House* getroffen. Was für eine wunderbare Fügung des Schicksals.«

»Das stimmt«, murmelte sie und erwiderte seine Zärtlichkeiten. »Aber gib mir bitte etwas Zeit, ja?«

»Natürlich, mein Liebling«, sagte er und drückte sie fest an sich.

Als Courtney am Weihnachtsmorgen nach unten kam, erwartete Ben sie schon ungeduldig in der Eingangshalle. Er trug noch seinen Pyjama und griff nach Courtneys Hand.

»Na endlich, Daddy sagt, der Weihnachtsmann kommt erst, wenn alle aufgewacht sind.« Er zog sie hinter sich her in den Salon.

Es duftete nach Tannengrün und Plätzchen. Im Kamin loderte ein Feuer. Die Lichter des Baumes ließen die Christkugeln glitzern.

Ian kam ihnen entgegen. Er umarmte sie beide und küsste Courtney dann liebevoll und zärtlich. Ben sah mit leuchtenden Augen zu ihnen auf.

In diesem Moment wurde Courtney von einer warmen Welle der Gewissheit überrollt. Auf einmal war sie sich sicher, dass sie ihr Leben an der Seite dieser beiden Menschen verbringen wollte. Sie spürte, dass sie Ian voll und ganz vertrauen konnte. Ihn wiedergefunden zu haben, war mehr, als sie sich jemals erträumt hatte. Noch dazu hatte er den zauberhaftesten Sohn, den man sich vorstellen konnte. Sie lächelte.

»Okay, Ben, möchtest du mal nachsehen, was der Weihnachtsmann dir gebracht hat?«, fragte Ian seinen Sohn und deutete auf die wenigen Geschenke unterm Baum. »Dieses Jahr hat er leider nicht so viel dabeigehabt, weil sein Schlitten zu klein war.«

Da drehte sich Ben zu Courtney und Ian um. Er schlang seinen linken Arm fest um Courtneys Bein und fasste mit der rechten Hand nach der seines Vaters. Mit leiser Stimme sagte er:

»Der Weihnachtmann hat mir schon meinen größten Wunsch erfüllt. Er hat mir eine neue Mommy mitgebracht!«

EDGAR WILKENING

Fördert den Nachwuchs

Das zarte Knistern der Perlen in unseren Champagnergläsern war eine Sinfonie. Und doch nur die Ouvertüre an diesem Vorweihnachtsabend. Vorgeschmack auf einen noch größeren, noch feineren Musikgenuss, dem Anne und ich beiwohnen sollten.

Anne ist meine Schwippschwägerin. Die Tante von Leo. Dessen Onkel ich bin. Aufgewecktes Bürschchen, dieser Junge. Und allein das sollte für Onkel und Tante Grund genug sein, auf ihn anzustoßen mit dem besten Champagner, den man für Geld bekommen kann.

»Auf Leo«, prostete ich Anne also zu.

»Auf den Musikschulabend«, prostete Anne zurück. Denn das war der eigentliche Grund unserer heutigen Zusammenkunft. Was womöglich auch den Argwohn erklären mochte, der in Annes Stimme mitschwang. Schließlich standen wir noch ganz unter dem überwältigenden Eindruck der letztjährigen Weihnachtsdarbietungen von Leo und seiner Musikschule.

So ein Goldjunge! Vorbildlich in der Schule. Beliebt bei den

Kids auf dem Bolzplatz. Und dann hatte er irgendwann auch noch sein Herz für die Violine entdeckt. Eine Neigung, die seine Eltern nach Kräften förderten, selbst wenn man immer wieder lesen konnte, dass die Geige an sich ein wunderbares Instrument ist, der Geigennovize jedoch seinem Umfeld in den ersten Jahren mehr Hörschaden zufügt als eine Airbus-Startbahn. Nicht umsonst waren Geheimdienste aller Länder bereit, die übelsten Methoden anzuwenden, um Aussagen aus ihren Opfern herauszufoltern, hatten sich aber weltweit verpflichtet, auf den Einsatz von Violinetüden aus humanitären Gründen zu verzichten.

Wenn der Junge beherzt auf seiner Geige herumgriffelte und dazu den Bogen über die Saiten schrubbte, gab das ein Krächzen und Knirschen, ein Knarzen und Kratzen, das mit Musik so viel zu tun hatte wie Chuck Norris mit dem Christkind. Jede Zahnwurzelbehandlung war angenehmer. Man musste wohl unmittelbarer Urheber dieser Teufelsbrut sein, um ein solches Höllenspektakel mit verzückter Miene ertragen zu können und am Ende auch noch lebhaft zu applaudieren.

»Und wenn wir heute Abend einfach nicht hingehen? Du hast immer noch nicht meinen 3D-Fernseher ausprobiert«, warf Anne listig in den Raum.

Berechtigter Einwand. Schließlich potenzierte so ein Musikschulabend das Leiden noch, denn Dutzende weiterer Nachwuchsmusikanten würden ihre Lernfortschritte ebenfalls zum Besten geben.

»Kommt gar nicht in Frage!«, entgegnete ich. »Was haben wir besprochen? Es wird viel zu wenig getan für den Nachwuchs. Da haben gerade wir, als Onkel und Tante, eine besondere Verantwortung. Die können wir nicht einfach beiseiteschieben, wie uns gerade zumute ist.«

Außerdem hatten Leos Eltern mir fest versprochen, wenn Anne und ich zum Musikschulabend kämen, wären wir an Weihnachten vom Geigenkonzert unterm Tannenbaum befreit.

»Ich weiß ja«, nickte Anne zerknirscht. Noch zeigte der Champagner keinerlei befreiende Wirkung.

Ich nahm die Flasche und schenkte nach. »Stoßen wir an auf Leo, dieses Wunderkind, auf den heutigen Abend und nicht zu vergessen: auf unsere ganz persönliche musikalische Jugendkulturförderung.«

Letztere befand sich sorgsam verstaut in meinem prall gefüllten Rucksack. Ich hatte lange daran gefeilt. Anne und ich waren uns nach dem letztjährigen Abend einig gewesen: Musikalische Jugendkulturförderung, das konnte man gar nicht ernst genug nehmen. Das forderte beherztes Voranschreiten. Auf ganz neuen Wegen. Wenigstens einen mutigen Schritt in die richtige Richtung. Anne und ich waren bereit, diesen Schritt zu tun.

Ich leerte den Inhalt der Flasche in unsere Gläser. Als wir unser Taxi bestiegen, wirkte Anne sichtlich entspannter und giggelte fröhlich: »Musikalische Jugendkulturförderung ...«

Schon der Ort des Geschehens, eine schlichte Aula, die uns im vergangenen Jahr trotz Deko kühl und gesichtslos erschienen war, wirkte bei unserem Eintreffen diesmal warm und einladend im Schein champagnerfarbener Lichter.

Kaum hatten wir unsere Plätze eingenommen, mitten in der sich langsam füllenden Arena, öffnete ich meinen Rucksack, um unsere Mission in Angriff zu nehmen. Wie könnte man hoffnungsfrohe, aufstrebende Künstler besser fördern, als sie mit anderen inspirierenden Kunstwerken in Gleichklang zu bringen?

Meine Wahl war auf einen Riesling gefallen, die Königin der Weinreben. Großes Gewächs. Weingut Keller. Ein Meisterwerk deutscher Winzerkunst, von dem ich überzeugt war, dass es den Nachwuchsmusikern einen glänzenden Auftritt bereiten würde.

Ich lüpfte die Flasche aus dem Kühlfach meines Rucksacks, zauberte zwei Gläser hervor und fingerte einen Korkenzieher aus der Seitentasche. Sekunden später waren wir gewappnet, die Gläser gefüllt. Der Abend konnte beginnen. Unser Förderkonzept stand.

Mag sein, dass unser Tun um uns herum argwöhnisch beäugt wurde. Das focht uns nicht an. Kulturförderung ist nichts für jeden Krethi und Plethi. Wer mutig neue Wege wagt, muss mit dem Kopfschütteln seiner Mitmenschen rechnen.

Noch füllte sich der Saal. Und ich derweil schnell noch mal unsere Gläser. Beinah hatten wir die zweite Flasche aufziehen müssen, ehe der erste Ton erklungen war. Doch nun wurde das Licht gedimmt, und die Musikschulleiterin eröffnete den Abend mit stimmungsvollen Worten. Anne applaudierte fast schon ein wenig zu ausgelassen. Aber noch schaute sich niemand um. Ich schenkte nach.

Jawohl, es kommt auf Kontinuität an bei der Jugendkulturförderung. Auf konstanten Fluss der Fördermittel. Und mein Rucksack war bestens bestückt. Das zeitigte Erfolge. Schon bei den ersten Künstlern, die den Abend mit einem christlichen Blockflötenquartett eröffneten, konnten wir einen unglaublichen Qualitätssprung gegenüber dem Vorjahr verbuchen. Mochte sich der Saal auch krümmen, als würde er Höllenqualen leiden, Anne und ich nickten uns anerkennend zu: Das war ganz große Kunst, die uns hier geboten wurde. Das Zusammenspiel hakte mitunter ein wenig, der eine oder andere Ton wirkte bisweilen überraschend, doch im Großen und Ganzen gab es da nichts, was man nicht durch seriöse Joghurtkulturförderung aus der Welt schaffen konnte. Ich schenkte nach.

Anne klatschte frenetisch, als die Künstler die Bühne verließen. Auch ich gab meinem Wohlwollen für die jungen Musiker deutlich Ausdruck. Es mag sogar sein, dass mir ein lautes »Ho, ho, ho!« entfuhr, woraufhin man sich in der Reihe vor uns umdrehte und »Pscht!« machte.

Ignoranten. Statt den Künstlern zu geben, wonach sie lechzten, den Beifall und noch einmal Beifall, hockten diese bürgerlichen Stiesel steif auf den Stühlen. Keine Ahnung von musikalischer Tugendkulturerörterung! Ich köpfte einen Spätburgunder. Er bleibt die Diva unter den Reben. Ahrtal. Meyer-Näkel. Anne kicherte, als ein wenig davon auf den Boden pladderte. Aber warum hielt sie ihr Glas auch nicht ruhig?

Der Spätburgunder erwies sich als brillanter Begleiter. Er passte perfekt. Sowohl zu *Ihr Kinderlein kommet* wie auch *Leise rieselt der Schnee* und sogar zu *Es ist ein Ros' entsprungen*. Unser Förderkonzept ging auf. Fantastisch, was die jungen Musiker auf die Bühne brachten. Gar kein Vergleich mit dem Vorjahr! Als bekennendem Förderer traten mir die Tränen in die Augen vor Dankbarkeit, dass unsere animalische Budenkulturerörterung bei jedem der Talente auf so fruchtbaren Boden fiel. Und doch steuerte der Abend nur auf seinen eigentlichen Höhepunkt zu: den Moment, in dem Wunderkind Leo die Bühne betreten würde.

Da! Da kam er! Mit Violine! Mit dem Bogen! Anne und mich hielt nichts mehr auf unseren Stühlen. Wir trampelten, wir klatschten, wir johlten, wir skandierten rhythmisch und recht harmonisch: »Le-o! Le-o!« Eigentlich schade, dass mir erst jetzt der Gedanke an eine druckluftbetriebene Tröte kam. Man hätte den Jungen da vorne noch viel besser befeuern können.

Leo wirkte ein wenig irritiert, Onkel und Tante derartig frenetisch jubelnd in der stummen Menge zu erkennen. Es passiert leider viel zu selten, dass junge Künstler die Unterstützung bekommen, die ihr Talent verdient.

Ich knuffte Anne beherzt in die Seite und wies nach vorne rechts, wo uns Leos Eltern mit Handzeichen zu verstehen gaben, dass wir den Jungen ausreichend angefeuert hätten und uns bitte wieder hinsetzen sollten. Spaßbremsen! Aber na gut. Ich nutzte die Gelegenheit, uns einen Schuss jugoslawische Studentenfutterbeförderung nachzuschenken. Auf der Bühne konzentrierte sich Leo, setzte die Violine an, hob den Bogen und – begann zu spielen wie ein junger Gott.

Hatte ich jemals im Leben etwas Schöneres vernommen, etwas Vollkommeneres gehört? Sanft schmiegten sich die Töne aneinander, schwangen sich auf zu herrlichen melodischen Bögen. Kein Krächzen, kein Knirschen, kein Knarzen, kein Kratzen. Nur reine Harmonie. Ein Gott an der Geige. Süßer hatten die Glocken nie geklungen. Anne und ich waren ergriffen von der Größe dieses Moments.

Verstohlen kramte ich ein Feuerzeug aus dem Rucksack, entzündete die Flamme und schwenkte sie mit erhobenem Arm hin und her. Einer musste den Anfang machen. Ich blickte mich um, forderte die Umsitzenden auf, es mir gleichzutun. Niemand hatte den Mut, sich anzuschließen. Kein Feuerzeug, kein Lichtermeer. Ich schaute in Gesichter, die wirkten, als säße das Auditorium im Zahnarztstuhl. Ein Saal in banger Beklommenheit. Was für Kunstbanausen! Ich füllte Annes Glas.

Nun, es mag sein, dass ein wenig Spätburgunder auf die Bluse der Dame vor mir tropfte. War das ein Grund, herumzukeifen und Leos Vortrag zu stören? »Was verstehen Sie denn schon«, blaffte ich, »von physikalischer Blutwurststrukturenbehebung!«

Der Saal begann höflich zu applaudieren. Man schloss sich also meiner Meinung an. Dann bemerkte ich, dass Leo seinen Auftritt zu Ende gebracht hatte. Zumindest verließ er soeben die Bühne.

Der Gott an der Geige schritt von dannen – und da war nicht mehr drin als dieses bisschen höflicher Applaus? Anne und ich drehten auf. Wir klatschten, wir trampelten, wir johlten aus voller Kehle. Standing Ovations.

Mein Glas ging zu Bruch, als wir versuchten, die Menschen um uns herum zu einer La-Ola-Welle zu animieren. Aber bei diesen Spießern ging gar nichts.

Die nächsten Künstler hatten sich bereits formiert, da skandierten Anne und ich immer noch »Da capo! Da capo!« und »Le-o! Le-o!«. Das war der Zeitpunkt, zu dem Leos Mutter sich durch die Sitzreihen zu uns vorkämpfte. Wenn ich sie richtig verstanden habe, bedankte sie sich von Herzen dafür, dass Anne und ich zum Weihnachtskonzert gekommen waren, erbot sich dann, meinen Rucksack zu tragen, und bat uns, ihr zu folgen.

Im Foyer der Aula überschütteten wir Leos Mutter mit Komplimenten und schwärmten von der Maßstäbe setzenden Virtuosität dieses Genies. Sie nahm es eher mit Stirnrunzeln auf als mit Stolz. Und sie gab uns zu verstehen, dass die nachfolgenden Aufführungen nicht mehr an Leos Format heranreichen würden und dass man große Konzertabende rechtzeitig beschließen sollte. Da hatte sie natürlich irgendwie recht.

»Andererseits«, wagte ich den Versuch, »ich hab noch Reserven im Rucksack. Wir könnten ein Gläschen trinken, und wenn wir dann noch mal Zugabe fordern, alle zusammen …« Ich erinnere mich, dass Leos Mutter einen sonderbar unweihnachtlichen Blick aufsetzte.

Berauscht von der wundervollen Musik, wanderten Anne und ich durch die festlich leuchtenden Straßen heim.

Vom Konzert unterm Lichterbaum waren wir befreit. Vom nächsten Frühjahrskonzert der Musikschule ebenfalls. Allein das war ein Grund, nun endlich mal anzustoßen. Mit dem besten Champagner, den man für Geld bekommen kann.

JUTTA PROFIJT

Ein Mann mit Prinzipien

»Dieses Jahr kommst du aber am Heiligen Abend, Harald, oder?«

»Nein.« Mehr gab es dazu nicht zu sagen, seit Jahren nicht. Aber seine Mutter versuchte es immer wieder, wie eine Fliege, die unablässig gegen die Fensterscheibe stößt. Lerneffekt: null.

Dabei glaubte seine Mutter nicht an die unbefleckte Empfängnis, nicht an die Heilige Dreifaltigkeit und auch nicht daran, dass ein Stern fremden Königen als Wegweiser diente, obgleich sie schon irgendwie katholisch war, das war vor über siebzig Jahren von den Eltern so entschieden und durch die Taufe besiegelt worden. Zum Glück hatte die Religion in der Erziehung ihrer eigenen Kinder eine sehr untergeordnete Rolle gespielt, trotzdem feierte die ganze Familie den Heiligen Abend, als wäre es das wichtigste Fest der Welt. Haralds Schwester Susanne kam mit Mann und Kindern, sein Bruder Richard mit der jeweils aktuellen Lebensabschnittsgefährtin, Cousine Dörte erschien wie immer allein. Dass er, Harald, seit fünfzehn Jahren fehlte, hatte Mutter immer schon bedauert. Seit Vaters Tod jedoch beließ sie es nicht bei stiller Enttäuschung, sondern bedrängte ihn jedes Jahr aufs Neue. Aber Harald war ein Mensch mit Prinzipien. Und er war konsequent. Schon immer hatte er klare Regeln gemocht. Seit Anja ihn verlassen hatte, boten Regeln ihm den notwendigen, sicheren Rahmen in einer Welt der Beliebigkeit.

Harald nahm sich den Rat seines Hausarztes zu Herzen und verzichtete auf Koffein, Nikotin, Alkohol, Kohlensäure und Zucker. Das war schwierig, weil sogar Tomatenketchup zu zwanzig Prozent aus Zucker bestand, aber wenn man erst einmal wusste, wo das Zeug überall steckte, konnte man seine Einkäufe entsprechend planen. Obst und Gemüse nur frisch, keine Fertiggerichte, Vollkornbrot vom Biobäcker, ein Päckchen Butter pro Monat, auch die Eier abgezählt, das hatte sich bewährt. Dass er nicht in der Kantine aß, verstand sich von allein. Auch am monatlichen Bowlingabend und dem jährlichen Betriebsausflug nahm er nicht mehr teil, denn das ständige Drängen seiner Kollegen, doch einmal eine Ausnahme zu machen, ging ihm auf die Nerven. Harald blieb lieber konsequent. Auch wenn das bedeutete, dass er konsequent allein blieb. So hatte er wenigstens ausreichend Zeit, sich seinem Hobby der technischen Implementierung konsequenter Handlungsmuster zu widmen. Oder einfacher formuliert: Harald erfand technische Lösungen zur Einhaltung von Regeln.

Seinen in die Jahre gekommenen Kleinwagen hatte er zunächst mit einer bei Neuwagen inzwischen geläufigen CMOS-Kamera nachgerüstet, die die Straßenränder nach Verkehrszeichen scannte. Da diese Zeichen in Größe und Aussehen genormt und üblicherweise in einer bestimmten Höhe über Straßenniveau angebracht waren, bereitete die Erfassung keine Probleme. Die hinterlegte Software, die die Gefahr-, Vorschrift-,

Richt- und Zusatzzeichen in Sekundenbruchteilen erkannte, wurde von ihm regelmäßig aktualisiert, zuletzt anlässlich der vierundfünfzigsten Verordnung zur Änderung straßenverkehrsrechtlicher Vorschriften aus dem Jahr 2020. Die Kamera wiederum war mit der Motorsteuerung gekoppelt und reduzierte die Geschwindigkeit automatisch auf die erlaubte Höchstgrenze. In Tempo-30-Zonen fuhr Harald konsequent dreißig, in der Stadt fünfzig und in verkehrsberuhigten Zonen fünf Stundenkilometer. An das Hupkonzert, das seine seltenen Autofahrten begleitete, hatte er sich inzwischen gewöhnt.

Zum Glück endete sein Erfindungsgeist, den seine Mutter schon von frühester Kindheit an durch Geburtstagsgeschenke aus dem Hause *Fischertechnik* befördert und den ein Ingenieurstudium professionalisiert hatte, nicht beim Straßenverkehr. Nein, auch im Haushalt hatte Harald die Regelerfüllung zum Prinzip erhoben, das mit äußerster Konsequenz durchgesetzt wurde. Die Wohnungsbeleuchtung war komplett auf Bewegungsmelder umgestellt, weshalb er im Bad bei einem längeren Geschäft gelegentlich im Dunkeln saß und das Licht durch heftiges Winken mit beiden Armen wieder aktivieren musste. Der Wecker klingelte sieben Tage die Woche morgens um sechs, zeitgleich mit der Öffnung der automatischen Jalousien, was ihm weder im Sommer noch im Winter so richtig passte, damit würde er sich noch einmal befassen müssen. Der Fernseher wurde um exakt zweiundzwanzig Uhr ausgeschaltet, weshalb er keine privaten Sender schaute, die die Filme und Dokumentationen oft mit Werbeeinblendungen über diesen Zeitpunkt hinaus unnötig verlängerten. Grundsätzlich schaltete der Fernseher sich aus, sobald Harald länger als fünf Minuten nicht hinsah. Diese Zeit würde er heraufsetzen müssen, seit das Wasserlassen immer länger dauerte.

Für den Tee hatte er sich eine Vorrichtung gebaut, mit der der Teebeutel exakt nach der eingestellten Zeit aus dem Wasser gehoben wurde, denn die im Handel erhältlichen Teebereiter waren ihm nicht präzise genug. Die Zimmerpalme wurde automatisch bewässert. Auch für die elektrische Zahnbürste hatte er einen neuen Aufsatz konstruiert, der das Gerät nun zwar etwas unhandlich machte, dafür aber den Bürstenaufsatz zum vorgesehenen Wechseltermin selbsttätig absprengte. Die Nutzung einer Bürste über die vom Hersteller festgelegte Maximaldauer von drei Monaten hinaus war also schlicht nicht mehr möglich.

Und genau damit fing an diesem Heiligen Abend das Unheil an.

Harald erwachte vom Klingeln seines Weckers, während gleichzeitig die automatischen Jalousien den Blick in ein trübes Grau vor dem Fenster freigaben. In der Küche sprang der Wasserkocher an. Auf dem Weg ins Bad goss Harald das kochende Wasser in die vorbereitete Teetasse und stellte die Ziehdauer ein. Er erledigte sein Geschäft, duschte, zog die zurechtgelegte Kleidung an, aß das zuckerfreie Müsli mit einer Biobanane aus fairem Handel und putzte sich die Zähne. Oberer rechter Quadrant, unterer rechter Quadrant, unterer linker Quadrant, oberer linker Quadrant, jeweils exakt dreißig Sekunden. Als Harald die Zahnbürste aus dem Mund nahm, klingelte es an der Tür. Das kam nicht nur unerwartet, sondern völlig überraschend. Harald hielt inne. In diesem Moment sprengte der Bürstenkopfwechselmechanismus den abgenutzten Bürstenkopf vom Handteil der elektrischen Zahnbürste. Die Bürste schoss mit einer Geschwindigkeit von vierzig Kilometer pro Stunde in Haralds rechtes Auge. Er schrie auf.

An der Tür ertönte ein erneutes Klopfen, nun begleitet von

lautem Rufen. »Hallo, nehmen Sie ein Päckchen an für Ihre Nachbarn?«

Harald tastete blind nach der Ladestation der elektrischen Zahnbürste, fegte stattdessen das Zahnputzglas ins Waschbecken, wo es in tausend Teile zersprang. Reflexartig griff Harald dahin, wo der Lärm herkam. Ein stechender Schmerz raste durch Daumen und Mittelfinger der linken Hand. Endlich fand die Rechte die Ladestation. Halb blind taumelte Harald in die Küche, warf die Teetasse um und verbrühte sich den rechten Fußrücken, der in den offenen Hausschuhen nur durch eine Baumwollsocke unzureichend geschützt war. Der Mann vor der Wohnungstür klopfte und rief erneut.

»Paket für …«, begann der Schemen, denn mehr als einen dunklen Umriss vor der hellen Treppenhausbeleuchtung, die er persönlich auf eine neutralweiße Lichtfarbe von dreitausenddreihundert Kelvin optimiert hatte, konnte Harald nicht erkennen.

»Oje, das sieht aber nicht gut aus!«

Der Schemen drängte Harald in die Wohnung, dirigierte ihn mit festem Griff am Arm in die Küche und drückte ihn auf einen Stuhl. Ein paar Schubladen wurden aufgezogen, wie Harald schockiert bemerkte, der seine heilige Ordnung in Gefahr sah, dann nahm der Schemen Haralds linke Hand, hob sie an, beugte sich darüber, murmelte »Zum Glück keine Splitter in den Schnitten« und verband die Hand mit dem frischen Handtuch.

Dann zog er Harald auf die Füße.

»Sie müssen ins Krankenhaus, mit dem Auge ist nicht zu spaßen. Wo sind Ihre Schuhe?«

Harald schüttelte entsetzt den Kopf. Die Vorstellung, mit dem verbrannten Fußrücken in die Winterschuhe zu schlüpfen, jagte ihm eine Gänsehaut über den Rücken.

»Das Paket stelle ich hier hin, denken Sie später dran, ja? Und jetzt kommen Sie! Jacke an, haben Sie Ihr Portemonnaie dabei? Krankenversichertenkarte? Handy? Dann los!«

Harald beglückwünschte sich dazu, dass Portemonnaie, Handy und Schlüssel wie immer griffbereit in der Ablageschale parat lagen, steckte alles in die Innentasche seiner Winterjacke, in die der Mann ihm hineinhalf, und ließ sich in Hausschuhen aus der Wohnung drängen. Dann stand er auf der Straße.

»Hey, Ömer, ich brauche dich … ja, jetzt. Sorry, dass ich dich geweckt habe, aber das hier ist ein Notfall. Ja, bis gleich.«

Der Mann, den Harald jetzt mit dem linken Auge im Schein der Straßenlampe mühsam erkennen konnte, gab Haralds Adresse seinem Gesprächspartner am Telefon durch und half dem Verletzten auf den Beifahrersitz des Lieferfahrzeugs.

»Bleiben Sie hier, mein Bruder kommt gleich, ich liefere so lange weiter aus.«

Der Paketbote, der türkisch aussah, aber breitestes Fränkisch sprach, schloss vorsichtig die Tür, lächelte Harald noch einmal zu und rumorte im Laderaum herum. Dann eilte er mit einem unglaublich großen Karton ins Nachbarhaus.

Langsam ließ Haralds Schockstarre nach und er kam wieder zu sich. Er war an mehreren Stellen verletzt, sein rechtes Auge schmerzte, eine Flüssigkeit lief heraus, hoffentlich nur Tränen. Die verletzten Finger pochten, der Fußrücken brannte. Und anstatt in einem Krankenwagen zu liegen, saß er in einem Paketauto und wartete auf einen Menschen, den er nicht kannte. Und der offenbar gerade ankam, denn der Paketbote eilte lächelnd auf Harald zu, deutete gleichzeitig auf die Straße, wo ein Taxi hielt, und half dem Unglücksraben aus dem einen in das andere Fahrzeug. Dann rief er »Trotzdem schöne Weihnachten« und verschwand gehetzt aus Haralds Blickfeld.

»Warum hat er nicht einfach ein Taxi über die Zentrale gerufen?«, fragte Harald, als der Wagen sich in den Verkehr einfädelte.

»Am Heiligabend?« Der Fahrer lachte fröhlich. »Wie lange wollten Sie denn warten? Taxi, Krankenwagen, Feuerwehr, heute ist alles im Einsatz. Die ersten Christbäume brennen schon, während andere sich dem Abholzen widersetzen und die Axt ins Schienbein des Familienvaters lenken, der endlich mal nicht die Tanne aus dem Baumarkt kaufen wollte. Leute fallen beim Baumschmücken von der Leiter, Kinder verschlucken Lametta, Hunde fressen Geschenkpapier, Mütter verbrennen sich am Backofen, in dem die Weihnachtsgans schmort. Nein, heute brauchen Sie Connections, wenn Sie ein Problem haben.«

Haralds schlechte Meinung über Weihnachten wurde mal wieder bestätigt. Nicht nur, dass Millionen Menschen weltweit ein Ereignis feierten, an das die wenigsten glaubten. Nicht nur, dass sie an einem einzigen Tag einen Müllhaufen erzeugten wie sonst in einem halben Jahr. Nicht nur, dass sie zu viel aßen, tranken und stritten. Nein, offenbar kam auch die gesamte öffentliche Ordnung zum Erliegen. Schrecklich!

»Ich fahre eigentlich ab heute Mittag, wenn die ersten Großeltern zum Familienbesuch aufbrechen, und dann nonstop bis fünf, sechs Uhr in der Früh, wenn die Weihnachtsfeiern zu Ende gehen«, erklärte Ömer. »Stressig, aber lohnend.«

»Deshalb haben Sie noch geschlafen«, murmelte Harald. »Warum sind Sie trotzdem gekommen?«

Ömer lachte wieder. »Wenn mein Bruder mich ruft, muss der Schlaf eben mal warten. Solche Ausnahmen kommen ja nicht jeden Tag vor.«

Harald zahlte den Fahrpreis mit Karte, wie immer, da er so dem peinlichen Moment entging, in dem er über die Höhe des Trinkgeldes hätte entscheiden müssen. Kein Bares, kein Trinkgeld, ganz einfach. Doch heute fühlte er sich zum ersten Mal in seinem Leben bei der korrekten Abrechnung unwohl.

»Fröhliche Weihnachten!«, rief Ömer ihm freundlich hinterher. Harald nickte unverbindlich.

In der Notaufnahme meldete Harald sich an, wurde zur Abteilung für Augenheilkunde durchgewunken, wo er auf seine Schnittwunden und Verbrennung hinwies.

»Machen wir eigentlich nicht, hier ist nur für Augen. Aber …«

Die Dame hinter der Anmeldetheke mit Weihnachtsdeko führte ein kurzes Telefonat. Wenige Minuten später kam eine junge Frau mit einem Rollwagen voller Verbandszeug herein, kniete sich vor Harald, versorgte seinen Fuß und die Finger, die zum Glück nicht genäht werden mussten, und plapperte dabei gut gelaunt vor sich hin.

»Patientenversorgung auf dem Flur ist natürlich gegen die Vorschriften, aber sonst warten Sie den ganzen Tag unten in der Ambulanz. An Weihnachten kann man ja mal eine Ausnahme machen, damit die Leute die Chance haben, zur Familienfeier wieder daheim zu sein, gell? Frohes Fest!«

Harald dankte für die Versorgung und hätte fast »gleichfalls« erwidert, antwortete aber stattdessen mit einem knappen Nicken. Dann wartete er weiter.

»Schönen Feierabend und frohe Weihnachten!«, verabschiedete die Frau an der Theke eine Kollegin, die sich im Gehen den Mantel über die Krankenhauskleidung zog. Ihre knallgrün gefärbten Haare waren Harald schon vor Stunden aufgefallen. Wie immer hatte er sich gefragt, was einen Menschen dazu bringen konnte, seinem Haar eine derart künstliche Farbe zu geben. Froschgrün. Knallblau. Pink. Die Grüne nickte ihm im Vorbeigehen zu, verlangsamte den Schritt, kam zurück.

»Sie sitzen aber schon lange hier.«

Harald zuckte die Schultern.

»Notfall, oder?«

Harald nickte.

»Ich bin mir nicht sicher, ob da überhaupt noch einer auf unserer Liste steht.« Sie seufzte. »Moment, ich schau mal nach.«

»Aber Sie haben Feierabend«, wandte Harald ein.

»Eigentlich schon. Aber an Weihnachten kann man ja mal eine Ausnahme machen, sonst sitzen Sie vielleicht Neujahr noch hier.«

Sie zwinkerte Harald zu, eilte ins Stationszimmer und kam wenig später kopfschüttelnd wieder heraus. »Sie waren nicht im System, sorry, hätte nicht passieren sollen, aber gleich kommt jemand, der sich um Sie kümmert. Wird hoffentlich trotzdem noch ein schönes Fest, ich wünsche es Ihnen jedenfalls!«

»Danke, gleichfalls«, hörte Harald sich zu seiner eigenen Verwunderung nun doch sagen, während er ihr nachsah, bis sie durch die Schwingtür verschwunden war. Ihre froschgrünen Haare sahen eigentlich gut aus. Irgendwie.

Wenige Augenblicke später saß Harald einer Ärztin gegenüber, die sein Auge sorgfältig untersuchte. Zum Glück kein bleibender Schaden, ein kleiner Kratzer auf der Hornhaut, nichts, was sich nicht mit der richtigen Behandlung heilen ließe, erklärte sie zufrieden.

»Vielleicht nicht mehr in diesem Jahr«, scherzte die junge Frau, während ihr Magen laut knurrte. »Entschuldigung, ich habe eigentlich Mittagspause, aber ich wollte Sie nicht noch länger warten lassen.«

»Aber Pausen sind wichtig«, murmelte Harald matt.

Die Ärztin nickte. »Patienten auch. Vor allem an Weihnachten!« Sie händigte ihm einen mit unleserlicher Schrift bekritzelten Zettel aus und verwies ihn wieder an die Anmeldetheke, auf der inzwischen ein Teller mit Plätzchen stand.

»Greifen Sie zu«, bot ihm die Frau an, die das Rezept für die Salbe ausdruckte und auf einem Extrazettel Anweisungen für Augenbäder und Verbandswechsel notierte.

»Ich esse keinen Zucker«, sagte Harald, während seine unverletzte rechte Hand bereits nach einem Zimtstern griff. Auf dem Flur zog er sein Handy aus der Tasche und wählte die Nummer, die Ömer in seine Kontaktdaten gespeichert hatte.

»Gut, dass Sie anrufen, ich hatte mir schon Sorgen gemacht, weil es so lange dauerte. Ich bin in zehn Minuten bei Ihnen!«

Unterwegs wollte der Taxifahrer alles genau wissen. Ob die Finger genäht werden mussten, wie lange der Fuß zur Heilung bräuchte, ob das Auge wieder ganz in Ordnung käme. Haralds Antworten – nein, zehn Tage, ja – blieben einsilbig, wohingegen er über die Behandlung auf dem Flur, die Grünhaarige und die hungrige Ärztin ausführlich berichtete.

Ömer nickte lächelnd. »Ja, die meisten Leute sind nett, besonders an Weihnachten. Es sei denn, sie sind so gestresst wie mein voriger Fahrgast, aber der tat mir leid, deshalb habe ich mich nicht über ihn geärgert. Ich wünsche ihm von Herzen ein entspanntes Fest. Nötig hätte er es allemal.«

Vor seiner Wohnung angekommen, verspürte Harald einen überraschenden Widerwillen dagegen, den Heiligen Abend allein in seiner Wohnung zu verbringen. Anstatt zu zahlen, bat er Ömer, kurz zu warten.

Er stieg die Treppen hinauf, überbrachte das Paket der Nachbarin, erwiderte die Weihnachtsgrüße und nahm die Tüte selbst gebackener Plätzchen, die die Dame ihm als kleines Dankeschön in die Hand drückte, gern entgegen. Als er sich wieder auf den Beifahrersitz fallen ließ, hatte er den Geldschein für das Trinkgeld bereits griffbereit in der Manteltasche. Dann gab er Ömer das neue Ziel an.

»Zur Familie?«, fragte der Fahrer, der sich mit stoischer Ruhe durch den chaotischen Verkehr schlängelte.

»Zu meiner Mutter«, berichtigte Harald ihn. »Ach, da fällt mir ein: Ich habe ja gar kein Geschenk für sie.«

»Ist das sehr wichtig? Sollen wir noch etwas kaufen gehen?«, fragte Ömer mit Sorgenfalten im Gesicht. »Es ist überall sehr voll.«

War es wichtig?, überlegte Harald. Wusste er überhaupt, worüber sich seine Mutter freuen würde? Die Wahrheit war: Sie würde sich freuen, dass er kam. Alles andere war unwichtig. Und überrascht stellte er fest, dass er sich auch freute. Hoffentlich hatte sie Linzer Sternchen gebacken, die hatte er schon als Kind am liebsten gegessen.

Vor dem festlich beleuchteten Haus zahlte Harald, gab ein großzügiges Trinkgeld, schenkte Ömer auch die Plätzchen von der Nachbarin und wusste dann nicht weiter. Wünschte man einem Türken frohe Weihnachten?

Ömer lachte, als Harald ihn danach fragte. »Wir feiern auch, der Anlass ist uns fast egal. Wichtig ist das Zusammensein mit der Familie. Aber erst morgen, denn heute muss ich Taxi fahren. Grüßen Sie Ihre Mutter von mir!«

Noch bevor Harald die Haustür erreicht hatte, wurde diese aufgerissen und seine Mutter stand vor ihm, die Schürze noch über dem guten Kleid. Ihre Augen strahlten, als sie ihm zurief: »Harald, das ist aber eine Überraschung. Komm rein, mein Junge. Ich habe Linzer Sternchen gebacken, die mochtest du doch immer so gern!«

Ein Lächeln stahl sich über Haralds Gesicht. Und zum ersten Mal seit vielen Jahren antwortete er voller Überzeugung: »Frohe Weihnachten, Mama.«

MAREN DAMMANN

Wiener Melange

Nichts löste so viele Erinnerungen in mir aus wie der erste Blick auf die schneebedeckten Dächer Wiens. Schloss Schönbrunn mit seinen majestätischen Gartenanlagen, die Kuppel der Karlskirche, die spitzen Türme des alten Rathauses. Alles in einem zuckrigen Weiß und von oben so idyllisch wie ein Weihnachtsdorf. Genau genommen war es das auch, denn es war Anfang Dezember, und selbst die ansonsten so zeitlosen Läden am Münchner Flughafen hatten Adventslieder gespielt. Ächzend lehnte ich mich weiter vor, um näher an das Flugzeugfenster heranzurücken, um mehr zu erkennen von der Stadt, in der ich meine jungen Jahre verbracht hatte. Leicht wie eine Feder war ich gewesen, schön wie der Schwan, den ich spielte, als ich damals über die Bühne der Wiener Staatsoper schwebte. »La Belle Vent« hatte man mich genannt, der schöne Wind. Wenn ich tanzte, wurde die Welt um mich herum leise, die Silhouetten der Besucher waren wie weichgezeichnet, es gab nur noch die Lust an der Bewegung und das Spiel mit meinem Körper.

Die Scheinwerfer, der tosende Applaus, es fühlte sich an, als sei es gestern gewesen, und doch war es schon gut siebzig Jahre her. Nun war ich 89 Jahre alt, meine Kräfte ließen nach, und ich spürte, wie ich immer mehr bereit war, mich vom Leben zu verabschieden. Und genau deshalb war ich nach Wien geflogen, dieser zauberhaften Stadt im Herzen Österreichs, um ein letztes Mal die Orte zu besuchen, die mich als junge Frau beflügelt und mir zu immerhin kleinem Ruhm verholfen hatten. Körperlich war ich eigentlich noch recht fit, dennoch fühlte ich mich desillusioniert, entkräftet. Ich hatte alles mindestens einmal gesehen und erlebt, was das Leben zu bieten hatte. Es gab keine Überraschungen mehr für mich, keine Neuheiten, nichts, das einen Reiz ausübte. Jeder Tag schien gleich. Ich hatte mein Leben gelebt, und es war an der Zeit zu gehen. Nach meinem Besuch in Wien wollte ich mich ein letztes Mal in mein Bett legen, die Augen schließen – und loslassen.

Das Flugzeug landete. Ich brauchte eine Ewigkeit, um mich die ewig langen Flure des Terminals entlangzuquälen, bis ich am Gepäckband landete, auf der mein abgewetzter Lederkoffer als letzter seine Runden drehte. Ich werde immer langsamer, dachte ich, und schwächer auch. Es kostete mich alle Mühe, den Koffer vom Band zu heben und Richtung Ausgang zu ziehen.

»Frau Weidner?«, sprach mich der Chauffeur vom Hotel Schimkowitz an, wo ich mich für die Adventszeit in einer Suite eingebucht hatte. Zu meiner Freude war er in klassischer Uniform gekleidet. Ich nickte, und er nahm mir beflissen den Koffer ab. »Hatten Sie einen guten Flug?«

»Ja, vielen Dank.« Als wir am Hotel nahe der Hohen Brücke angekommen waren, gab ich ihm ein großzügiges Trinkgeld – bald würde ich mein Geld sowieso nicht mehr brauchen. Ich war erschöpft, als ich in meinem Zimmer in den Sessel neben dem Fenster sank. Den Koffer würde ich später auspacken, nach der anstrengenden Reise brauchte ich eine Pause. Doch wie so oft konnte ich nicht entspannen und entschied ich mich dafür, besser eine Runde spazieren zu gehen.

Die Luft war eisig, der eben noch blaue Himmel hatte sich zugezogen, schwere Wolken küssten die Spitzen der Kirchtürme. Es roch nach Schnee. Das war mein Wien, oh, wie sehr ich es vermisst hatte! Ein würdiger Ort für letzte Stunden der Besinnung. Ein paar einsame Tauben gurrten auf einem Sims. Ein eng umschlungenes Pärchen flanierte an mir vorbei, sie lachte, als von irgendwoher helle Weihnachtsglocken erklangen. Nie wieder würde ich so unbeschwert durch den Advent laufen, diese Zeiten waren endgültig vorbei. Wieder fühlte ich mich ein Stückchen älter und seufzte, als ich eine dunkle Stimme hinter mir hörte.

»Gehört das Ihnen?«

Ich drehte mich überrascht um. Ein Mann mit schütterem weißem Haar, das fast bis auf die Schultern reichte, stand vor mir, die Augen so blau wie die Gletscherseen der Hohen Tauern. In solch einem Blau konnte man verloren gehen, dachte ich, oder ertrinken. Er hielt mir mein Halstuch entgegen, aber ich brauchte ein paar Momente, um mich zu fangen. Zögernd griff ich nach meinem Tuch, unsere Hände berührten sich, und erschrocken stellte ich fest, dass er nicht losließ. Es kribbelte unter meiner Haut, als hätte sie jemand mit getrockneten Hagebutten eingerieben. Die Zeit schien stillzustehen, der Mann lächelte. Dann war der Zauber schon wieder vorbei, der Fremde deutete eine Verbeugung an, tippte sich an die Stirn und ging weg, seinen Spazierstock unter den Arm geklemmt. Mein Mund klappte auf, schloss sich wieder. Wie konnte man nur so blaue Augen haben, die stärker strahlten als Lapislazuli? Eine Schneeflocke kühlte meine Wange, dann eine zweite. Schnell knotete ich mir das Tuch wieder um den Hals und suchte meinen Weg über den Platz. Ich ging geradewegs in den Stephansdom hinein, um den Geistern der Vergangenheit meine Aufwartung zu machen. Ich setzte mich in die letzte Reihe, erinnerte mich an die rauschenden Orgelklänge der Konzerte, die ich hier gehört hatte. Mozart, Schubert, Strauß und Haydn – ich hatte ihnen stundenlang gelauscht, und hier, in dieser mächtigen Kathedrale schien die Musik in den Wänden zu leben. Ich konnte sie fühlen, wie damals, auch wenn es jetzt still um mich herum war.

Nach jenem ersten Tag in Wien folgte ein zweiter, an dem ich durch die Parks wanderte, bis meine Beine müde wurden. Ich fand eine Bank mit gefrorener Sitzfläche, legte mein extra dafür mitgebrachtes Kissen darauf und atmete tief aus. Mein Atem dampfte, aber kalt war mir nicht, obwohl es schneite. Eine Taube flatterte vor meine Füße, und ich kramte in meiner Tasche nach einem Brötchen, das ich zerkrümelte und dem Vogel hinwarf. Dankbar pickte er die Krumen auf. Schritte näherten sich, und gedankenverloren schaute ich auf schwarze Lederschuhe, die einen respektvollen Abstand zu meiner Taube hielten und erst weitergingen, als die Taube davonflog. Als ich dem Mann hinterherschaute, dessen Oberkörper unter einem riesigen schwarzen Regenschirm versteckt war, fiel mir sein Spazierstock auf. Wo hatte ich den schon mal gesehen?

Punkt elf Uhr nahm ich meinen Logenplatz in der Spanischen Hofreitschule ein. Genau hier, in dieser Sitzreihe hatte ich mit zwei anderen Balletttänzerinnen gesessen und die klassische

Reitkunst in der schönsten Dressurhalle der Welt bewundert. An diesem Abend hatte uns der künstlerische Leiter des Wiener Staatsballetts eingeladen, denn er setzte große Hoffnung in uns, und ich erhoffte mir, als Primaballerina für den Nussknacker ausgewählt zu werden. Ich war die kleinste von uns dreien, aber die mit den geschmeidigsten Bewegungen und der stärksten Sprungkraft. Getanzt hatte ich nun jahrzehntelang nicht mehr, ebenso lang hatte ich mir keine Ballettvorstellung mehr angeschaut. Es tat zu weh. Gedanklich verabschiedete ich mich von diesem Ort, an dem meine Karriere begonnen hatte.

Die Musik setzte ein, und ein letzter Zuschauer schob sich in der Reihe vor mir entlang und nahm den Platz schräg vor mir ein. Mein Mund wurde trocken, als ich auf einen Hinterkopf mit ordentlich gekämmten schulterlangen weißen Haaren schaute und den Spazierstock, den der Mann vor sich gelehnt hatte. Die Tauben. Mein Halstuch. Das war der Mann mit den blauen Augen! Drei Begegnungen in so kurzer Zeit – ich glaubte weder an Vorhersehung noch Schicksal, aber das war ein Zufall zu viel. Sollte ich es wagen, ihn anzusprechen? Meine Handflächen wurden feucht, und ich biss mir auf die Lippe. So kannte ich mich gar nicht.

Mein Blick schien wie benebelt, und immer wieder ertappte ich mich dabei, wie ich auf den Hinterkopf des Fremden starrte.

»Reiß dich zusammen, Josefine«, murmelte ich beschämt zu mir selbst und sank noch etwas tiefer in meinen Sitz hinein, als mein Sitznachbar mich verwundert anschaute. Applaus ertönte, als der letzte Hengst die Halle verließ. Der Fremde vor mir stand auf und schritt zum Ausgang, ich wollte hinterherhasten, schaffte es aber nicht, so schnell meine Reihe zu verlassen. Da war er schon weg. Ich ärgerte mich über mich selbst.

Mittlerweile tat mir der Rücken weh, und meine Medikamenteneinnahme war überfällig. Über einen kleinen Weihnachtsmarkt ging ich zurück in mein Hotel. Ein kleines Kind hüpfte aufgeregt an einem Süßwarenstand auf und ab und zeigte auf einen kandierten Apfel. Das Mädchen lachte und klatschte in die Hände, als die Mutter nachgab und ihn kaufte. Noch einmal solche Freude empfinden zu können, dachte ich wehmütig.

Nachmittags trank ich eine Wiener Melange im Café Central, in dem ich mich gerne mit meinen Verehrern verabredet hatte, lange bevor ich Walter heiratete. Wie schnell das Rad der Zeit sich dreht! Die Erinnerung war so nah – ich sah uns immer noch lachen, Geheimnisse ins Ohr flüstern, uns Versprechen zuzwinkern. Das war ein Ort, den ich ein letztes Mal erleben wollte. Ach ja, Walter, ein Pianist der alten Schule. Wie unsterblich verliebt ich in ihn gewesen war! Doch bald nach unserer Heirat schien er wie verändert zu sein, und ich passte mich an. Ich beendete meine Karriere, zog nach München, bekam zwei Kinder. Im Nachhinein ist man immer klüger. Ob der fremde Mann mit dem Spazierstock auch verheiratet gewesen war? Der Schaum des Kaffees blieb mir an der Oberlippe hängen, und ich kicherte, als ich mich im Spiegel betrachtete. Es sah zu komisch aus.

Ich wollte noch andere Orte wiedersehen, die mir etwas bedeuteten. Legte eine Rose auf das Grab meiner Freundin Annemarie, kritzelte meinen Namen auf eine Mauer am Wiental Kanal, genau wie ich es vor Jahrzehnten schon mal getan hatte, ließ mich mit einem Taxi den Kahlenberg hinauffahren, vorbei an den Weinbergen und den Schänken, bis zum Gipfel hinauf. Natürlich war ich diesen Weg damals gelaufen. »Das glaubt dir alter Schachtel keiner mehr«, sagte ich und merkte im nächsten Moment, dass ich den Gedanken laut ausgesprochen hatte.

»Bitte?«, fragte der Taxifahrer, aber ich winkte ab und bat ihn, auf mich zu warten, damit ich das Panorama genießen konnte. Ein bitterkalter Wind fegte über den Berg, ich zog den Mantel enger um mich. Trotzdem, aus unerfindlichem Grund, besserte sich meine Laune, der Wind schien das Trübsal mitzunehmen. Irgendwo da unten spazierte gerade der Fremde mit dem Spazierstock, dachte ich, oder vielleicht sitzt er in einem Café, isst Sachertorte und liest Zeitung. Ob er auch so einsam war wie ich? Dann kam mir eine Erkenntnis: Wien war groß und weitläufig und gleichzeitig klein, wenn man sich in seinem Kern aufhielt, der berühmten Inneren Stadt, dort, wo ich den Fremden gleich dreimal getroffen hatte. Wenn ich es geschickt anstellte, könnte ich ihn vielleicht noch einmal treffen. Dieser Gedanke trug mich durch den Rest des Tages und auch durch den nächsten. Ich lief von der Karlskirche zum Prater, bummelte durch die Einkaufsstraßen, besuchte die Wiener Staatsoper, aber nur von außen, und das Museum für Angewandte Kunst. Um mich von diesen Orten verabschieden zu wollen, aber auch weil ich hoffte, den Mann wiederzutreffen und noch mal in seine Augen zu sehen. Mich dafür zu bedanken, dass er mein Halstuch aufgehoben hatte.

Ich hatte kein Glück. Weihnachten näherte sich und somit mein Rückflug, denn mein letztes Weihnachten wollte ich zu Hause feiern. Vorher wollte ich aber noch einem ganz besonderen Ort einen Besuch abstatten. Ich zog mich besonders schick an und ging, wie von unsichtbaren Fäden gezogen, über den Michaelerplatz zur Chocolaterie Maron. Längst schon hatte das einst so bunte Schild über seinem Eingang die Farbe verloren, vielleicht, dachte ich, erging es ihm wie mir. Der kleine Schokoladenladen führte ein überschaubares, aber exklusives Sortiment. Früher hatte ich mir eine oder zwei Pralinen leisten können, nicht nur finanziell, auch hatte ich immer auf mein Gewicht achten müssen. Ich schmunzelte: Jetzt würde ich so viel Schokolade essen, wie ich wollte!

Voller Erwartung betrat ich den Laden, die Glocke über mir bimmelte, und der süße Duft der Spezialitäten stieg in meine Nase. Da stand, in einen teuren Cashmere-Mantel gekleidet und gestützt auf seinen Spazierstock, der fremde Mann, den ich seit Tagen gesucht hatte.

»Diese Praline hier«, sagte der Mann gerade mit tiefer, freundlicher Stimme, »die sieht besonders gut aus. Womit ist sie gefüllt? Es ist für eine Dame, wissen Sie.«

Mein Herz setzte einen Sprung aus. All meine heimlichen Hoffnungen zersprangen wie Ton bei zu hoher Hitze. Er hatte eine Frau, eine Freundin, eine Geliebte! Natürlich. Die Erkenntnis traf mich so hart, dass ich den Laden umgehend wieder verlassen wollte. Da hörte ich, wie der Mann noch etwas hinzufügte: »Meine Enkelin ist zwar erst sechs, aber sie liebt die dunklen Sorten, gefüllt mit Obst.«

»Hach!«, entfuhr es mir erleichtert, eine Enkelin. Das machte ihn charmant.

»Sie erinnert mich sehr an meine verstorbene Frau«, fügte er hinzu, und mir entfuhr ein Seufzer. Da drehte der Mann sich um, das blaue Feuer seiner Augen fing mich ein, und mein Hals wurde trocken.

»Ich kenne Sie doch«, setzte er an und hielt mir die Hand hin. »Albert Meerbusch, ich erinnere mich an Ihren Schal. Und an die Tauben.«

»Weidner«, krächzte ich, »Josefine Weidner.« Gerne hätte ich die Begegnung in der Spanischen Hofreitschule hinzugefügt, aber von der wusste er ja nichts.

Meine Gedanken rasten im Kreis. Ich durfte ihn nicht wieder gehen lassen.

»Darf ich Sie zu einem Kaffee einladen?«, fragte ich unvermittelt, fasste mir dabei an den Hals. »Mein Tuch liegt mir sehr am Herzen, ich würde mich gerne bei Ihnen bedanken.«

»Aber doch nicht dafür. Ich trinke gerne einen Kaffee mit Ihnen, aber nur, wenn ich Sie einladen darf.«

Ich lächelte etwas hilflos, zu mehr war ich nicht in der Lage. Zuvorkommend nahm er mir den Mantel ab, und wir ließen uns an dem Ecktisch vor dem Kakaoregal nieder. Mein Herz schlug so stark, ich war sicher, es würde den Boden unter uns zum Vibrieren bringen.

»Sind Sie auch zur Erholung hier?«, fragte er mich, und ich atmete tief aus, um mich besser konzentrieren zu können. Er hatte die Augen zusammengekniffen, als dächte er nach.

»Ja. So etwas in der Art. Ich habe früher als Primaballerina im Ballett getanzt. Das ist nun mehr als siebzig Jahre her.«

»Nein!«, entgegnete Albert Meerbusch und richtete sich auf. Seine Pupillen weiteten sich in grenzenlosem Erstaunen.

Verwirrt schaute ich ihn an. »Wie bitte?«

»Das darf doch nicht wahr sein! Sie kamen mir beim ersten Treffen doch gleich bekannt vor. Wissen Sie, ich war Kulturjournalist und habe mir sämtliche Vorstellungen angeschaut und rezensiert. Natürlich! Josefine Weidner, Sie sind ›La Belle Vent‹ – der schönste sterbende Schwan, der je über Wiens Bühne geschwebt ist!«

Meine Mund klappte auf und wieder zu. Unglaublich. Wie konnte mich jemand, den ich nicht mal persönlich getroffen hatte, nach siebzig Jahren wiedererkennen? Unsicher schielte ich zum Spiegel neben dem Eingang. Meine einst blonden Haare waren grau, das Gesicht runzlig wie eine Feige.

»Jetzt halten Sie mich bestimmt für einen Spinner. In der Tat kann ich mir Namen gut merken und Gesichter ebenso, deswegen war ich auch halbwegs erfolgreich in meinem Beruf. Ich war ein großer Freund des Balletts, und Sie waren die Größte! Bei Ihnen sah alles leicht aus, als würden Sie sich nicht an die Schwerkraft halten.«

Ich spürte, wie die Röte in meinen Wangen stieg.

»Es ist mir eine Ehre, mit einem Star wie Ihnen zusammenzusitzen.« Mit ehrfürchtiger Geste reichte er mir das Milchkännchen, das ich seit einigen Momenten fixiert hatte.

»Nun ja«, sagte ich, griff mit zitternden Händen nach meiner Kaffeetasse und ließ sie sofort wieder los, als sie überschwappte. »Und was nun?«

Er lachte, dann trank er seinen Kaffee.

»Wie viele Enkel haben Sie denn?«, fragte ich, um von mir abzulenken.

»Zwölf!«, sagte er mit stolzgeschwellter Brust. »Und auch schon zwei Urenkel. Der Großteil meiner Verwandtschaft lebt in München, ich selbst habe es mir am Starnberger See gemütlich gemacht.«

Ich musste lachen. Dann zog ich das kleine Album aus meiner Handtasche, das ich immer bei mir trug, und zeigte ihm die Fotos meiner Enkel. Später bestellten wir jeder ein Stück Sachertorte. Dazu schwiegen wir, denn da waren wir einer Meinung: Um etwas wirklich genießen zu können, muss man ruhig sein. Aber ruhig, das war ich nur nach außen hin. In mir drin kochte und brodelte es, immer wieder ertappte ich mich dabei, wie ich ihn ansah, als hätte ich noch nie einen Kuchen essenden Mann gesehen. Er wirkte entspannt und selig in dem Moment, strahlte einen Frieden aus, der mich tief berührte. Diese Art der inneren Ruhe hatte ich stets gesucht und nie gefunden. Ruhelos war ich durchs Leben gehastet, hatte getanzt, geliebt, gelebt, gewonnen, verloren. Hatte meine Kinder großgezogen, die Enkel verwöhnt, meinen Mann begraben. Falls Albert Meerbusch meine Erregung bemerkte, zeigte er es nicht. Aber am Ende unseres Kaffeekränzchens beugte er sich verschwörerisch zu mir und flüsterte: »Darf ich Sie heute Abend zu einem richtigen Dinner entführen?«

Alles, was mir blieb, war hilflos zu nicken. Er schaute mich so zärtlich an, dass ich glaubte, ich würde wegschmelzen wie die Butter auf den Crêpes, die gerade an uns vorbeigetragen wurden. Ich dachte an das Kind mit dem kandierten Apfel und seine Freude.

Den Rest des Tages verbrachte ich damit, in den Boutiquen am Kohlmarkt nach einem passenden Outfit für den Abend zu stöbern. Mir taten schon die Füße weh, und ich sehnte mich danach, mich auszuruhen. Aber ich wollte mich von meiner besten Seite zeigen. Mit Tüten bepackt ging ich zum Hotel zurück, und auf einmal schoss mir ein Gedanke durch den Kopf: Wien tat mir gut! Fast tat es mir leid, dass ich bald gehen sollte. Aber gerade deshalb wollte ich meine letzten Tage richtig auskosten.

»Sie sehen bezaubernd aus, Josefine«, hauchte Albert und kam mir entgegen. Anders als am Morgen wirkte er unsicher und verlegen, er brauchte ein paar Sekunden, bis er sich an die Rose in seinen Händen erinnerte, um sie mir zu überreichen. Er bot mir den Arm, ich hakte mich ein, und wir traten durch den Seiteneingang des Seidlecks. Kerzenschein umfing uns, leise Musik beruhigte meinen viel zu schnellen Puls. Wir bestellten uns Stör, dazu gebackene Melanzani.

»Mögen Sie den Wein halbtrocken?«, fragte Albert mich, und ich zögerte.

»Ich muss Ihnen etwas gestehen. Ich trinke ausschließlich Cidre. Ich weiß, das ist nicht schick, aber ich habe mich nie an den Geschmack von Traubenwein gewöhnt.«

Erst guckte Albert verdutzt, dann verwandelte sich seine Miene in ein aufmunterndes Lächeln. »Dann werde ich auch nur Cidre trinken!«, sagte er und winkte den Kellner heran. »Zwei Glas Cidre bitte.« Und als der Kellner überrascht die Augenbraue hob, schob Albert hinterher: »Und noch ein Glas Orangensaft.«

Er grinste und sah in dem Moment jung und frech aus. Ich fand ihn unwiderstehlich, denn das war genau die Art von Trotz, wie ich ihn ansonsten nur von mir kannte. Das Essen verging wie im Flug, und um den Abend zu verlängern, bestellte ich noch Dessert. Ich wollte nicht zurück ins Hotel, nicht herausgerissen werden aus diesem Traum.

Die Kapelle wechselte und spielte jetzt klassische Tanzmusik. Am Nachbartisch stand eine junge Frau in weißer Federboa auf, ließ sich von ihrem Partner auf das Parkett führen. Verträumt sah ich den Tanzenden zu, bewunderte ihre Leichtigkeit und spürte, wie ich innerlich bebte.

»Möchten Sie auch tanzen?«, riss Albert mich aus meinen Gedanken. Erst hielt ich es für einen Scherz, aber er stand bereits vor mir, deutete eine Verbeugung an, und ehe ich mich versah, stand ich dort, im Halbdunkeln, in den Armen eines nahezu Fremden, der nach Kardamom und Sandelholz roch. Das hier war kein Ballett, und ich war keine zwanzig mehr. Ich brauchte ein paar Schritte, um meinen Rhythmus zu finden, langsam und vorsichtig. Albert war ein wunderbarer Tänzer, er führte ganz wunderbar, wenn auch etwas steif. Wir lachten, als wir zeitgleich einen Schritt in die falsche Richtung machten und uns verhaspelten. Aber langsam wurden wir Teil der Musik, ließen uns von ihr entführen, und als ich aufblickte, lagen seine Augen so vertraut auf mir, als kennten wir uns unser Leben lang. An diesem Abend flog ich auf einmal wieder. Frei und gelöst wie ein Vogel im zweiten, wenn nicht sogar dritten Frühling. Mein Körper schien verändert, ich kannte mich kaum wieder, denn zum ersten Mal seit vielen Jahren fühlte ich mich schön und begehrenswert. Jedes Lächeln Alberts bestätigte mich darin, immer noch ich zu sein, als könne er durch die alte Hülle in mein Inneres schauen.

»La Belle Vent«, hauchte er mir zu, die Worte flossen durch mich hindurch wie warmes Öl.

Viel zu schnell ging der Abend vorbei, und kurz bevor die Uhr Mitternacht schlug, verließen wir das Seidleck. Draußen hingen schwere dunkle Wolken über der Stadt, und der Wind trieb dicke Schneeflocken vor sich her.

»Bei diesem Wetter bringe ich Sie selbstverständlich zum Hotel«, sagte er etwas heiser. Ich schaute ihn kurz an und verstand sofort. Ein süßer Schauer ging durch meinen Körper, und ich horchte in mich hinein. Meine Vernunft war segeln gegangen, mein Alter spielte mit Murmeln im Sand.

Als wir das Hotel Schimkowitz erreichten, sah ich ihn lange an, und als er meinen Blick erwiderte, führte ich ihn in mein Zimmer.

Am nächsten Morgen wachte ich auf, mein Kopf war schwer, und Lippenstift klebte an meinem Kopfkissen. Neben mir schlief seelenruhig ein Mann, der selbst im Traum ein Lächeln im Gesicht zu haben schien. Auf dem Stuhl neben dem Bett lag sein ordentlich gefalteter Kleiderstapel. Ich schälte mich aus der Decke, zog mir ein schlichtes Kleid an, brauchte ein paar Minuten länger für die Strumpfhose. An diesem Morgen schwebte ich wieder, genauso wie früher im Ballett. Das Leben war meine

Bühne, nichts konnte mich stoppen. Ich sah mich durch den Flur zum Café in der Lobby wirbeln und mich im Kreis drehen.

Der Spiegel im Aufzug holte mich in die Realität zurück und zeigte mir eine alte Frau, die mit einem strahlenden Lächeln ein Tablett mit Kaffee und Croissants in den Händen hielt. Und wie ich so dastand, in freudiger Erwartung, diesen wundervollen Mann zu wecken, den das Schicksal mir an die Seite gestellt hatte, da wurde mir klar: Mein Leben war noch nicht vorbei! Egal, wie es mit mir und Albert weitergehen würde, es gab sie noch, diese Momente, die einen mit dem Alter versöhnen. Ich würde jeden mir noch verbleibenden Tag auskosten, und ab heute fing ich damit an. Die Aufzugtür öffnete sich, ich trat heraus, hielt die Schlüsselkarte an meine Tür und stand Albert gegenüber, der bereits das Zimmer gelüftet hatte. Er sah verschlafen aus, aber ebenso glücklich wie ich.

»Guten Morgen«, sagte ich lächelnd, mit einem Herz voller Abenteuerlust. »Frühstück ist serviert. Und wenn ich darf, würde ich Sie anschließend gerne auf einen Spaziergang im Stadtpark einladen.«

Zwei Stunden später schlenderten wir Arm in Arm über den Weihnachtsmarkt. Es roch nach Lebkuchen und gebrannten Mandeln. Plötzlich schaute Albert mich verlegen an. »Ich würde mir wünschen, dass es so weitergeht. Wie sehen denn Ihre Pläne für Weihnachten aus?«

Ich blieb stehen und streichelte kurz seinen Arm. Dann sah ich zu ihm hoch.

»Am Starnberger See soll es um diese Jahreszeit besonders schön sein, hab ich gehört.« Alberts Mundwinkel zuckten verdächtig, dann nickte er glücklich.

BJØRN INGVALDSEN

Weihnachten mit Julenissen

Ich saß draußen im Garten und trank Kaffee. Die Sonne brannte so sehr, dass es nicht mehr angenehm war, nur gut, dass ich einen Sonnenschirm hatte. In einer kleinen Schale lagen ein paar Kekse, die ich ganz hinten im Schrank gefunden hatte. Spekulatius und Kokosmakronen, übrig geblieben von Weihnachten. Es war an der Zeit, sie aufzuessen.

Plötzlich ließ sich mein Nachbar auf den Stuhl neben mir fallen. Er hatte die Gewohnheit, sich selbst zu einer netten Unterhaltung einzuladen, wenn ich im gemeinschaftlichen Garten saß und vor allem eines suchte: meine Ruhe.

»Ihr wohnt jetzt schon ein Jahr hier«, stellte er fest.

Ich nickte. »Ja, das ist wohl wahr.«

Er hatte eine Flasche Wasser dabei, an der er nuckelte. »Es ist ziemlich heiß«, seufzte er.

Wieder nickte ich.

Der Nachbar schaute in die Schale mit den restlichen Weihnachtskeksen.

»Die sehen aber nicht gut aus«, sagte er.

Ich fragte ihn, ob er einen haben wolle. Das wollte er nicht.

»Das sind Weihnachtskekse«, erklärte ich, »die liegen schon seit Weihnachten herum.«

»Apropos Weihnachten«, sagte er, »darüber wollte ich mit dir mal reden. Weil ihr nächstes Weihnachten ja noch hier sein werdet.«

Ich schwieg eine Weile. Er auch.

»Du sagst gar nichts«, bemerkte schließlich der Nachbar. »Es ist nämlich so, dass ich vielleicht einen Job für dich habe. Einen Weihnachtsjob.«

Ich schaute hinauf zur Sonne und wischte mir dabei demonstrativ den Schweiß von der Stirn. »Ich möchte noch viele Monate lang nicht an Weihnachten denken. Jetzt haben wir Sommer. Genieße ihn.«

»Der Sommer ist zu heiß«, nörgelte der Nachbar. »Ich mag den Winter lieber. Die Temperaturen gefallen mir besser, weißt du.«

»Dann solltest du bei uns in Norwegen wohnen«, erwiderte ich, »dort sind häufig nicht mehr als zwölf Grad.«

»So einen kalten Winter will ich nun auch wieder nicht haben«, wehrte er ab.

»Ich rede nicht vom Winter. Im Juni sind es oft nicht mehr als zwölf Grad.«

Er glaubte mir nicht. »Ach, ist ja auch egal. Lass uns lieber von dem Job reden.«

Ich erklärte ihm, dass ich keinen Job haben wollte.

Er ging aber nicht darauf ein. »Mein Schwager ist Geschäftsmann«, erklärte er stattdessen. »Er betreibt eine Weihnachtsfirma. Aber jetzt ist er krank geworden und braucht Unterstützung. Ich habe ihm gesagt, dass ich mich darum kümmern werde.«

»Du bist doch in Rente, oder?«, fragte ich.

»Stimmt, aber ich habe ihm schon gesagt, dass du ihm helfen würdest.«

»Ich denke nicht im Traum daran, deinem Schwager in irgendeiner Weise zu helfen.«

»Er ist mit meiner Schwester verheiratet. Und du brauchst eine Arbeit.«

»Tue ich nicht.«

»Tust du doch.«

Ganz unten in der Keksschale lag ein Schmalzring. Der war ziemlich trocken geworden, deshalb tauchte ich ihn in den Kaffee. Der Keks löste sich auf, und die Krümel schwammen in meinem Kaffee herum.

»Ich erzähle dir das alles jetzt schon«, fuhr der Nachbar fort, »weil du die Zeit brauchen wirst, um deinen Bart wachsen zu lassen. Sonst geht das nicht.«

»Ich habe doch einen Bart«, erwiderte ich und zupfte an meinem Kinnschmuck.

»Das ist doch nur so ein mickeriger Intellektuellenbart«, sagte der Nachbar. »Wenn du ein richtiger Weihnachtsmann sein willst, dann brauchst du einen ordentlichen Bart.«

Ich versuchte, ihm klarzumachen, dass ich sowieso nicht als Weihnachtsmann herumlaufen wollte.

Er hörte mir nicht zu.

Ich ließ also den Bart wachsen.

Es war Anfang November, als der Nachbar bei mir in der Tür stand. Mein Bart war seit Juni munter gewachsen, und ich hatte mich damit abgefunden, dass ich ein Weihnachtsmann werden würde. Jetzt stand der Nachbar mit einem schwarzen Müllbeutel auf dem Rücken im Hausflur. Ich bat ihn herein.

»Ausgezeichnet, ausgezeichnet«, sagte er, während er meinen Bart musterte.

»Ich hoffe nur, dass du mir jetzt etwas Interessantes anbieten kannst«, erklärte ich ihm. »Schließlich habe ich den Bart seit dem Sommer wachsen lassen, aber du hast mir immer noch nicht gesagt, wozu das gut sein soll.«

»Habe ich doch gesagt«, erwiderte er. »Ein Weihnachtsmann braucht einen Bart.«

»Aber warum soll ich den Weihnachtsmann spielen?«

»Das habe ich dir auch schon gesagt. Mein Schwager ist krank. Er hat es mit dem Herzen.«

»Spielt er sonst den Weihnachtsmann?«

»Mein Schwager? Nein. Er spielt nie den Weihnachtsmann.«

Ich seufzte. »Also, dein kranker Schwager spielt nie den Weihnachtsmann. Und deshalb muss ich stattdessen der Weihnachtsmann sein? Habe ich das richtig verstanden?«

»Es ist das Herz«, sagte mein Nachbar. »Er hat einen Infarkt gehabt.«

»Ja, das hast du schon mal gesagt. Aber was hat das mit dem Weihnachtsmann zu tun?«

Der Nachbar schaute mich auf eine Art und Weise an, wie nur er es konnte.

»Ihr feiert in Norwegen doch auch Weihnachten, oder? Und dann wisst ihr nicht, wer der Weihnachtsmann ist? Der kommt mit Geschenken und …«

Ich unterbrach meinen Nachbarn. »Ich weiß schon, wer der Weihnachtsmann ist. Bei uns heißt er Julenissen. Er bringt den Kindern Geschenke.«

»Na, siehst du«, sagte der Nachbar zufrieden. »Aber du bist dir doch hoffentlich im Klaren darüber, dass dieser Weihnachtsmann nicht echt ist. Sondern nur eine Person, die sich verkleidet hat.«

Ich glaube, in dem Moment verdrehte ich die Augen.

»Ja, ich weiß …«, murmelte ich. »Ich habe mich sogar mehr als einmal bereits als Weihnachtsmann verkleidet.«

»Mit diesem lächerlichen Bart?«

Ich erzählte ihm, dass ich mich als Kind als Weihnachtswichtel verkleidet habe und dann den Rummelpott gelaufen bin. Zusammen mit meinen Geschwistern.

»Das verstehe ich nicht«, bemerkte der Nachbar. »Hattest du denn schon als Kind Bartwuchs?«

»Selbstverständlich nicht. Und meine Geschwister auch nicht. Wir haben Masken benutzt, auf die ein Bart aus Watte geklebt war. Und dann sind wir herumgelaufen und haben an die Türen in der Nachbarschaft geklopft. Alle Nachbarn haben sich darüber gefreut.«

»Ist das eine besondere norwegische Tradition? Findet ihr Norweger es etwa lustig, wenn kleine Kinder mit Bartwuchs an eure Türe klopfen? Das ist doch makaber, wenn Kinder so tun, als hätten sie eine Hormonstörung?«

»Wir haben nicht getan, als hätten wir irgendwas«, sagte ich. »Wir waren kleine Weihnachtsmänner, Weihnachtswichtel. In Norwegen sind die Weihnachtsmänner ganz oft klein.«

»Wieso das denn? Der Weihnachtsmann ist doch ein stattlicher Kerl, mit dickem Bauch und dröhnender Stimme.«

»Das ist der amerikanische Weihnachtsmann«, erklärte ich. »Der für Coca-Cola Reklame läuft. Unsere Weihnachtswichtel sind klein, sie wohnen im Stall, zusammen mit den Kühen und Pferden.«

»Ich habe gar nicht gewusst, dass du von einem Bauernhof kommst«, wunderte der Nachbar sich.

»Tue ich auch nicht.«

»Habt ihr etwa Kühe und Pferde in der Stadt? Weißt du, hier

bei uns haben wir damit vor mehr als hundert Jahren aufgehört.«

»Wir haben auch keine Tiere, aber in den Geschichten von den Weihnachtswichteln wohnen diese im Stall und sind gut befreundet mit den Pferden. Wir haben einfach die Geschichten mit in die Stadt genommen. Eigentlich wohnen die Wichtel wohl in Höhlen.«

Der Nachbar nickte zwar, überlegte aber weiter.

»Aber es ist schon sehr traurig, dass norwegische Kinder nicht auf dem Schoß eines Weihnachtsmanns sitzen und ihm ins Ohr flüstern können, was sie sich wünschen. Das geht ja nicht, wenn der Weihnachtsmann ein kleines Kind ist.«

Ich erzählte ihm von den großen Weihnachtsmännern, die in den Einkaufszentren herumstehen. Bei denen können die Kinder ihre Wünsche loswerden.

»Aber nicht bei den kleinen, oder? Warum haben sie eigentlich einen Bart, wenn sie doch Kinder sind?«

»Die Wichtel sind alt«, erklärte ich. »Uralt. Und winzig klein. Deshalb verkleiden sich die Kinder als Weihnachtswichtel. Weil sie die richtige Größe haben.«

Wieder nickte der Nachbar bestätigend.

»Du willst also sagen, dass es euch gefällt, sich über Menschen mit Behinderungen lustig zu machen. Kleinwüchsige Menschen. Ich glaube, bei uns hier im Land gibt es Gesetze gegen diese Art von Humor. Früher wurden Kleinwüchsige im Zirkus und auf der Kirmes vorgeführt. Die Leute lachten über sie und nannten sie Zwerge. Zum Glück haben wir vor vielen Jahren mit dieser Art von Unterhaltung aufgehört.«

Ich stöhnte. »Nein«, widersprach ich, »so ist es nicht. Es gibt Zwerge in den norwegischen Märchen, aber das sind kleine Wesen, die im Gebirge leben.«

»Und über die lacht ihr?«

»Nein, nein, nein. Wir lachen nicht über sie. Wir glauben doch gar nicht mehr an Zwerge.«

»Aber an diese Wichtel glaubt ihr? Und der Unterschied ist nur, dass die Zwerge im Gebirge leben und die Wichtel in Höhlen?«

Dazu sagte ich nichts mehr.

Doch der Nachbar fuhr unbeirrt fort. »Und diese Kinder mit Haarwuchs im Gesicht verteilen die Geschenke an die Nachbarn, nachdem sie an deren Tür geklopft haben?«, fragte der Nachbar.

»Nein«, winkte ich ab, »die kriegen was von denen, die die Tür öffnen. Meistens Süßigkeiten, Bonbons und Schokolade.«

»Aber dann verbieten ihre Eltern ihnen ja hoffentlich, so herumzulaufen? Wir nennen das Betteln.«

»Nein, das tun die Eltern nicht. Es ist eine Tradition, dass die Kinder herumlaufen und Süßigkeiten bekommen.«

»Sind die Leute denn zu arm, um so etwas selbst für ihre Kinder zu kaufen?«

Ich versicherte ihm, dass diese Leute wirklich nicht arm waren. Aber dass dieses Rummelpott-Laufen eine liebgewonnene Tradition war.

Der Nachbar schüttelte den Kopf. »Also, bei uns bringen wir den Kindern bei, dass sie keine Süßigkeiten von Fremden annehmen dürfen«, sagte er. »Und bei euch lernen sie, dass sie das tun sollen, weil es eine Tradition ist?«

»Da sollen die Weihnachtswichtel eben etwas Leckeres bekommen.«

»Aber der Weihnachtsmann soll doch Geschenke bringen und nicht kriegen, oder?«

»Die kleinen norwegischen Weihnachtswichtel bekommen

Geschenke. Es ist der große amerikanische Weihnachtsmann, der sie verschenkt.«

»Was sagst du da? Habt ihr auch noch den großen amerikanischen Weihnachtsmann, der dann die Geschenke an die kleinen, einheimischen Weihnachtsmännlein verteilt? Wie verwirrend ist das denn? Und das vielleicht auch noch, während die Kinder sich verkleiden, herumlaufen und an den Türen fremder Menschen klopfen, um Schokolade und Bonbons zu erbetteln. Greift denn da niemand ein? Die Polizei? Der Kinderschutz?«

Ich sagte, dass alle sich wünschten, dass es so abliefe, und versuchte, ihm von den norwegischen Höhlengnomen und den Stallwichteln in grauem Loden zu erzählen. Die auf den Hof aufpassten und Weihnachten süßen Brei bekamen. Dann erzählte ich von dem großen, in einen Umhang gekleideten Nikolaus, der eigentlich ein Bischof aus Kleinasien war und bekanntermaßen ein sehr liebenswerter Mensch. Und dass der weiße Bart dieses Bischofs Nikolaus dem Bart der Stallwichtel ähnelte, die deshalb rote, statt graue Kleider bekommen hatten. Und zum Schluss brachte ich dann noch mal den amerikanischen Weihnachtsmann ins Spiel, der von einer Werbeagentur erfunden worden war und garantiert nur, damit mehr Konserven mit Rentierfleisch verkauft wurden.

Der Nachbar schaute mich lange an, drehte sich dann um und ging. Den schwarzen Sack ließ er auf dem Hausflur stehen. Darin befand sich, wie ich feststellte, ein Weihnachtsmannkostüm, und zwar der amerikanischen Art. Das Etikett verriet, dass es in Bangladesch genäht worden war.

Am nächsten Tag kam der Nachbar zurück. Er fragte mich, ob ich das Weihnachtsmannkostüm schon anprobiert hätte. Das hatte ich nicht.

»Ich ziehe das nicht an, bevor du mir nicht erklärst, wozu das gut sein soll«, sagte ich.

Der Nachbar schaute mich lange an.

»Hast du das immer noch nicht kapiert? Du musst das Kostüm anziehen, damit du der Weihnachtsmann sein kannst.«

»Das habe ich wohl begriffen. Aber warum soll ich der Weihnachtsmann sein?«

Der Nachbar schaute mich noch länger an.

»Weil mein Schwager krank ist. Das habe ich dir doch schon so oft erklärt. Aber du hörst offenbar nie zu.«

Langsam wurde ich wütend.

»Ich kenne deinen Schwager nicht«, sagte ich. »Und ich kapiere nicht, was sein krankes Herz damit zu tun hat, dass ich mir einen Bart wachsen lassen und mich wie ein Reklameweihnachtsmann verkleiden muss.«

»Du kannst ihn Edgar nennen«, sagte der Nachbar.

»Wen kann ich Edgar nennen?«

»Meinen Schwager. So heißt er.«

Ich starrte ihn an. »Erklär mir alles«, sagte ich, »und zwar jetzt sofort. Sonst rasiere ich mir den Bart wieder ab.«

Der Nachbar ging an mir vorbei in die Küche. Dort setzte er sich an den Tisch. Ich goss Kaffee in zwei Tassen und stellte ein Schälchen mit Schokolade vor ihn. Bevor er anfing zu reden, hatte er schon zwei Stück gegessen.

»Mein Schwager Edgar ist selbstständig. Er hat eine angesehene kleine Firma. Er verleiht Weihnachtsbäume.«

»Du meinst wohl, er verkauft Weihnachtsbäume«, wandte ich ein.

»Ich kann dir das nicht erklären, wenn du mich die ganze Zeit unterbrichst«, sagte der Nachbar. »Hör einfach mal zu. Er verleiht Weihnachtsbäume.«

Ich konnte nicht anders, ich musste ihn unterbrechen.

»Wieso verleiht er Weihnachtsbäume? Dort, wo ich herkomme, pflegen die Leute sie zu kaufen.«

»Ich weiß nicht, wie das bei euch ist, aber hierzulande stellen die Leute den Weihnachtsbaum in der Zeit rund um Weihnachten auf. Da steht er dann, zwischen ein paar Tagen vor Weihnachten bis zu ein paar Tagen nach Neujahr.«

»So machen wir es auch bei uns«, bestätigte ich.

»Warum sollten dann die Leute den Weihnachtsbaum das ganze Jahr über besitzen wollen, wenn er nur für ein paar Wochen gebraucht wird?«, fragte der Nachbar. »Das verstehe ich nicht.«

»Man wirft den Baum nach Weihnachten weg«, antwortete ich. »Oder verbrennt ihn.«

Der Nachbar schaute mich erschrocken an.

»Das hört sich aber sehr nach Verschwendung an«, sagte er dann. »Interessiert euch in Norwegen der Umweltschutz denn gar nicht?«

»Doch, natürlich. Aber Weihnachtsbäume halten sich nun mal nicht so lange. Sie verdorren, verlieren die Nadeln und müssen dann entsorgt werden.«

»Wisst ihr denn nicht, dass es heutzutage künstliche Weihnachtsbäume gibt?«

Ich konnte bestätigen, dass man auch in Norwegen künstliche Weihnachtsbäume kaufen konnte. »Aber …«, merkte ich an, »die Leute kaufen sie. Man leiht sie sich nicht.«

»Und dann verbrennt man sie nach Weihnachten? Oder schmeißt sie einfach irgendwo in die Natur? Das ist aber nicht besonders umwelt…«

Ich unterbrach ihn. »Nein, die künstlichen Weihnachtsbäume werden nicht weggeworfen. Man bewahrt sie fürs nächste Weihnachtsfest auf. Und benutzt dann den Baum wieder.«

»Eine merkwürdige Sitte«, meinte der Nachbar. »Aber ihr könnt natürlich machen, was ihr wollt.«

»Die meisten«, fügte ich hinzu, »wollen jedoch echte Bäume haben. Tannen oder Fichten. Und die werden nach Gebrauch weggeworfen.«

Der Nachbar schüttelte den Kopf. »Nun, wie gesagt, mein Schwager verleiht Weihnachtsbäume«, sagte er. »Seine Firma liefert hübsche künstliche Weihnachtbäume an Geschäfte, Hotels und diverse Firmen aus. Und an Privatpersonen, die so ein Ding bei sich zu Hause haben wollen. Sie mieten sie für ein paar Wochen, dann holt mein Schwager sie wieder ab. Das ist seine Firma. Ein Weihnachtsbaumverleih.«

Jetzt war ich derjenige, der den Kopf schüttelte.

»Und was macht Edgar den Rest des Jahres? Verleiht er Sonnencreme?«

»Sei nicht albern«, erwiderte der Nachbar. »In den Monaten nach Weihnachten demontiert er die Weihnachtsbäume. Nimmt den Schmuck und die Lichterketten ab.«

»Okay.« Ich nickte.

»Und dann, zum Herbst hin, da schmückt er die Bäume. Dekoriert sie mit Kerzen und Tannenbaumschmuck und verpackt sie in Plastik, damit sie den Transport zu den Kunden überstehen. Er hat auch einen eigenen Lieferwagen.«

Der Nachbar holte ein Handy heraus und zeigte mir ein Foto.

»Warum nimmt er denn erst den Schmuck ab und schmückt ihn dann von Neuem?«

»Nehmt ihr nicht den Schmuck von den Weihnachtsbäumen ab?«

»Doch, aber unsere Tannenbäume werden danach entweder weggeworfen oder verbrannt.«

»Natürlich, man muss ja den Schmuck abnehmen, um ihn wegzuwerfen. Das ist so klar, das versteht ja jedes Kind.«

»Wir werfen den Schmuck nicht weg«, widersprach ich. »Den legen wir sorgfältig für das nächste Jahr in Kartons. Oft wird der Weihnachtsbaumschmuck viele Generationen hindurch benutzt.«

»Kauft ihr denn keinen neuen Schmuck zu Weihnachten?«

»Nicht, wenn wir das nicht müssen. Der Weihnachtsbaum soll jedes Jahr gleich dekoriert sein. Traditionen sind wichtig zu Weihnachten.«

»Genau wie diese aufdringlichen Kinder, die ihre Nachbarn mit ihrer Bettelei um Essen und Süßigkeiten nerven«, stellte der Nachbar fest.

Ich nahm diese Diskussion nicht wieder auf.

»Die Leute lieben nun mal die Tradition und Rituale.«

»Und trotzdem kauft ihr jedes Jahr einen neuen Baum?«

»Ja, das tun wir.«

»Denkt denn keiner an diejenigen, die die Weihnachtsdekoration verkaufen? Die wollen doch auch Geld verdienen. Vielleicht sind es ja sogar ihre Kinder, die gezwungen sind, an den Haustüren betteln zu gehen, weil niemand Weihnachtsschmuck kaufen will. Ich bin nur froh, dass ich keine Geschäfte mit Weihnachten in Norwegen machen muss. Hier kann man sich damit eine goldene Nase verdienen.«

»Das kann man bei uns auch«, murmelte ich. »Aber was ist denn nun mit diesem Weihnachtsmannkostüm? Was hat das alles mit deinem kranken Schwager zu tun?«

»Weil mein Schwager krank ist, muss er dieses Jahr Leute

einstellen, um die Tannenbäume zu schmücken und den Kunden auszuliefern. Früher hat er das selbst gemacht.«

»Und das soll ich jetzt deiner Meinung nach tun?«, fragte ich. »Kommt gar nicht in Frage.«

»Natürlich sollst du das nicht tun«, wehrte der Nachbar ab. »Für diesen Job hat er einen tüchtigen Mann eingestellt. Einen pensionierten Zahnarzt. Aber mein Schwager hat außerdem immer jemanden eingestellt, der die Werbezettel für seine Firma verteilt. Meistens einen Obdachlosen mit Bart, so dass er als Weihnachtsmann durchgehen kann. Aber dieses Jahr reicht das Geld dafür nicht. Er kann nicht zwei Angestellte bezahlen.«

»Und da komme ich also ins Spiel?«

Der Nachbar nickte.

»Weil du ja nicht fest bei uns im Land lebst und keine Arbeitserlaubnis hast, kannst du auch keine Bezahlung für den Job verlangen. Und somit ist das Problem gelöst.«

»Ich soll also ohne Bezahlung für deinen Schwager arbeiten?«

»Edgar. Er heißt Edgar.«

»Ich denke gar nicht daran. Vergiss es.«

»Aber nein«, wehrte der Nachbar ab. »Natürlich sollst du nicht umsonst arbeiten. Du kriegst schon was dafür. Das ist doch selbstverständlich.«

Die Zeit verging. Am Heiligabend stand ich im Badezimmer, rasierte mir den üppigen Vollbart ab und strich mir mit der Hand über das babyhautglatte Kinn. Fünf Wochen lang hatte ich jeden Tag in einer Fußgängerzone gestanden, verkleidet als amerikanischer Weihnachtsmann, und habe Reklame für die Weihnachtsbaumvermietung gemacht. Jetzt war es an der Zeit, dass ich meine Entlohnung bekam.

Im Wohnzimmer standen der herzkranke Edgar und der kompetente Zahnarzt und bauten einen riesigen Weihnachtsbaum aus Plastik zusammen. Auch mein Nachbar hatte sich die Mühe gemacht, zu erscheinen. Er war es auch, der den Stecker in die Dose steckte. So dass die Kerzen in dem kleinen Wohnzimmer grell aufleuchteten.

»Diesen Baum können Sie gratis ausleihen«, erklärte der herzkranke Edgar lächelnd. »Das ist ja wohl das Mindeste, was Sie erwarten können nach all dem, was Sie für uns gemacht haben. Aber vergessen Sie nicht, am 1. Januar zu Hause zu sein. Dann holen wir den Baum wieder ab.«

Die drei Männer winkten mir auf dem Weg nach draußen noch einmal zu. »Fröhliche Weihnachten!«

FRIEDA-ALICE KAHRO

Warten aufs Christkind

Erst neulich, im vollen Wartezimmer beim Arzt, habe ich wieder einmal festgestellt, dass mir eine gewisse Langmut eigen ist. Anstehen in der Supermarktschlange. Die längst versprochene Lieferung eines Pakets. Die notwendige Auskunft der Rentenversicherung. Stoisch harre ich der Dinge. Ich habe ein bisschen darüber nachgedacht und schließlich war mir klar: Von nichts kommt nichts.

Ich bin in einer Kleinstadt im Schwarzwald groß geworden. Dort war mein Vater Pfarrer. Natürlich spielt dieser Beruf immer in das Familienleben hinein, aber in der Adventszeit und zu Weihnachten machte er sich bei uns ganz besonders bemerkbar.

Meine Mutter fühlte sich in der Pflicht (und tat dies auch gern), die christlichen Traditionen der Advents- und Weihnachtszeit mit großer Hingabe und, ja, auch mit Konsequenz zu pflegen. So frühstückten wir in meiner Familie in der ersten Adventswoche morgens vor der Schule beim Schein EINER Kerze, auch wenn man kaum sah, wohin man die Marmelade kleckste. Und weil die Adventszeit ja eigentlich eine Fastenzeit ist, wurden Plätzchen zwar in diesen Wochen gebacken, aber selbstverständlich erst ab Weihnachten verspeist (nur die »verbrannten« durften genascht werden, und regelmäßig versuchte mein Vater mit meiner Mutter zu verhandeln, ab welchem Bräunungsgrad sie denn »verbrannt« waren). Das Wohnzimmer wurde bereits Tage vor dem Vierundzwanzigsten als Weihnachtszimmer deklariert, in das wir Kinder natürlich keinen Zutritt hatten. Es war nicht zugesperrt. Aber an der Klinke hing, zur Erinnerung oder zur Warnung, eine große rote Schleife. Wir hätten ohnehin nicht gewagt hineinzugehen, denn uns war klar: Der liebe Gott sieht alles!

All diese Rituale kehrten jedes Jahr wieder. Ich liebte sie und freute mich schon seit den Sommerferien darauf. Alles war mir vertraut und ganz selbstverständlich. Und bei meinen Geschwistern und mir wuchs und wuchs die Vorfreude auf Weihnachten. Ins UNERMESSLICHE.

Die Wochen vor Weihnachten überstand ich nur mit dem Adventskalender. Liebevoll hatte ihn meine Mutter für alle vier Kinder mit einer Kleinigkeit für jeden Tag gefüllt. Und auch wenn ich es kaum für möglich hielt, irgendwann war der Vierundzwanzigste da. Schon als Kind war ich fasziniert davon, dass morgens noch hektische Betriebsamkeit herrschte, die, wie von Zauberhand oder durch göttliches Zutun, nach dem Mittagessen (immer Hühnersuppe mit Nudeln) ins Festliche, Weihnachtliche überging.

Für meinen Vater aber ging der Arbeitstag dann erst los. Er hatte die Christvesper nicht nur in unserer Kirche, sondern auch noch in der Nachbargemeinde zu halten. Er war konzentriert und vielleicht auch ein bisschen angespannt, was ich damals nicht verstand.

Seine Arbeit bedeutete für uns, dass die Christvesper zwar vorbei war, wir aber nicht wie all die anderen Kirchenbesucher nach Hause gingen, um endlich Bescherung zu haben. Nein, während sich mein Vater zu seinem nächsten Gottesdienst auf den Weg machte, blieben wir Kinder mit unserer Mutter noch in der Kirche. Die Kerzen am Weihnachtsbaum waren schließlich noch nicht heruntergebrannt. Und für den Gottesdienst am nächsten Morgen brauchte es neue. Und weil im Schwäbischen nichts weggeworfen wird, warteten wir, bis mein Vater Feierabend hatte, zum einen, und die Kerzen heruntergebrannt waren, zum anderen.

Eng aneinandergedrückt saßen wir in der harten Kirchenbank. Die wohlige Wärme hatte sich bereits verflüchtigt. Gerade noch war die Kirche brechend voll gewesen, jetzt war sie gespenstig leer. Ich starrte in die Flammen, bis vor meinen Augen rote Flecken auftauchten. Ich lauschte, ob das Knistern vielleicht schon das Ableben einer Kerze verhieß. Immer wieder stimmte meine Mutter, um uns abzulenken, ein Weihnachtslied an. Waren die Kerzen in der Zwischenzeit nicht schon um ein winziges bisschen kürzer geworden? Es kribbelte und zuckte in mir, dennoch nahm ich die mir auferlegte Prüfung stoisch und brav an. Und ich kann das Gefühl nicht beschreiben, wenn sich der erste Docht neigte und die erste Flamme erlosch. Dabei weiß ich noch genau: Es war auch schön, dass es in der Kirche immer dunkler wurde. Wirklich. Aber es dauerte einfach viel ZU LANG.

Und wenn es einen ganz expliziten Augenblick in meinem Leben gab, der mich mit grenzenlosem Glück, mit Erleichterung und mit dem Gefühl, für Ausdauer und Geduld belohnt zu werden, erfüllte, dann der, wenn mein Vater von seinem letzten Gottesdienst zurückkehrte, uns aus der dunklen Kirche abholte (in meiner Erinnerung kam er erstaunlicherweise immer genau zum richtigen Zeitpunkt) und mit uns gemeinsam nach Hause ging. Jetzt endlich, endlich konnte das Christkind kommen.

DIE AUTORINNEN UND AUTOREN

Ingvar Ambjørnsen, 1956 in Tønsberg (Südnorwegen) geboren, lernte Schriftsetzer, war Gärtner, Fabrikarbeiter und Pfleger in einer psychiatrischen Klinik, bevor er sich dem Schreiben widmete. Mit seinem liebenswerten Helden »Elling« schuf er eine Romanfigur, die auch durch die Verfilmungen international bekannt wurde. Ambjørnsen lebt mit seiner Frau, der Übersetzerin Gabriele Haefs, in Hamburg. Mehr unter: www.ingvar-ambjoernsen.de

(Deutsche Erstveröffentlichung. Deutsch von Gabriele Haefs. Abdruck mit freundlicher Genehmigung des Autors. © 2023 Ingvar Ambjørnsen)

Ewald Arenz, geboren 1965, studierte englische und amerikanische Literatur sowie Geschichte. Er arbeitet als Lehrer an einem Gymnasium in Nürnberg. Seine Werke sind mit zahlreichen Preisen ausgezeichnet worden. Zuletzt stand er mit seinen Romanen ›Alte Sorten‹ (2019) und ›Der große Sommer‹ (2021) wochenlang auf den Bestsellerlisten. Der Autor lebt mit seiner Familie in der Nähe von Fürth.

(Abdruck mit freundlicher Genehmigung des Verlags. © 2022 ars vivendi Verlag GmbH & Co. KG, Cadolzburg. Aus: E. Arenz, Plötzlich Bescherung)

Benjamin Cors ist politischer Fernsehjournalist und hat viele Jahre für die ARD-Tagesschau, die ARD-Tagesthemen und den Weltspiegel berichtet. Heute arbeitet er für den SWR. Er ist Deutsch-Franzose und hat die Sommer seiner Kindheit in der Normandie verbracht. Bei dtv erscheint seine erfolgreiche Normandie-Krimireihe um den Personenschützer Nicolas Guerlain. Mit seiner Familie lebt er in der Nähe von Wiesbaden.

(Erstveröffentlichung. Abdruck mit freundlicher Genehmigung des Autors. © 2023 Benjamin Cors)

Maren Dammann lebt seit ihrem Studium der Umweltwissenschaften in Australien, wo sie sich neben ihrer Arbeit als Autorin ehrenamtlich als Wildtierretterin engagiert. Sie reist gerne an interessante Orte, um sich für ihre Geschichten inspirieren zu lassen.

(Erstveröffentlichung. Abdruck mit freundlicher Genehmigung der Autorin. © 2023 Maren Dammann)

Horst Evers, 1967 in Diepholz geboren, lebt seit seinem Lehramtsstudium in Berlin und nennt sich selbst »Geschichtenerzähler aus Berlin«. In Büchern wie ›Für Eile fehlt mir die Zeit‹ (2012) oder ›Wäre ich du, würde ich mich lieben‹ (2015) beschreibt er die kleinen und großen Sorgen seiner Mitmenschen. Evers ist ein klassischer Vorleser: Er tritt mit seinen Geschichten in Soloprogrammen oder zusammen mit kleinen Ensembles auf. 2008 erhielt er den Deutschen Kleinkunstpreis.

(Abdruck mit freundlicher Genehmigung des Verlags. © 2017 Rowohlt Verlag GmbH, Hamburg. Aus: H. Evers, Der kategorische Imperativ ist keine Stellung beim Sex)

Marlies Ferber, geboren 1966, studierte Sinologie in Deutschland, China und den Niederlanden und arbeitete viele Jahre als Verlagslektorin, bevor sie sich ganz dem Schreiben und Übersetzen widmete. Für dtv schrieb sie die originelle vierbändige 0070-Krimi-Reihe um den britischen Ex-Agenten James Gerald im Ruhestand. Zuletzt erschien bei dtv ihr Roman ›Wohin die Reise geht‹.

(Erstveröffentlichung. Abdruck mit freundlicher Genehmigung der Autorin. © 2023 Marlies Ferber)

Tobias Haberl, geboren 1975 im Bayerischen Wald, hat in Würzburg und Großbritannien Latein, Germanistik und Anglistik studiert. Er besuchte die Henri-Nannen-Schule in Hamburg und arbeitet seit 2005 für die »Süddeutsche Zeitung«. 2016 erhielt er den Theodor-Wolff-Preis, den Journalistenpreis der deutschen Zeitungen. Zuletzt erschien sein Buch »Der gekränkte Mann« (2022). Tobias Haberl lebt in München.

(Abdruck mit freundlicher Genehmigung des Verlags. © 2019 Rowohlt Verlag GmbH, Hamburg. Aus: Dietmar Bittrich, Hg., Was macht der Mann unterm Baum?)

Ulrike Herwig studierte Deutsch und Englisch in Leipzig und London und arbeitet seit vielen Jahren als freie Autorin. Sie lebt mittlerweile mit ihrer Familie in Seattle/USA, wo es immer so viel regnet, dass ihr gar nichts anderes übrig bleibt, als pausenlos Bücher zu schreiben. Bei dtv erschien zuletzt ihr Weihnachtsroman ›Drei Weihnachtswunder für Lena Engel‹ (2022).

(Erstveröffentlichung. Abdruck mit freundlicher Genehmigung der Autorin. © 2023 Ulrike Herwig)

Diana Hillebrand ist Autorin und Dozentin und lebt mit ihrer Familie in ihrer Wahlheimat München. Seit 2006 gibt sie Kurse zum Thema Kreatives Schreiben in ihrer *WortWerkstatt* SCHREIB&WEISE und unterstützt angehende und erfahrene Autoren bei ihren Buchprojekten. Gemeinsam mit dem Literaturkritiker Wolfgang Tischer betreibt sie ihren Podcast *Schreibzeug*. Als Autorin veröffentlichte sie mehrere Bücher, Kurzgeschichten und eine Vielzahl von Fachartikeln. 2021 erhielt sie ein Stipendium im Rahmen von *Neustart Kultur*. Mehr unter: www.diana-hillebrand.de

(Erstveröffentlichung. Abdruck mit freundlicher Genehmigung der Autorin. © 2023 Diana Hillebrand)

Marc Hofmann ist Gymnasiallehrer, Liedermacher, Kabarettist, Podcaster und Romanautor und tritt live auf, wo immer man ihn lässt. Er schreibt gerne über Rock- und Popmusik, sein Roman ›Alive‹ (2022) handelt von einer Rockband in den frühen Neunzigerjahren. 2023 hat er außerdem den dritten Teil seiner Krimireihe um den ermittelnden Gymnasiallehrer Gregor Horvath (›Horvath auf der Flucht‹) veröffentlicht. Er lebt mit seiner Familie bei Freiburg. Mehr unter: www.marchofmann.net

(Erstveröffentlichung. Abdruck mit freundlicher Genehmigung des Autors. © 2023 Marc Hofmann)

Bjørn Ingvaldsen wurde 1962 in Odda/Norwegen geboren. Er war einige Jahre Journalist und arbeitete am Museum für Archäologie in Stavanger. Er hat bisher vor allem Kinderbücher verfasst, von denen mehrere auf Deutsch erschienen sind wie auch den Roman ›Tote Finnen essen keinen Fisch‹ (2011).

(Deutsche Erstveröffentlichung. Deutsch von Christel Hildebrandt. Abdruck mit freundlicher Genehmigung des Autors. © 2023 Bjørn Ingvaldsen)

Frieda-Alice Kahro, Ende der Sechzigerjahre in Süddeutschland geboren, studierte Germanistik in München und Dijon. Seit vielen Jahren arbeitet sie in verschiedenen Professionen mit Büchern. Sie lebt mit ihrer Familie in München. Frieda-Alice Kahro ist ein Pseudonym.

(Erstveröffentlichung. Abdruck mit freundlicher Genehmigung der Autorin. © 2023 Frieda-Alice Kahro)

Markus Orths studierte Philosophie, Romanistik und Anglistik und lebt heute in Karlsruhe. Seine zahlreichen Bücher wurden in achtzehn Sprachen übersetzt und vielfach ausgezeichnet. Bei dtv erschien zuletzt sein humorvoller Kurzroman ›Der Pastor und das letzte Hemd‹ (2023).

(Erstveröffentlichung. Abdruck mit freundlicher Genehmigung des Autors. © 2023 Markus Orths)

Max Osswald, 1992 geboren, lebt als Autor und Comedian in München. Er schreibt für verschiedene Formate (u.a. ›Extra 3‹), ist Absolvent der Drehbuchwerkstatt der HFF München (Writer's Room) und hat schon viele Comedypreise nicht gewonnen. Bei dtv ist sein Debütroman erschienen, ›Von hier betrachtet sieht das scheiße aus‹ (2022), in dem er den Nerv einer ganzen Generation trifft, sagt seine Lektorin. Und sie muss es wissen, sie macht das beruflich. Mehr unter www.max-osswald.com.

(Erstveröffentlichung. Abdruck mit freundlicher Genehmigung des Autors. © 2023 Max Osswald)

Jutta Profijt war Exportmanagerin und Unternehmerin, bevor sie zum Schreiben kam. Pascha, die rotzfreche Leiche aus den skurrilen Kühlfach-Krimis, brachte den internationalen Durchbruch. Ihr Kriminalroman ›Unter Fremden‹ wurde mit dem Friedrich-Glauser-Preis 2018 als *Bester Kriminalroman des Jahres* ausgezeichnet. Neben Krimis schreibt sie heitere Romane und Hörspiele. Mehr unter: www.juttaprofijt.de

(Erstveröffentlichung. Abdruck mit freundlicher Genehmigung der Autorin. © 2023 Jutta Profijt)

Manuela Schörghofer ist eine waschechte Rheinländerin und lebt mit ihrer Familie in einem idyllischen Dorf im Bergischen Land. Am liebsten schreibt sie mittelalterliche Historienromane, gewürzt mit Verbrechen und einer guten Prise Humor. Viele ihrer Kurzgeschichten sind in Anthologien erschienen. Mehr unter: www.schörghofer.de.

(Erstveröffentlichung. Abdruck mit freundlicher Genehmigung der Autorin. © 2023 Manuela Schörghofer)

Lars Simon, Jahrgang 1968, arbeitete nach dem Studium lange in der IT-Branche, bevor er mit seiner Familie nach Schweden zog, wo er als Handwerker tätig war. Heute lebt und schreibt der gebürtige Hesse wieder in der Nähe von Frankfurt am Main. Lars Simon ist ein Pseudonym.

(Erstveröffentlichung. Abdruck mit freundlicher Genehmigung des Autors. © 2023 Lars Simon)

Kim Småge, Jahrgang 1945, ist eine norwegische Autorin, Journalistin und Übersetzerin, die als erste Frau der sogenannten »neuen weiblichen Welle« in der norwegischen Kriminalliteratur angehörte. Ihre Bücher wurden in viele Sprachen übersetzt. Småge lebt bei Trondheim.

(Deutsch von Gabriele Haefs. Abdruck mit freundlicher Genehmigung der Autorin. © 2023 Kim Småge)

Felicity Whitmore, Jahrgang 1977, ist das Pseudonym einer Autorin, die erfolgreiche Unterhaltungsromane schreibt. Sie lebt mit ihrem Mann in Hagen, wo sie u.a. auch als Dramaturgin, Regisseurin und Schauspielerin arbeitet. Sie hat eine große Leidenschaft für England, was sich in ihren Büchern niederschlägt, für alte Häuser und vor allem für ihre zahlreichen vierbeinigen Begleiter.

(Erstveröffentlichung. Abdruck mit freundlicher Genehmigung der Autorin. © 2023 Felicity Whitmore)

Malou Wilke, Jahrgang 1968, hat eine Leidenschaft für Sprachen und fremde Länder. Sie hat mehrere Jahre in Osteuropa und Südost-Asien gelebt. Wenn sie nicht gerade spannende Geschichten sammelt, ist sie mit ihren drei Hunden viel in der Natur unterwegs. Sie lebt mit Ehemann und zwei Söhnen in den Südstaaten der USA.

(Erstveröffentlichung. Abdruck mit freundlicher Genehmigung der Autorin. © 2023 Malou Wilke)

Edgar Wilkening, Jahrgang 1959, schrieb schon komisch, als Comedy noch Kabarett hieß. Er lebt in Hamburg auf St. Pauli. Mit vierundzwanzig bekam er seinen ersten Literaturpreis für komische Texte und blieb daraufhin dem satirischen Schreiben treu.

(Abdruck mit freundlicher Genehmigung des Verlags. © 2012 Rowohlt Verlag GmbH, Hamburg. Aus: Dietmar Bittrich, Hg., Weihnachten mit der bucklingen Verwandschaft)